マス・イメージ論

yoshimoto takaaki

吉本隆明

講談社文芸文庫

目次

マス・イメージ論

変成論

カフカの『変身』で、いちばん要めは、妹のグレーテが突然心がわりするところだ。それまで、毒虫に変身した兄グレーゴルを愛しんでいた。毎日食べ物を部屋に運んでやったし、動きやすいように家具を片づけたり、窓から外を眺めるのに椅子をよせてやった。ほんとは妹のグレーテは虫に変わっちまった兄をみるのが哀しく気味がわるくて耐えがたいおもいなのだ。兄のグレーゴルの方もできるだけ妹に姿をみせまいと気をつかって、麻の敷布をソファのうえにかぶせて、身体をぜんぶもぐり込ませるようかくす。虫に変身した兄と人間である妹とのあいだには、一種の哀しい近親愛が呼吸している。両親が薄気味わるがってグレーゴルの部屋に足を踏みいれないはじめから、妹は虫の動きに潜む兄の人間の心を読むことができている。

虫に変身したグレーゴルの意味は、この世界がどう変成されているかという意味とおなじだ。人間の心や判断や思考をもつのに、虫の身体としてしか行為を表出できないひとつの状態が表象されているのだ。

虫という種は身体として制約し、人間という種は精神を制約する。すると虫と人間の合いの子が産まれるわけではない。グレーゴルのなかで精神としてひろがってゆく人間の身体が、身体としてひろがる虫の精神と出遇っているのだ。そしてこのばあい虫の精神は虫の身体の振舞いとしてしか表出されない。でもあくまでも虫の精神なのだ。たんに人間の精神をもった虫というのなら、その虫の世界は寓喩の世界にしかすぎないだろう。グレーゴルの虫への変身はとうてい寓喩ではない。毒虫グレーゴルというまったく新しい種が生誕して、それぞれの由緒である人間と虫との母斑をつけながら、新しい心身の世界として実現していることになる。わたしたちは毒虫グレーゴルの振舞いに痛ましさや、もどかしさを感じる。だがこの感じは、いつかじぶんが体験したことがあったとか、これからいつかきっと体験するにちがいない如実感をともなっている。これが世界の変成感なのだ。毒虫グレーゴルは虫になったいまでも、ヴァイオリンの巧みな妹を、来年は音楽学校に行かしてやろうとおもっている。これは人間みたいな心の動きだが、妹の足もとにすがりつき、なにかよい食べ物をくれるよう頼みたい願望は、もう変成された虫の思いなのだ。そして兄の虫の姿をみるのが耐えがたい妹に、麻の敷布をソファにかぶせてじぶんの身体をすっぽりかくし、妹がかがみこんだとき視えないようにと思いやる。それは人間と虫が滲透したアマルガムのものだ。

働き手グレーゴルが虫になったあとの家族は、それぞれ変容する。父親は銀行の守衛の仕事をみつけ、母親は服飾店の下請けの下着類の縫子の内職をはじめ、娘は売り子になって働くというように。女中には暇をだし、家政婦が朝と夕方やってくるようになる。働きすぎで疲れきった家中の誰もが、虫になったグレーゴルをかまう余裕をなくしてゆく。妹グレーテは兄にあてがう食べ物が投げやりになる。虫になったグレーゴルも、家族が疲れや苛立ちから、じぶんを重荷に感じはじめ、いわば虫にたいする視線に変ってゆくのを感知して、ほとんど何も喰べなくなる。家のなかの一部屋を三人の間借人に貸すことで、グレーゴルの部屋は、間借人の余分な家具の置き場になってしまう。いままでグレーゴルや父親や母親たちのつどう居間には、間借人があつまるようになり、家族は台所の片隅で食事をすることになる。

ちいさな声でいえば、グレーゴルが虫に変身したために、働き手を失った服地のセールスマンの家族には、これだけの変化がおとずれる。つまり世界はこれだけ外観を変えたのだ。ひとつひとつ確かめてみれば、この変化はほんとは、ただグレーゴルが不在になった（遠い旅行、失踪、死など）ときの変化とおなじである。グレーゴルが虫になったための変化ではないことがわかる。ただ家族のグレーゴルにたいする視線が、ほんとの虫にたいする視線に変りかけてきたことだけがちがっている。だがこの世界はすこしずつグレーゴルが虫に変身したための、いわば**大変化**にちかづいてゆくのだ。

ある日台所の方から妹のヴァイオリンの音が流れてくる。間借人たちはそれを聴くと、ひかえの間まで立っていって、じぶんたちの部屋へ弾きにきてくれるよう妹グレーテにたのむ。間借人たちの部屋でヴァイオリンを弾きはじめた妹の楽音は、はじめのうち間借人の耳を惹きつけるが、しだいに男たちはだれて、勝手な様子をしはじめる。

そのときグレーゴルは妹が可哀そうになり、「妹のそばまでかまわず進み出て、妹のスカートを引っぱり、ヴァイオリンを持って彼の部屋へ来てくれるように、という気持ちを伝えようと」妹のほうへ這っていく。

間借人たちは驚いて毒虫がやってくるのを父親に指さしておしえる。父親はグレーゴルが這ってきたと知って、三人の間借人たちをかれらの部屋に押しやる。妹は急いでヴァイオリンを弾く手をやめて、母親のヒザに楽器をあずけると、間借人たちのベッドをととのえに隣室へかけ込む。

間借人たちは父親にむりやり部屋に押しもどされたのを憤って、即座に部屋を解約すると宣告する。グレーゴルは間借人たちがじぶんを一匹の毒虫として見つけたとおなじ場所に、じっと動かないでいる。

大変化が世界に起きたのは、このときなのだ。いままで虫に変身した兄グレーゴルを愛してきた妹は突然変貌する。

「おとうさん、おかあさん」妹が話のいとぐちに、とんと手でテーブルをたたいて言った。「こんな調子ではもうやっていけないわ。おとうさんおかあさんにはわからないかもしれないけれど、わたしにはちゃんとわかっているの。こんなばけものみたいな虫の前で、おにいさんの名を口にするのはいや。だから、こう言うより仕方ないけど、こいつからはなれる算段をしなくちゃいけないことよ。だって、わたしたち、こいつの世話をし、こいつのことを我慢するのに、人間としてできるかぎりのことはして来たわ。だから、今こいつを棄てたって、これっぽっちもわるく言うひとなんかないはずよ。」

「娘の言うことはもっとも千万だ」と父親がひとりごとのように言った。相変わらずまだ十分呼吸ができないでいる母親は、目をあらぬかたに据えたまま、口に手をあてて陰気な咳をしはじめた。

妹は母のところへ急いで行き、額の下に手をあてがった。父親は妹の言葉によって何か考えついたらしく、しゃんとすわり直して、間借人たちの夕食の皿がちらかっているテーブルの上で、彼の守衛の制帽をいじくっていた。そしてときどき、じっと動かないでいるグレーゴルの方を見やった。

「どうしてもこいつからはなれるように考えなくちゃいけないわ」と、妹は今度はもっぱら父親に向かって言った。母親は咳で何もきこえないのだ。「こいつはあなたがたふたりを、きっと殺してしまうわよ。それが目に見えているわ。わたしたちのように、たださえひどい労働をしているものが、家に帰ってまでこんなひどい苦しみを味わって、いつまで耐えていけると思う? わたしだって、もう辛抱できないわ。」そう言ったかと思うと、彼女はわっと泣き出した。

(カフカ『変身』高安国世訳)

ここで何が妹グレーテに起こったのだろうか。ヴァイオリンを間借人たちのまえで演奏する行為で流露したエロスをグレーゴルにさまたげられ、突如としてグレーテは兄妹相姦的な愛を冷たい憎悪に変貌させたのだ。

兄の部屋にのこされた一匹の毒虫を、いままで虫に変身した兄、あるいは兄がある朝突然虫に変身したものと見做して愛しんできた。だがいま兄への兄妹相姦的なエロスの息苦しさを断ちきる意志が妹グレーテを支配する。もっと近親でない他者にむかうエロスにめざめる。それにはどうすればいいのだろうか? 「あいつが(毒虫が―註)グレーゴルだっていう考えを棄てさえすればいい」のだ。兄の部屋にいままで住みついていた一匹の虫は、ただの虫で、兄が変身したものあるいは変身した兄とおもわなければいいのだ。

いつのまにか巨大な毒虫に変身しているのに気づいたグレーゴルの自己認知と、虫をグレーゴルと見做してきた妹や家族の認知とは照応している。妹が虫がグレーゴルだという考えを棄てさえすればと父親や母親に説いたとき、この妹の突然の認知の変容に照応するためには、グレーゴルは存在を消す（不在とする）ほかはない。そうなればグレーゴルの形見として虫（の死骸）が残されるだけだから。グレーゴルは妹を愛する心が、じぶんの身体に強いた這って妹に近寄る行為が、間借人たちに醜悪な虫の姿をみせることになり、妹の自然なエロスの流れを中絶させ、予期しないほどつよく妹を傷つけたのに驚いて、もはや妹とのあいだの兄妹相姦的な愛がおわったことを知るのだ。

ところでグレーゴルにたいする妹の突然の愛の変貌で何がいったい重要なのだろう？　妹がいうように虫がグレーゴルだという長いあいだの思い込みをやめて、ただの虫だとおもったとする。そうすれば虫がグレーゴルの化身でもかまわないのだ。そのばあい虫のほうからじぶんがいると家族たちの邪魔になると観念して「自分から逃げ出し」てくれるかもしれないから。

1、一匹の毒虫はグレーゴルとして**人間**だ

2、一匹の毒虫はグレーゴルの化身として**虫**だ

妹グレーテの愛が憎悪へ突然変貌するのに、これだけの識知の差異でたくさんである。どんなに愛する兄の化身でも、一匹の巨大な毒虫と相姦の愛はもてないし、そうすることもいらないから。

また妹グレーテにこれだけの識知の変貌があれば、虫に変身したグレーゴルという人間は、家族のあいだに存在できずに死に至ることは確かだ。

妹グレーテの突然の変貌は、連鎖的に別の変貌をもたらす。父親ザムザ氏は、朝食をもとめに部屋から出てきた間借人たちに向って権威ある一家の**父**に変貌する。いや家族にたいし、この世界にたいし**権威ある父**に変貌している。そして「すぐこの家を出て行ってください」と間借人たちに有無をいわさぬ威厳で宣告するのである。この父親の変貌は、さきの妹の変貌と密接なかかわりをもっている。妹が毒虫にかわった兄をただの虫だと見做そうと思いきめたのは、じぶんが兄妹相姦的なエロスを廃棄して、ただひとつの女性という性に変貌しようときめたことだ。近親的なエロスはただひとつの性ではなく不定の性の母斑によって成立っている。だが間借人との対応のうちに、妹グレーテが眼覚めた性はただひとつの性なのだ。また毒虫グレーゴルとグレーテのあいだに兄妹相姦的なエロスが存在しえたのは、父親にどんな意味でも権威が存在しなかったからである。だがいまは妹の変貌に連動して父親は権威ある父に変貌したのだ。

グレーゴルが「ある朝、たて続けに苦しい夢を見て目をさますと、ベッドのなかで自分がいつのまにか巨大な毒虫に変身しているのに気づいた」。そこから出発するこの作品の現在性をはっきりさせるために、もうすこしさきまで、妹グレーテの変貌を拡張してみる。架空な勝手な拡張で、作品にはそんなことは毛のさきほども示唆されていない。

３、グレーゴルは不在（遠方への旅、失踪、死など）になり、あとにグレーゴルが寵愛した一匹の虫がのこされた

そうして妹のグレーテや家族たちは、グレーゴルの形見だとおもってこの虫に食べ物をあてがってやる。そこから物語がはじまる。筋書きはそっくりカフカの『変身』とおなじに進行したとしよう。ちがっているのは一匹の虫がグレーゴルとしての人間だというのでもなく、グレーゴルの化身としての虫だというのでもなく、ただグレーゴルが寵愛した形見の虫だということだけなのだ。つまりグレーゴルは不在になり、かわりに形見の一匹の虫がのこされた。

するとわたしたちはカフカの作品『変身』とは似てもにつかない平凡な昆虫愛護の童話を得ることになる。兄が不在になったあと、兄の形見の虫籠をたいせつにする妹や家族たちが、ある家庭内のささいな事件を契機に、虫を愛さなくなって捨ててしまう。どんな動機づけをしても出来あがるのは死んだ近親を追想し、その面影を忘れかねた家族たちの振舞いを描いた童話をではしない。

１、一匹の毒虫はグレーゴルとして**人間**だ

２、一匹の毒虫はグレーゴルの化身として**虫**だ

３、一匹の毒虫はグレーゴルの形見としての**虫**だ

ちょっとみには些細におもえるこの差異が、おおきな作品の差異をもたらす。それと一

緒に〈一匹の毒虫はグレーゴルとして人間だ〉という変成のイメージにカフカの現在性が、すべてふくまれていることを納得する。

虫に変身したじぶんの褐色の腹を、人間のままの眼でみているグレーゴルの変成の位置は、類推できる実際の場所として、分裂病者の体感異常の場所しかもっていない。たとえば「3月のある日、内臓が破裂したように感じました。腹膜炎の膿瘍が破裂したと思いました。心臓も右側に移ってしまって、肺がふくらんだような気がしました。自分勝手に薬をのんだために、肺組織を破壊してしまったに違いないと思います」(高橋良・宮本忠雄・宮坂松衛編『幻覚の基礎と臨床』)。こういう分裂病患者の体感異常の訴えの位置が『変身』の文体の位置にいちばん似ている。ただそれをもう一度作者の位置からそのまましずかに押しあげて、いわば患者を客体化(「彼」化)してみる。すると「よろいのように固い背なかを下にして寝ているらしく、すこし頭を上げて見ると、ふくらんだ褐色の腹が目にはいったが、それはいくつかのこわばった弓形の輪で区切られていた。盛り上がった腹の上から掛けぶとんが今にもずり落ちそうになって、あやうくひっかかっていた。からだのほかの部分にくらべてなさけないほどかぼそい脚がたくさん生えていたが、それが彼の目の先でたよりなげにふるえていた」(カフカ『変身』高安国世訳)。こういう如実な、つまり虫の身体に変成したじぶんを人間の心をもったじぶんが視ているという描写の位置がえられる。

さてもう一度いい直そう。カフカの『変身』に変成のイメージの現在性があるとすれば、この変成が分裂病的であり、しかもそれ以外では、ほんの微かにずれても駄目だという点にある。

変成のイメージの分裂病的な特性。これはいったい何なのだろう。これをカフカの文学の理念に還元するのではなくて、ここでは現在のイメージの一般性の方に転換させてしまいたいのだ。徐々に一般化しようとする手つきをつかえば、どこまでいっても人間の心や判断や感情をもちながら、虫の身体としてしか行動できない状態。しかもその状態は体感と想像力の位置そのものであり、ひとびとがそういう位置に陥込んでいるとか、ある社会の階層のものだけがその状態におかれ、他の階層のものたちが嘲笑ったり批判したりしているといった意味での位置ではない。またこの状態は暗喩でもなければ寓喩でもない。まさに如実にその状態なのだ。時代が閉塞し、ゆき詰っているため、人間が虫のようにしか行動できないとか、虫のようにみじめだというのではない。また人間はあたかも、現代の社会のなかで地を這う虫、そのものだというのでもない。虫の身体をもって、それを離れられない人間の心、判断をもった存在、どこまでもそういう存在としておかれる状態を意味している。この変成の内部では喋言ったつもりでも、音声が奇異にかすれていて、自由にコミュニケートすることができない。誰も意図の所在をほんとうには伝達できないのだ。あるいはじぶんは人間のつもりで振舞っているのに、父親も母親も間借人も、また潜在的には親愛感をもった妹も、一匹の毒虫が這っている姿としかみてはくれない。つまり自在さを制約された状態なのだ。わたしたちの想像力のなかで、じぶんが虫になったところを想定し、もぐもぐと口を動かして喋言っているつもりなのに、いっこうに人語にならないで焦燥にかられているところとか、恰好いい姿で近寄っているつもりなのに、たくさんの手足をもぞもぞ動かして歩いているだけのじぶんをおもい描いて、虫になった人間の心という変成を実感しようとする。

他者のイマジネエションや視線のなかでは一匹の虫として存在しており、じぶんのイマジネエションのなかでは思うがままに振舞い、感ずるがままに感応している人間。これが変成のイメージを語る第一の条件だ。だがそれだけではない。つぎにこの状態にはもっと微妙な構造がある。思うがままに振舞い、感ずるがままに感応しているこの人間は、じっさいは虫の身体表出としてしか行動していないのだ。ここでもまた人間の心をもった虫という寓喩の世界があるのではないし、また虫が人間の心をもって振舞っている動物童話の世界があるわけでもない。虫に変身したグレーゴル・ザムザが、閉じこもっていた部屋をでて、父親や母親や妹や間借人たちの視線がとどく世界に入ってゆくと、そこでは分裂病的な体感異常の世界が出現する。グレーゴルに接触した他者は間借人のように、巨大な一匹の毒虫が醜怪な姿でのさばっているのを視るのだし、近親たちは父親や妹のように、一匹の毒虫を視ているのに人間として近親グレーゴルをみなくてはならない。まだそのうえに微細な区別がある。父親や母親にとっては一匹の虫になぜか化身してしまった息子とみえるのに、兄妹相姦的な愛の欲望をもつ妹からは、虫の身体表出を介してすべての行為がじぶんにたいする愛であるような対象をみなくてはならない。この変成のイメージは世界のシゾフレニー化である。この世界に接触したものは誰でも、近親相姦的な関係のなかにあるものと、その外にあるものに振りわけられてしまう。またこれは世界の未分娩化であるとともに世界の被害妄想化なのだ。わたしたちは胎児として母親の胎内にあったじぶんまでは想像しても、それ以前は想定する必要がないはずなのに、この世界に接触すると視線に怯えがやってきて、未生以前の虫や猿のような動物にまで遡行しなくてはならなくなる。

この変成のイメージは現在が人間という概念のうえに附加した、交換不可能な交換価値なのだ。わたしたちは身体図式を人間以前にまで拡張される。障壁をつくるべき閾値がどこにも存在しないからだ。かりにグレーゴルのように虫に変身したとしても、そのことに驚愕するものなど誰もいないといいたげである。だまって奇妙な事実は受け容れられてしまう。驚愕するためには境界閾が必要なのに、すでに身体図式には境界がなくなっている。冷たく固く孤独なのだが孤独とみなすための情念の発作が喪われている。ここへゆきつくまでにさまざまな階程を通過したはずなのに、どこかでいつの間にか適応を忘れてきてしまっている。

筒井康隆の『脱走と追跡のサンバ』には、世界の被害妄想化が暗喩として描かれた導入部がある。被害妄想化、それはシゾフレニー化の前段にあるべきはずのものなのだ。「おれ」と「正子」はボートに乗って、見知らぬ世界にまぎれ込んでしまう。この世界は以前の世界と何もかもそっくりおなじなのだが、ただ何となくいつも異和感がつきまとう。この何とはなしの異和感がこの世界を以前の世界と分けるちがいなのだ。この異和を感じない人間は、そっくりおなじ外見をしていてもじつは「にせの人間」にちがいないとおもえてくる。

「おれ」はこの世界に入りこんで『本質テレビ』に見学にやってきて、スタジオにまぎれ込んでしまう。そこではサラリーマンの上役と部下とが責任のおしつけあいをして言い争っている。そしてこのスタジオにいるかぎり見学者だって、すでに出演者なのだと告げられる。「おれ」はどこかに据えつけてあるにちがいないテレビ・カメラから視られているとかんがえて、長方形のカメラをみつけだすと、それを突き破ってカメラの向う側の世界にとび出してしまう。そこからみるとさっきのサラリーマンの上役と部下とが責任のなすりあいで言い争っている場面がみえる。ところが「おれ」の傍にいる男が、あらぬ方向をむいて、この証書があれば、上役と喧嘩して会社をやめる羽目になっても、失業保険を保証されるというようなセリフを繰返している。「おれ」ははっと気がついて、まだどこかこの部屋にテレビ・カメラが据えつけてあり、そこから監視されているにちがいないとかんがえ、壁や窓のしきりの上を探してみると、やはり長方形のテレビ・カメラがのぞいている。「おれ」はふたたびカメラにむかって突進して、これを突き破り、カメラの向う側の世界にでてゆく。そこは最初に「おれ」が「正子」とボートに乗って河べりのビルの窓を破ってしまった管理人の部屋であった。それが以前の世界とこの世界の境い目にあたっていたのだ。管理人の家族は食卓を囲んでいる。「おれ」は管理人ともみ合っているうちに火災をおこし、河の上でボートにのっている「正子」を呼んで、ボートに乗り移ると河の中央部にでる。その「正子」もほんとは「模造品」なのである。

『脱走と追跡のサンバ』の「おれ」が体験するのは、生活それ自体がすべて虚構の世界にすっぽりとはいってしまい、それを監視するカメラのような眼が、世界のどこかに具わり、またつぎには監視するカメラのような眼を含めた世界が、またもうひとつつぎのカメラのような眼から監視されるといった虚構の鏡地獄がどこまでもつづいているような暗喩の世界の不安や恐怖である。絶えずじぶんは「にせ人間」や虚構の人間なのではないか、どこか異次元のところからべつの眼によって監視されているのではないか、そうかんがえて存在している現在のマス・イメージの変成された世界に、わたしたちが足もとからひたった不安がいやおうなしにひきだされている。

演技者や出演者はテレビ・カメラの眼にさらされているだけだ。だがテレビ・カメラの向う側には演技者や出演者にはまったく正体をみせない無数の眼がひかえていて、いわば監視している。テレビ・カメラはどうしたらうまく監視の視角がえられるか、どういう監視の仕方が新鮮で克明なものかを追求し、提供しているだけだ。これは被害妄想や追跡妄想の病者が、世界から視られているという意識によって実現する世界と酷似している。「私は正しいのに、会社ではなにか私を悪く言っています。部長さんや皆が噂しています。会社から誰かが私の家に来て調べていったに違いありません。そうでなければ、私の部屋のことを会社で言うわけがありません。私の部屋の中のことや貯金額まで知っています。近くの二階家からでも、望遠レンズで私のことを調べたに違いありません。聞こえてくるからわかります。会社全体がエレクトロニクスで、私に余計な心配をさせようとしていたんです」(高橋良・宮本忠雄・宮坂松衛編『幻覚の基礎と臨床』)。

この病者のばあい、「私」を追跡し、「私」のことを望遠レンズで調べたものの影は、じぶんが乳児のときに愛着し、じぶんが追いもとめたものの像である。それが現在では「会社」とか「部長さん」とかの強大なさし迫った、だが世にも卑劣なものの像に転移されている。

演技者や出演者が被害妄想や追跡妄想の病者への路を絶ち切るにはどうするのだろう？かれらが、じぶんは監視の眼がついた中空に浮んだ箱のなかに、閉じこめられてるんだという不安を絶ちきるには、カメラの眼の向う側の世界を、まったく存在しないと思いきめるほかない。そのためにはカメラのこちら側のスタジオ空間では、頭のてっぺんから足のつまさきまですべてが虚構である存在に、人間は変成されているときめてしまえばいい。テレビ・カメラの映しだす世界を、受像装置のこっちから監視している世界より、なお以前にいるわたしたちも、受像装置に映しだされた演技者や出演者を、すべて虚構の人物と見做すことで、かれらが被害妄想や追跡妄想を絶ち切るのに呼応しなくてはならない。わたしたちは演技者や出演者を、ふだんはどこそこの盛り場や街角を歩いているおなじ世界の人物たちで、たまたまある時間帯に演技のためにスタジオにやってきてカメラのまえで振舞っている人物だとはかんがえないようにしている。受像装置のなかでだけ存在し、生活し、泣いたり笑ったり、唱ったり喋言ったりしているが、それ以外の世界ではまったく存在しない虚構の人間だと思い込もうとしているのだ。

カフカの『変身』の分裂病的な世界にならっていえば、この被害妄想や追跡妄想の世界と似た現在のイメージ変成の世界は、根源的な情緒や情操を、分娩の前後に母親との関係に失敗したため、破壊された乳児の世界になぞらえることができよう。

カフカの『変身』の世界は、貧しくひっそくした家族をささえている働き手、服地のセールスマンであるグレーゴルが、すこしでも仕事を休んだり、無断で遅刻したりするとすぐに、経営者や支配人から睨まれてしまうような職場の環境のなかで（カフカは労災保険局の役人だったし、カフカの父は装身具卸売商人だったこととの反映がみられる）一匹の虫に変身してしまうことからはじまる。家族生活の経済上やむをえない変動の静かな推移を背景にして、妹グレーテとの兄妹相姦的な稠密な灰のような情愛が、突然妹の心変りで、冷たい異和に変わり、グレーゴルの死（消滅）を代償にして、父親を中心にひっそりした貧しい自足が、ふたたび家族に恢復されてゆく世界である。

カフカよりもっと現在的な筒井康隆の『脱走と追跡のサンバ』の世界では、主人公の「おれ」はどの世界に突きでていっても、またテレビ・カメラのような眼にそのつぎの世界から監視され、けっして監視から解かれない人として存在している。これは被害妄想や追跡妄想の世界に酷似しているのだが、この無限虚構のような世界で、わたしたちが病者になることを踏みこたえているとすれば、監視する眼のついたスタジオ的な世界では、演技者や出演者はじぶんたちが頭のてっぺんから足のさきまでどっぷりと虚構につかっているのだと見做して、監視の眼の向う側の世界を無化しているからだし、また監視の眼のこちら側の受像装置の世界では、スタジオ的な世界の人々は完全な虚構の人間で、スイッチやチャネルを切りかえれば、いつでも部屋から消えてくれたり、別のスタジオ的な世界に転化したりできると見做しているからである。そしてこの監視する眼からどこまでいっても監視されている世界の特性は、分娩の前後のときに母親の像との同性愛（なぜならその時期の母親は胎児や乳児にたいしていつも〈男性〉として振舞い、胎児や乳児は、男でも女でもひたすら受け身で、授乳や排便の世話などで保養されるばかりの〈女性〉だから）に失敗したものの情緒の世界に酷似している（受け身で、スイッチやチャネル転換によっていつでも消されてしまう世界）。

糸井重里・村上春樹『夢で会いましょう』を読むと＝ア＝から＝ワ＝まで33チャネルあるテレビを、五分間か十分くらいでつぎつぎに切りかえながら、受像されてくる、この変成の世界の寸劇をみているように感じる。＝ア＝というチャネルでいま「アレルギー」というドラマをやっている。「ぼく」はどうして女性アレルギーを治療したかという話になっている。「ぼく」は半径2メートル以内に女性がいるとアレルギーを起こし、身体じゅうに蕁麻疹ができる。どうかしてこのアレルギーを克服しようとしてさまざまな工夫をこらす。はじめに女性の風下に立って、その匂いになれるところからはじめ、つぎには女性の匂いのする空気をビニール袋に封じこめて、シンナーを吸うときのように鼻と口をつけてふかぶかと吸いこむことに慣れてゆく。つぎに女性に触れることになれるために、日焼けしてむけた女性の皮膚を、小指のさきほどもらってきて、じぶんの身体のあらゆる部分に触れさせて、発赤や痒みや吐き気がなくなるまでくりかえしてゆく。やがて「ぼく」は女性の手を握れるまでになり、着衣で抱きあえるようになり、裸で抱きあっても平気になっていく。それだけではない、ついにはそれなしではいられないようになり、こんどは女性に毛嫌いされるまでになり、ついには逆に相手の女性にアレルギー症状を起こさせるほどになる。2メートル以内に近づくと女性の方から警官を呼ばれたりするくらいになった。

チャネルを切り替えることで、またこの種のべつの掌篇がつぎつぎに繰り出される。即座に中心にはいり、即座に通過できる。マジメに冗談をいうことで一瞬の倫理の表層をかすめて、つぎの物語に切りかわる。このばあいの倫理の表層というのは、男女のあいだの性の狃《な》れが普遍的にたどる過程を、さり気なく普遍的だと暗喩することにあらわれている。

わたしのかんがえでは、これ以上深層にはいり、これ以上一ケ所にとどまって倫理の普遍性をとらえようとすれば、現在のイメージの変成の様式的な世界はすぐに、露骨さに耐えず崩壊するにちがいない。その時間と速度の閾値の境い目の輪郭のところを、この作者たちは言葉で巧みになぞってみせている。この作者たちの言葉の交換価値は映像と等価なのだ。言葉＝映像とみなして言葉を使ってみれば、ここでつくられている程度の軽い虚構でも、映像的には重すぎて毒性がひどく耐えられないだろう。

スイッチとチャネルによって一瞬に中心に到達できる映像の世界、また一瞬のうちにべつの系列の映像に転換し、また恣意的にスイッチを切って消滅させることができる映像の世界、〈出現〉〈転換〉〈消滅〉がす早くおこなわれるというイメージ様式は〈意味〉の比重を極端に軽くすることではじめて衝撃に耐えられる世界である。このイメージ様式を言葉の世界に移す方法が、現在の若い作家たちによって捕捉されることは、いわば必至だといっていい。ただどうしても言葉を軽くしなければ、このイメージ様式と等価な世界は成り立ちそうにない。これは、『夢で会いましょう』のような作品が、内容的な重さの限界ではないかという制約感をあたえずにはおかない。つまりわたしたちは、映像は映像自身を検閲するのではないかという思いにかられるのだ。資本や検閲ばかりが規制する以前に、イメージの様式がイメージを制御するにちがいない。言葉はどんなに軽くても映像を重たくするからだ。

その意味で高橋源一郎『さようなら、ギャングたち』の出現は鮮明であった。ここで現在のイメージ様式そのものが高度で、かなり重い比重の〈意味〉に耐えることがはじめて示された。この作品の構成はテレビ的である。ちょうどテレビのチャネル系列のようにそれほど脈絡も首尾もない三系列の挿話群が、第一部「『中島みゆきソング・ブック』を求めて」、第二部「詩の学校」、第三部「さようなら、ギャングたち」として並列される。そしてこの三つのチャネル形式をつらぬいている作品のモチーフは〈空虚〉で〈荒唐無稽〉な物語を語ることを、そのまま真剣な倫理にしてしまうことのようにみえる。作者には現在の詩の表現様式と内実にふかい関心があって、それがこの作品の〈意味〉の全体を統覚している。

（大統領の爆死をSPが語る）

その時です。

わたしは、大統領がくしゃみをなさったんだと思いました。ええ、そんな音だったんです。

大統領が風船ガムを一口嚙んだとたん、もう大統領の肩の上には何も載っていませんでした。

わたしが大声で「大統領閣下《プレス》!!!」と叫び、頭をふきとばされた大統領にしがみついた時、大統領はもう一つの風船ガムの包装を破ろうとして一生懸命になっておられました。

（高橋源一郎「さようなら、ギャングたち」冒頭〈群像〉一九八一年十二月号）

言葉が劇画のひと齣にむかって集約されてゆくさまがよくわかる。そしてここに漂っている情念の処理の仕方、シニズムと気取りの雰囲気が、どうしても現在のイメージの変成の過程で出てこざるをえない必然だということが示されている。図柄の荒唐無稽さをおおうための〈意味〉の衣装として、どうしてもこのシニズムと気取りが様式的なパターンのひとつとしてあるということなのだ。劇画的な描写のつぎに映像的な変成の仕方をふんだんにみることができる。

（その頃「わたしに名前をつけて下さい」というのは求愛の方法であった）

4

「君に名前をつけてもらいたい」とわたしはかの女に言った。

「いいわ」とかの女は言った。

そして

「わたしにも名前を頂だい」とつけ加えた。

ミルクとウオツカのカクテルを飲んだ。「ヘンリー4世」はバスケットの中ですやすやねむっていた。

わたしたちは初めて愛し合った後で、心地よく抱き合っていた。

わたしは自分の机へ行って、原稿用紙にかの女の名前を書いた。

ベッドの上でかの女はむこう側をむいて、小さな手帖にわたしの名前を書いていた。

わたしはかの女の裸の背中をながめていた。

わたしは女の背中がそんなにきれいなものだとは知らなかった。

5

かの女はわたしの書いた原稿用紙をうけとって読んだ。

中島みゆきソング・ブック

「ありがとう」とかの女は言った。

6

(この節は全部入れ替え)
船を出すのなら　九月
誰も見ていない　星の九月
人を捨てるなら　九月
人は皆　冬の仕度で　夢中だ

あなたがいなくても
愛は　愛は　愛は　まるで星のようにある
船を出すのなら　九月
誰も皆　海を見飽きた頃の　九月

(中島みゆき「船を出すのなら九月」)

7

わたしはS《ソング》・B《ブック》の書いたメモを読んだ。

さようなら、ギャングたち

「ありがとう」とわたしは言った。

（高橋源一郎「さようなら、ギャングたち」第一部Iの4〜7）

これは作品のなかの挿話群のうち、さきにあげた『夢で会いましょう』のひと齣とおなじ意味をもつものだ。マジメに冗談をいう速度とおなじ速度で文体は流れる。それ以上の意味はなく、ただスイッチを入れるように読み、スイッチを切るように理解をやめればいい。だがこういう挿話がつみ重ねられ、わたしたちは理解のスイッチを切ったり、また入れたりしているうちに、ひとつの膨大な〈空虚〉が真剣な眼ざしで湛えられている貯水池のような印象に達する。それが作品のモチーフであるとおもわれる。

この作品の挿話群のなかで、いちばん起承転結がある挿話は、主人公「わたし」の娘キャラウェイの死と埋葬の挿話だが、それはSFアニメ的である。役所から黒枠のハガキで

「謹んで御令嬢の逝去をお悔み申し上げます」という死の予告がくる。ここでは役所は死ぬ日を正確に知っているのだ。「わたし」は娘キャラウェイのドレスの肩に、小さな赤いリボンをつけて、一緒に散歩に出かける。その日に死ぬことになっている子供は、赤いリボンをつけることになっているのだ。遊園地では、死のしるしの赤いリボンを、キャラウェイの肩にみて切符係は「無料《ただ》です」といって、ポプ・コーンと風船をわたしてくれる。家に帰ると「わたし」はキャラウェイを風呂にいれて洗ってやり、一緒に眠っているうちにキャラウェイは朝までに死んでいる。

たぶん事実としては、期待していた子供を流産させたとか、幼いうちに死なせたとかいう体験の哀調があればこういう挿話はつくれる。けれどあらかじめ決定されていた死が、幼児にやってくるという変成のイメージと、死が予めその日にしるしを付けられているという設定は、現在のイメージ様式が、SF的に未来をさきに奪取しておかねば不安でやりきれないという占星術的な性格をもつことを象徴している。役所は10歳未満の幼児の死体を収容する『ワゴン』を派遣してくることになっており、それにはかならず「牧師」と「哲学者」がペアで添乗する範例になっている。「わたし」は『ワゴン』の派遣を役所に断わって、娘キャラウェイの死体を抱いたり、背中に負ったりして、警察の指定する「子供の死躰を運ぶ保護者」のコースを歩いて「幼児用墓地」へむかう。これもまた犬猫用墓地という、現在の愛と死の不毛が生んだ風俗的事実があれば組立てることができよう。けれどこの赤味を帯びた闇のイマジネエションはSFアニメ的なものだ。

この作者は変成のイメージをつくるのに、現在のイメージ・パターンの収集帖からぬきだした、風俗の衣装を多用している。それは作品の全体の画像をいちじるしく幼児的にする。まずはじめにイメージ・パターンをつくりあげ、それにむかって出来あがらない挿話を振り込んでゆく。〈意外〉〈奇抜〉〈斬新〉が遊んでいるぶんだけ、通俗的に流れてゆく。どうしてここまで突っ張っているのに、この作者はにやけた顔をしてみせなくてはならないのか。ほんとうは作者のなかで、現在のイメージの変成の必然に頸ねっこを抑えられる状態が、恐怖とみられているのだ。

第三部の「さようなら、ギャングたち」のところで「わたし」は、四人のギャングにマシンガンをつきつけられながら、詩の作り方を教えることを強要される。


わたしは「おしのギャング」に話しかけた。

「立って下さい。おねがいします」

「おしのギャング」はのろのろと立ち上がると片手を腰のケースに入っているルガー・オートマティックの上に置き、いつでもわたしを射ち殺せる準備をした。

「あなたが思っていることを話して下さい。あなたが考えていることを、感じていることを言葉にして下さい。どんなことでもかまいません。あわてずに、おちついて、ゆっくり話して下さい」とわたしは言った。

「おしのギャング」の唇はいつも閉じっぱなしで、コーヒーとサンドイッチをながしこむ時以外には開けたことがないみたいだった。

「おしのギャング」はソフトの下から、わたしの顔を見ると、コーヒーとサンドイッチ以外のことを考えるのは苦手だと言うように悲しみにみちた顔つきになった。

「むずかしく考えないで」とわたしは言った。

「何でもいいんですよ」

「おしのギャング」は自分の頭の中に書いてある言葉を探しはじめたが、どの頁もまっ白だった。

まっ白。まっ白。まっ白。まっ白。

まっ白。まっ白。まっ白。まっ白。

「コーヒーとサンドイッチ」「おしのギャング」の唇から荘厳な音がもれた。

「そうです、それでいいんですよ。つづけて」

まっ白。まっ白。まっ白。まっ白。

まっ白。まっ白。まっ白。まっ白。

「コーヒーとサンドイッチ」「おしのギャング」はもう一度、悲哀をこめて呟いた。

残りの三人のギャングたちも、感心したように「おしのギャング」の唇が動くのをながめていた。

（高橋源一郎「さようなら、ギャングたち」第三部のⅠの3）

ここらあたりが作者のモチーフである詩と変成の構図が、折合いをつけた唯一の個所で、気取ったり、ひけらかしたりしないで流露するわずかな現在のイメージ領域をつくっている。

この世界を被害妄想的なイメージで変成してみせた『脱走と追跡のサンバ』では、まだひとつの監視された世界の構図の向う側に、まだべつの世界があるにちがいないとかんがえられている。監視装置をつき破ってみると、またそこには監視された世界があるだけなのだが。世界の向う側の世界が想定されているということ自体が救済の代同物ではありうるのだ。

だが『夢で会いましょう』や『さようなら、ギャングたち』の世界では、救済の世界のイメージなどはじめから何もない。被害妄想的な視線なども、どこからも感知されていない。無意味化された空虚なイメージの世界を、出たり入ったりしてみせるときのスタイルが、見世物のように売りに出されているのだ。どうしてそれが見世物でありうるのだろう。分裂病者の世界に似ていて、つぎのようなことを思わせるからだ。もしもわたしたちが突然、どこかで観念のスイッチを切られたとしたら、いくらかの不安を伴なった空虚な世界を氾濫させるだろう。そのなかに身をまかせている状態は、肯定する判断力も否定する判断力もうしなって持続されてゆく。ときどきどこかに緒口があって、そこから脱出できれば何とか常態の世界へもどれる気がする。脱出口の向う側の世界が、ぼんやりとみえてくることがあり、そのときに努力の倫理みたいなものが、微かに病者の世界にやってくることがある。だがやがてしばらくすると、もとの空虚な世界に身をひたしているじぶんにかえってしまう。この病者の世界に似た世界は、平穏で空虚なラジカリズムを出現している。なぜかといえば、微かに意識が正常になった瞬間に集中されると、脱出口が視えるようにおもえるが、そこを脱出口としてみれば、システム化された管理者の世界の入口に当っているからだ。脱出口は管理の入口である。脱出口までできた病者に管理者は投薬し、審問するだろう。カフカの『変身』の世界は病者だけの世界の風景ではないが、病者と病者の管理者の撚りあわされた世界で、脱出口と入口の境界のところで妹グレーテの突然の変貌が位置している。妹は病者を管理する者の哀れな愛を演じている。

停滞論

　わたしたちのあいだで、言葉がいま倫理的に振舞っているのをみたら、現在の停滞のいちばん露骨な形式に、身をおいたじぶんを肯定しているか、政治的な言葉を退化させて、倫理の言葉で代償しているかどちらかだ。その倫理の言葉は民衆的にみえようと、反民衆的にみえようとおなじことだ。たしかにあたりには政治に自信をなくしたソフト・スターリン主義の言葉と、現在の華やかな空虚の意味に耐えられなくなった文学の言葉とが、折合いをつけて陥込んだ場所がみえる。この場所はまた別の言葉でもいえる。もう半世紀もまえにあらわれた思想的な光景の記憶、スターリン主義がリベラリズムを味方に誑《たら》しこんで、じぶんの双生児である社会ファシズムを曲りなりにも打ち倒した懐かしい想い出の場所だ。そしていくらか悔恨をまじえて、古い懐かしい日々を回顧したい文学者たちがいま寄り集っている地平なのだ。あたかも幼児期の原風景を覗きこんだときみたいに、一瞬のうちに半世紀もまえの記憶にまで退化していってしまう。かれらはいったい五十年ものあいだ何を紡いで、作品に積みあげてきたのだろう。わたしたちは禍々しい影が冬眠から醒めて、あっという間に文学の停滞を組織してしまうのを眼前にしている。

だが世界はたえず展開しているのだ。現在のソフト・スターリン主義は、西独からはじまるリベラリストたちの、文学の停滞と同伴の記憶を組織しながら、その隙に、現在、世界のもっとも進んだ社会主義的構想のポーランドを、手段を選ばぬ残酷さで、あっという間に叩きつぶしてしまったのだ。


さて今春、アメリカでレーガン政権が発足して以来、軍備増強論がにわかに高まり、限定核戦略が唱えられ、中性子爆弾の製造が決定されて、核戦争の脅威が人類の生存にとっていっそう切実に感じられるようになってきました。

ご承知の通りヨーロッパでは、一九八三年末にアメリカの新しい戦域核兵器が配備されれば、核戦争への歯止めが失なわれるという危機感から、歴史に例を見ないほどの幅広い反核、平和の運動が拡がっております。

（中野孝次ら「署名についてのお願い」〈文藝〉一九八二年三月号）

これが「ひとたび核戦争が起これば」「全世界を破滅せしめるにいたること」はあきらかだから「人類の生存のために」「すべての国家、人種、社会体制の違い、あらゆる思想信条の相違をこえて、核兵器の廃絶をめざし」て「核戦争の危機を訴える文学者の声明」

に署名をして欲しいという、中野孝次らの情勢認識である。もちろんわたしは、かれらにむかって、君たちは「人類」としてそんなに「生存」が心配なのかとか、君たちは誰からも非難や批判を受けなくてすむ正義を独占した言語にかくれて、そんなにいい子になりたいのかと半畳を入れたいのだ。そして誰からも非難されることもない場所で「地球そのものの破滅」などを憂慮してみせることが、倫理的な言語の仮面をかぶった退廃、かぎりない停滞以外の何ものでもないことを明言しておきたい。

中野孝次らの情勢認識はひと口に要約すれば、アメリカがレーガン政権になってソ連にたいし軍拡の無限競争に踏み切り、ソ連の対ヨーロッパ核配置に対抗して、ヨーロッパに対ソ連の戦略核配置を決定した。そのために、ヨーロッパには危機感が横溢し、反核、平和の「歴史に例を見ないほどの幅広い」運動が拡がっているということになる。もっとニュアンスをつきつめればアメリカがソ連の対ヨーロッパ核戦略にたいし、ヨーロッパ大陸に乗り出してまで対ソ連核戦略配置に踏み込んだのが、核戦争の危機感を招いた原因だといっている。いったい悪いのはソ連なのかアメリカなのか？　中野孝次らの文意は明瞭に答えを出そうとしていない。しかしわたしの感受性が正常ならば、アメリカが悪いというニュアンスにうけとることができる。そして事実、ヨーロッパの昨年来の反核平和運動は、ソ連は平和勢力だが、アメリカは軍拡狂奔勢力だ、というソフト・スターリン主義の同伴者から起こった運動のようにおもえる。

わたしはヨーロッパの情勢に精通しているわけでもない。また緻密な情勢分析を加えたものでもない。ただ中野孝次らのいう情勢認識はすこしも普遍性をもたないことは、すぐ別の情勢認識を対置できることからもわかる。東西ドイツを発祥地として、突如としてヨーロッパに反核平和運動が高揚し、それがアメリカの挑発による核戦争の危機という宣伝文句で街頭運動を組織して、大衆の関心を惹きつけていった。故意か偶然か、それをかくれみのに、ソ連とポーランド軍部官僚は、ヨーロッパで、もっとも先進的な社会主義の要求を提起したポーランドの労働者、知識人、市民の運動を「非核」武装力で、もっとも徹底的に苛酷にたたきつぶしてしまったのだ。

ポーランドは「ヨーロッパ」における歴史の後進地域であり、ヨーロッパ人によるヨーロッパ人の植民地であった。だがそれだからこそ、現在の世界史のもっとも進んだ理念が鎬をけずる場所でありつづけた、といってもよい。これが「非核」武装力でたたきつぶされたことは、現在の世界史という理念のイメージが、致命的な損傷を蒙りつつあることを意味している。

わたしたちの「ヨーロッパ」というマス・イメージのなかで、一方に中野孝次らのいう核戦争の危機を憂うる文学者、知識人や大衆の街頭運動が彷徨している。そうかとおもうと、一方では社会主義の理想的な構想を掲げて千数百万を動員した労働者や、大衆や、知識人の運動がソ連と、武装力をもった一握りのポーランド軍事独裁政権の戦車と銃剣のもとでひっ塞させられているというわけだ。わたしは中野孝次らの加担する核戦争の危機を訴える西独や東独から発祥した運動の方が、呑気でそしていい気な、何かの匿れ蓑のような気がしている。現在「ヨーロッパ」の中心的な思想は、核戦争の危機を憂えているのだろうか？　それともソ連官僚国家のポーランド制圧についで生ずるかもしれないヨーロッパの有無をいわせぬ制圧を、危機として憂えているのだろうか？　わたしのイマジネエションでは後者の方が普遍的で意味深い現在の「ヨーロッパ」像であると信じられる。すくなくともわたしがその業蹟や思想によって敬意をもっている思想家たちの認識は、後者にあることを疑うことができない。

現在わたしたちが「ヨーロッパ」というとき重層的な意味をもっている。ひとつは、さまざまな意味で〈マルクス主義〉が無化（無効化）されたあと、中心を喪って、活力をアメリカにもとめざるをえなくなって、深く混迷と模索の過程をつみ重ねつつある地域としての「ヨーロッパ」である。だが「ヨーロッパ」はもうひとつの意味をもっている。世界史のいちばん高度な段階から必然的に国家を超えられて、欧州共同体として振舞わざるを得なくなった、いわば普遍的な「ヨーロッパ」とである。この後者の普遍的な「ヨーロッパ」は、現在もまだ世界史の鏡である。そこから眺望されるソ連官僚専制国家圏の姿は、かつて人類が視たことのない普遍的な意味をもっている。その意味は半世紀まえに、スターリン主義がリベラリズムを味方につけて社会ファシズムと死闘を演じた時期の理念の構図の意味を、はるかに超えてしまっている。現在「ヨーロッパ」の思想が核心のところで視ているソ連や東欧圏の姿は、とうてい中野孝次らの「署名についてのお願い」の情勢認識などが、把握しているとはおもえないのだ。中野孝次らが「いかなる党派、組織、団体からも独立した文学者個人」でありえている可能性はすくない。そうだとしても名刺に刷られている肩書きとしてだけであり、思想の本質としてではない。スターリン翼賛会→大政翼賛会→自称の反核・平和勢力翼賛会。半世紀もたっているのに、何かの党派や組織を翼賛するために、じぶんたちがおためごかしの党派や組織と化することだけはやめたことがない。そのカテゴリイを離脱しているとはおもえないのだ。

どうしてかれらは(いなわたしたちは)非難の余地がない場所で語られる正義や倫理が、欠陥と傷害の表出であり、皮膚のすぐ裏側のところで亀裂している退廃と停滞への加担だという文学の本質的な感受性から逃れていってしまうのだろう? かれらを(わたしたちを)古き懐かしき日々《グッド・オールド・デイズ》への回想でしかない思想の図式的な光景へゆかせる退化した衝動が、現在、倫理の仮象をもってあらわれるのはどうしてなのだろう? いや、まったく別の言葉でこの問題をいいかえてもいい。「全生物をくりかえし何度も殺戮するに足る核兵器」、「地球そのものの破滅」、「中性子爆弾」、「新型ロケット」、「巡航ミサイル」、「全世界を破滅せしめるにいたる」、「地球がふたたび新な、しかも最後の核戦争の戦場となることを防ぐため」。こういう「声明」の言語は、とうの昔に松本零士の『宇宙戦艦ヤマト』

や富野喜幸の『機動戦士ガンダム』みたいな優れたSFアニメによって先駆的に主張され、先駆的に使用済みの思想の言葉にしかすぎない。どこからみても生真面目で稚拙なリアリズム小説しか書いたことがない中野孝次などが、どうして今頃になって、無意識のうちに劇画作家やアニメ作家の使い古した思想と言語の場所へすべり込んでしまったのだろう。わたしは少年や少女たちと一緒に『宇宙戦艦ヤマト』や『機動戦士ガンダム』がSFアニメの表現的な限界（いわば型による認識と感受性の限界）を超えようと模索して生みだした矛盾が、微妙な「人間性」を表出するのに心を動かされて、その映像を愛好してきた。だが中野孝次らの「声明」は普遍的な正義の場所を仮構するあまり、はからずもSFアニメ的な型の感受性と思想の認識にすべり込んでしまっている。感動したり共感したりしようにも、しようがないのである。

現在米ソ両国はどちらも膨大な核爆弾、ミサイル、その他の兵器、軍需物資の生産を停止すれば、すぐに経済社会的な側面から国家の崩壊に直面するだろう。これは専門の経済学者の見解である。誰が一個の「人間性」としてそれを望まぬものがあろう。この両国が兵器生産を放棄し、一方は平和なカウ・ボーイの国に、他の一方は半アジア的な平和なミール共同体の国にもどってくれたら、世界はこれにならうことになり、住みよくなるにきまっている。だがわたしたちは、冗談をいいたいのではない。そのためには、こういうことを望むじぶんの「人間性」をSFアニメ的にいつも客体化していることがどうしても必要だとおもえる。現在の段階で、かれら米ソ両国が、国家の崩壊を賭けてまで、核をはじめとする兵器、軍需生産をやめるなどと到底かんがえられないからである。「人間性」という概念も「人間」という概念もそう簡単に消滅するとはおもわれない。だがその実体は不変なものではないにちがいない。高度に技術化された社会に加速されたところでは「人間性」や「人間」の概念は「型」そのものに近づいてゆくようにおもえる。そして現在わたしたちが佇っている入口がそこにあるような気がする。「人間性」や「人間」を不変の概念だとみなせば、わたしたちは過去の「人間」や「人間性」の風景への郷愁に左右されて停滞するのではないだろうか？　だがわたしたちは〈停滞〉の意味を情緒的に曖昧にしないではっきりさせておかなくてはいけない。わたしたちが〈停滞〉というとき、起源的な概念でふたつの意味をあたえている。ひとつは農耕的な共同体の意識形態にまつわるものなのだ。もうひとつは現在の諸産出の物質的な形式に附与されるイメージに関するものなのだ。わたしたちの現在は〈停滞〉している。そうだ。その停滞は共同的な意識としてか、あるいは物質的な形式のイメージとしてか、何れかを指しているのだ。中野孝次らの「声明」が停滞しているのは、田園的な理念の共同性を、現在の社会に対置させようとしているからである。

黒柳徹子『窓ぎわのトットちゃん』は、昨年来わたしたちにふんだんにこの問題を提供してくれた。この作品は、私小説の本質が〈事実に即して記述されているとおもわせるような虚構〉から成り立った一人称的な物語だというのとまったくおなじ意味で、〈事実に即して記述されているとおもわせる虚構〉という方法で、小学校の一年生の少女「トットちゃん」を主人公に、その無邪気でエゴセントリックな行為が招く波紋と、その波紋が善意と「人間性」にあふれた教育的な方法で収束され、主人公は傷つかずに救済され、和解と融和に到達する過程を描いたいわば〈私童話〉というべき性格をもっている。すくなくとも明確に「トットちゃん」を主人公にした〈童話〉を創り出すという作者のモチーフは貫かれているといってよい。そしてかなりな程度複雑な効果をつくりあげた作品になっている。

たとえばはじめて小学一年生になった主人公の「トットちゃん」は、学校の授業中に、上げフタになった授業机が物珍しくて、あたりかまわずフタをばたばたさせて、教科書などを出したり入れたりしてみせる。また授業のさいちゅうに窓ぎわに立って、外を通るチンドン屋さんを呼びこんで、無邪気に演じてもらって、クラスのみんなをさそって見物する。そうかとおもうと授業中に、窓のそとのツバメに声をだして何か話しかけている。図画を描くと画用紙をはみだして机の上に国旗のフサを描き込んでしまう。ようするに恵まれた自由な雰囲気をもった両親のつくりあげた家族のなかで、あまり制止や禁止をうけずに育てられた幼児の、無邪気なエゴセントリックな振舞いを発揮する。その挙句に「トットちゃん」の振舞いに無邪気に攪乱されて、授業ができなくなった学校から退学を要請される。

そしてこのところが作品のモチーフとして重要なのだが、「トットちゃん」の両親は、無邪気でエゴセントリックなわが子の振舞いを、世間的な規範で無理に矯正させて、心に傷を負わせるという方途をえらばない。そして「トットちゃん」には退学させられたことは内証にして「トットちゃん」の無邪気なエゴセントリックな振舞いをうけいれて、むしろ善として助長してくれながら、しかもひとりでに、世俗的な規範の存在を判らせてくれるような教育環境を見つけだし、そこへ（作品では「トモエ学園」となっている）そっと移す措置をとってくれる。読者はここで稀にみる強固なリベラルな意志で世間智に拮抗できるような「トットちゃん」の両親（交響楽団の演奏家）のもつ豊な雰囲気を感受すると同時に、いつも遅れてスムーズに、世間智の冷酷さや残忍さや割なさに気づくようにさせて、わが子にできるだけ心の傷を負わせずに、世間智に慣れさせようとする教育意志をも感受することになる。そして作者がこの作品に意識的あるいは無意識的に籠めている大切なモチーフもそこにおかれている。「トモエ学園」という作品のなかの学園が、「トットちゃん」の両親がわが子に抱く教育的な方針を包んでくれる教育理念をもった私経営の学校として作品に登場する。

このとき、トットちゃんは、まだ退学のことはもちろん、まわりの大人が、手こずってることも、気がついていなかったし、もともと性格も陽気で、忘れっぽいタチだったから、無邪気に見えた。でも、トットちゃんの中のどこかに、なんとなく、疎外感のような、他の子供と違って、ひとりだけ、ちょっと、冷たい目で見られているようなものを、おぼろげには感じていた。それが、この校長先生といると、安心で、暖かくて、気持ちがよかった。

（この人となら、ずーっと一緒にいてもいい）

これが、校長先生、小林宗作氏に、初めて逢った日、トットちゃんが感じた、感想だった。そして、有難いことに、校長先生も、トットちゃんと、同じ感想を、そのとき、持っていたのだった。

（黒柳徹子『窓ぎわのトットちゃん』「校長先生」）

わたしたちは主人公の幼女「トットちゃん」が、独自の教育理念をもった学園の「校長先生」に出遇うちょうどそのところで、この作品の重要なもうひとつの性格に出あう。それは「これが、校長先生、小林宗作氏に、初めて逢った日」というような表現にみられるように、突然作品のなかに無作為に作者が顔をつき出して「校長先生、小林宗作氏」というように実名の人物に転化させることである。それまで〈童話〉作品として女主人公「トットちゃん」の行動がもたらす波紋のひろがりを描いていた。「トットちゃん」には作者の幼少時の面影がたくさん投影されたとしても、あくまでも〈童話〉の主人公という位相がとられていた。だがここで作者は身を直接に乗り出して「校長先生、小林宗作氏」というように、無意識のうちに作品を地べたにひきおろしている。「チェロの橘常定さんが」、「チェロのトップの斎藤秀雄さん」、「石井漠という、日本の自由舞踊の創始者」、「背も高く、からだも大きい税所《さいしょ》愛子さん」というように、この種の虚構化の無意識の破れは、幾つかの個所で無作為の作為化として行われていて、この作品を破綻させている。申すまでもなくこの種の無作為の事実と虚構のアマルガムは〈私小説〉的な作品に特有なものであるとともに、作品が通俗化されるばあいにかならずみられるものといってよい。

わたしたちはしだいにこの作品の核心に近づいてゆく。その核心は作者が主人公の「トットちゃん」を、作者自身が重要だとかんがえている場面にひき寄せ、その場面に遭遇させる仕方のなかに実現されている。作者は作品の主人公「トットちゃん」をじぶんの幼時の自画像の事実にできるだけ近づけようとし、しかも現在のじぶんが、現在の情念で保存している幼時の記憶の場面に「トットちゃん」をひき寄せることを、作者自身は無作為だと思いこんでいるために、作品はかなり複雑な効果を生みだしている。たとえばそのひとつの場面は「大冒険」の項に象徴されている。「トモエ学園」では生徒たちは、校庭でそれぞれじぶんの「木」をひとりできめてもっていて、その「木」に登って遊んだり、その木を世話したりしている。夏休みがはじまってからすぐの頃、主人公の「トットちゃん」

はじぶんの「木」に、おなじクラスの身体の不自由な「泰明ちゃん」を招待すると約束する。「トットちゃんの木」には下から二米くらいのところに二股があり、そこまで登って腰をおろして、一緒にあたりを眺めたいとかんがえる。脚立をもってきて、小児マヒで身体の不自由な「泰明ちゃん」を上から引きあげようとしたり、下からお尻をおして押上げようとしたりするが、どうしても「泰明ちゃん」を二股のところに登らせることができない。だが「トットちゃん」はどうしても「泰明ちゃん」との約束をはたしてやりたくて、小使さんの物置に走っていって、立てかける梯子をもってきて「木」にたてかけると、苦心をかさねてとうとう「泰明ちゃん」を、二股のところまで引きあげるのに成功する。ふたりは「木」の二股のところに乗って、あたりを眺めたり、話をしたりして時を過す。夏休みのひと気のなくなった校庭で、身障の、やがて早死する運命をもったクラス・メイトにじぶんの「木」にのせてやると約束して、とうとう二人だけで約束を成就したという作者のじっさいに体験した、しかも現在の理念を混えて内心であたためている記憶が、この作品の場面をつくらせているのは疑いない。「トモエ学園」の教育理念と、両親の自由で「人間性」に溢れる弱者にたいする思い遣りの理念とを象徴するものとして、作者はこの場面を大切に保存し構成した。その場面にむかって作品のなかの主人公「トットちゃん」を意図的に歩み寄らせたのである。

もうひとつ作者が重要だとみなして保存している理念を象徴する場面の例を挙げてみよ

う。もちろんこの理念も任意にふんだんに、どこからでも拾いあげることができるほどだ。「トットちゃん」は父親の妹にあたる叔母が、娘時代に女学生の風俗として袴につけていたリボンを、箪笥にしまうときに頂だいして、早速、得意になって髪につけて「トモエ学園」に出かけてゆく。そしてある日、「校長先生」に呼ばれて、じつは娘の「ミヨちゃん」が「トットちゃん」みたいなリボンがじぶんも欲しいというので、自由ケ丘のリボン屋さんをくまなく探したけれどどうしても無かった。もしできるならそのリボンを学校へはつけてこないようにしてもらえないかね、と相談される。「トットちゃん」はいいわよ、とこたえて翌日から熊のぬいぐるみにつけてやって、学校へはそのリボンをつけてゆかなかった。あれほど好きだったリボンをどうしてつけて学校へゆかなくなったのかと母親は不思議におもったかも知れないが。(「リボン」の項)

作者がこの種の挿話でいいたいことは何なのか? ひとは無意識のうちにじぶんの振舞いが世間智に違反していたり、他者にたいしてごうまんな振舞いになっていて、他者を傷つけていたりすることが、しばしばありうる。それを子供たちは(大人もだが)、仲間との擦過熱のような軋みとして気付かされ、なっとくして一種の傷口として自己修正に目覚めさせられる。だがこの作品の作者によれば「トモエ学園」の「校長先生」が具現している教育理念や、「トットちゃん」の親たちがもっている子供の遇し方は、けっして急には気付かせないような仕方で包み込みながら、あとで後れてひとりでに気付くような形で、その種の叡知を子供に与えるという方法であった。これが「君は、本当は、いい子なんだよ」という「校長先生」の云い方に象徴される。作者はじぶんのエゴセントリックな行為が振りまく波紋を、傷つかずに融化させてくれた方法として重要だとみなしている。これを宣明することは作品の重要なモチーフになっている。この教育理念や躾けの理念が、最上のものかどうかはわからない。ただ作者がそれを重要なものとみなし、その場面に主人公の「トットちゃん」を立ち会わせていることは確かだ。こういう作者のモチーフはいい気なものというべきだろうか？　もちろんそうなのだ。その野放図なナルチシズムを、傷をあまりうけずに〈気づき〉を獲得したものに特有の曲線で描いているところに、この作品の生命があるといえる。

『窓ぎわのトットちゃん』という作品が、膨大な読者をとらえた魅力（魔力）は、作者のなかに強固に貯蔵された戦前の「トモエ学園」のまったき自由教育の理念と、豊かで恵まれた自由主義の庭訓を、わが子にひとりでに与えられた家族の雰囲気への郷愁のような記憶にあるといっていい。作者は幼児に退化して、理想的な自由の雰囲気をもった親たちと師のあいだにマユのように籠ってみせている。そのイメージの場所は、現在では経済的な基礎だけでいえば、すべての親や教師や子供たちの手のとどくところにあるといえる。だがじっさいには流動的で不安な現在の市民層には、まったく不可能な雰囲気にしかすぎない。そこで現在の停滞が膨大な読者に振り返させる理念の郷愁として、この作品は存在するといえよう。

現在ではすでに作品の主人公「トットちゃん」が体験したような、節度ある教養のようなリベラリズムの教育理念も、家族の躾けの紐帯もほとんど不可能になっている。その根本的な理由は、現在まったきリベラリズムの基盤である市民社会が、あえぐように重くのしかかっている国家の管理と調整機構のもとに絶えずさらされてしか成立しなくなっているからだ。資本主義＝自由な競争といったマス・イメージの画像とは似てもにつかないところで、すくなくとも生産社会経済機構としての市民社会は、眼に視えない人為的な管理と操作を国家からうけとっている。またそれなしには市民社会は成立しなくなっているともいえる。主観的な（主体的な）どんな安定意識も、主観や主体とはかかわりをもたない管理と調整の噴流に絶えずふきさらされている。するとわたしたちは現に存在するマス・イメージの世界との関わりを、いわばエディプス心理的に加減しながら息をつくほかなくなっている。もちろん『窓ぎわのトットちゃん』は、いまは過ぎ去って二度と戻ってはこないような、まったきリベラリズムの教育や、躾けの理念を懐かしむ追憶によって現在のイメージの停滞に拮抗しようとしているのだ。これが膨大な読者を魔法のように惹きつけるとしたら、膨大な読者もまた、じぶんの自由にならない場所から吹きつけてくる抑圧の噴流に悩まされ不安になり、どこかに安息の場所を求めていることに、当然なるのだが。

大原富枝の『アブラハムの幕舎』の主人公田沢衿子は、じぶんが結婚して子供を生んで、人生を築いてゆくこともできないような、大衆よりまだ一段下の落ちこぼれだとかんがえている。そして遣り手で積極的で、じぶんを医者のような社会的地位のある人物に、嫁がせようと押しつけてくる母親を心理的に逃れて『アブラハムの幕舎』という、やはり信仰の落ちこぼれのような人々の集まりに、親近感を抱いて近づいてみたりする。この主人公は漠然とエロスや社会的な希望にかかわりない心の旅をしてみたいと願望している。

この主人公は作品のなかで、いくつかの現在の崩壊しかかった家族の人々に遭遇する。そういうよりも崩壊以外にはあり得ないような、現在の家族の普遍性につきあたっているといってもよい。

ひとつの家族では、祖母を殺して、主人公が住んでいるマンションから飛降り自殺をして、眼のまえを擦るように落下していった大学教授の父と祖父をもった高校生がいる。この高校生は「エリートをねたむ貧相で無教養で下品で無神経で低能な大衆・劣等生どもが憎いから」その象徴みたいな祖母を殺すのだといった遺書めいたノートを残している。主人公は、もしかしたら祖母を殺して自殺したこの高校生が、ほんとはじぶんとおなじに、大衆より一段したの落ちこぼれ人間だったのではないかとかんがえる。そのシムパッシーからこの高校生と殺された祖母の魂を祈るような気持にかられて『アブラハムの幕舎』に近づくようになる。

『幕舎』が移動していった街に、ついていった主人公は、そこで祈っているときに、ひとりの家出を決心した初老の女性に出遇う。その女性は主人公に、あなたが祈るのを眺めていて心が和んできたので、家に帰らないつもりで出てきたが、もう一度帰ってみようとおもうと語る。この女性の家族では、じぶんの産んだ娘が、いわば世間的な能力のある強い苛酷な女になっていて、家族のなかで夫や母親であるこの老女性に、暴君みたいに君臨している。夫にも母親にもただ叱りつけてあごで圧服し、痛めつけることしか知らない。そしてあるときじぶんが客と喰べ散らかしたあと、流しに積まれた食器の山を洗っている母親に、出かけようとした玄関で、靴が汚れていると当り散らす。娘の声をききとれずに、問い返して「一度言ったこと二度言わせないで!」とど鳴られたとき、「もう駄目、どうしても生きてゆかれない」とかんがえて、自殺してしまう。なぜ娘はじぶんを産んだ親にたいして、想い遣りのひとかけらも失ったのか。ただ母親や触れる家族のものをメスのように切り裂くだけの苛酷な女になってしまったのか。なぜ母親はささいにみえる娘の振舞いに絶望して、自殺してしまうのか。もちろん家族は、近親の寄りあうところだから、いったん関係が裏目になると、どこから噴射されるともわからない不安な、流動して定まらない外の噴流にたいして、いちばん苛酷に脆弱さにさらされるからにちがいない。そこに現在の家族に打ち寄せ、しわよせられた普遍的な停滞がある。

主人公田沢衿子は『アブラハムの幕舎』のかかわりで、もうひとつの崩壊した家族の姿にぶつかる。それは家を出て夫からかくれようとしている若い主婦(久万葉子)である。

この夫は妻がじぶんのいう通りになり、どんな偏執的な願望にたいしても、じっと耐えて虐められていることを要求する。そうすると「頭脳が冴えかえって明晰に」なってくる異常な性愛の持主に変貌している。結婚したときは相愛だったのに。家を出てしまった妻を追いかけるこの男から主人公もまた、つけまわされたりする。そしてついにこの若い主婦は『アブラハムの幕舎』のなかで一緒に共同生活にはいる決心を主人公に告げて、移動し漂流する『幕舎』を追ってゆく。

作者は『アブラハムの幕舎』のイメージを〈イエスの方舟〉事件の解釈からとり、『幕舎』の主宰者の「相川」のイメージを、千石イエスから拵えあげたとおもえる。作者のこの事件についての認識力と感受性はたぶん正確で、どんな世上の解釈よりも奥の深いところに到達している。さまざまな虚像や悪意あるデマゴギーを択りわけて、このじっさいあった事件の性格を見抜き、それを作品にまで結晶させてゆく作者の力量の背後にうかがわれるのは、現在というものの停滞の本質を適確につかんでいる洞察力であるといってもい。ひと口にいって作者は〈イエスの方舟〉を、現在の病んで崩壊しかかって難破した普遍的な家族の、吸収装置だという理解の仕方をとっている。主人公田沢衿子の家族をはじめ、いくつかの病んで崩壊した家族の破片が『幕舎』に落ちこぼれのように吹き寄せられてくる姿を、主人公を媒介に設定することで、充分に熟した一個の香気をもった作品にまで構成した。

（『アブラハムの幕舎』の主宰者相川の人物像）

この貧相な人のエネルギーは、『アブラハムの幕舎』に寄り合ってくる、それぞれの生きる場で落ちこぼれた人々の秘密を分け負うことで、そのたびに余分に絞りとられているのだと思う。そうして、ますます貧相に、ますます自信なげになってゆく。

神父でも牧師でもない彼は、不器用にそれを生身《なまみ》に受け止めて怺えられる限りは怺えようとする。秘密がいつも多かれ少かれ持っている有毒なものを、まともに生身に引き被りながら、堪えられる限りは堪えている。このどこといって尊敬されるようなものも、頼もしげに見えるものも持っていない、少し哀しげな顔をした弱々しい男が、どうしてみんなに慕われたり、頼られたりしているのか、田沢衿子は今日、彼の生身を鞭打つような仕打を敢えて自分でしてしまったときわかった。

（大原富枝『アブラハムの幕舎』）

（『アブラハムの幕舎』の主宰者相川が、娘との確執に耐えきれず自殺した老女性について語る）

――残念だが、私にも答えられないのです、と私は言ったんですよ。たしかに、夫婦は殺し合う前に別れることが出来る。親子の場合はどっちかが肉体的にか、精神的にか殺すまで結着がつかない。もしあのとき私に、あのひとの置かれている状態がわかっていたら、ここへ来ていなさい。ここで乏しくてもみんなで分けあって暮そう、とすすめたと思う。『アブラハムの幕舎』は、もう天幕が破れそうなほど、行き処《ど》のない人たちを抱えこんでいる。それでも、あのひとの事情がわかっていたら、私はここへ来ていなさい、といったですよ。

（大原富枝『アブラハムの幕舎』）

作者の卓越した理解に依拠するとすれば、『窓ぎわのトットちゃん』に惹かれた膨大な読者たちは、いますぐにでも『アブラハムの幕舎』に駆け込みたいような、崩壊した病める家族のメンバーを抱え込んでいるはずだということになる。その家庭の事情をおし殺して、戦前から戦争の直前にかけての豊かでリベラルな教養ある家族にはぐくまれ、自由な個性的な教育理念をもった「学園」で学んだ主人公「トットちゃん」の、およそ制止や禁止をくわえられたことのないエゴセントリックな行為がひきおこす波紋の世界を読んでいる。そういう画像が得られる。もちろんこの崩壊しそうな家族に、核戦争による地球の破壊を憂えている父親のイメージを加えてもいいのだ。こんなSF的な姿になっちまった父親が、現在の家族の崩壊をささえられるなどと信じられない。また息子や娘たちから金属バットで叩きのめされないで済むとも信じられないのだ。いったい現在はどういうことになっているのだ？　わたしたちは現在の停滞を、過去の光景に収斂することを許されずに、ただ未来にむけて放つことだけを許されているとおもえる。

円いものが果して円いか。
僭越は罰せられる。
（高村光太郎「偶作」より）

推理論

批評が推理力を行使できるとかんがえる根拠は、言語による認識のどんな側面にも、推理による〈連鎖〉〈累積〉〈分岐〉の系がふくまれるところからきている。事実の像にたいしても、ほとんどおなじ根拠が与えられる。あるひとつの事実は、たくさんの事実の〈連鎖〉の環のひとつとみなせるか、あるいはたくさんの異種の〈分岐〉があつまってできた結節とみなせるとかんがえている。けれども批評の言語は、推理が適中し、すくなくとも推理的な理念（形式主義的な理念）が完結したという快楽に到達することはない。

作品の言語が推理力を行使していても、これを対象にえらんだ批評は推理の理念を完結できないことはおなじなのだ。どうしてかというと推理作品と呼べるものがあるとすれば、その中心のところには推理的な理念の完結された像があるのではなく、まったく別な核心があるとおもえるからだ。論理的なものは、現実的なものであるというのは、わたしたちの「知」の根拠にある無意識の欲望のようなものだ。だが推理作品のなかでは論理的なものは想像的なものだという原則だけが流通できる。現在推理作品をつくろうとする動機はさまざまでありうるだろうが、本質的にだけ問えばそこで流通できるのはやはりこの原則だけだとおもえる。

いま端正な典型的な推理作品の例を、ポオの『モルグ街の殺人』にとろう。ここには文学を推理小説にさせているいくつかの徴候がみつけられる。このいい方が曖昧なら文学を脱けだして推理小説になっているといってもよい。ポオは推理小説を書いているのではない、ただ文学作品を書いているのだ。反対にポオは文学作品を書いているのではない、推理小説を書いているのだ。何とでもいい方はかえられる。とにかく主人公デュパンの謎解きの方法に感受できる徴候のほうが、デュパンの謎解きそのものより重要だとおもわせる個所が、いく種類かあるのだ。そこが逆に推理小説を脱けだして文学になっている個所だともいえる。推理小説の殻をおいたまま、そこを脱けだして文学作品として振舞う。また文学作品としての殻をおいたまま、脱けだして推理小説として振舞う。推理小説が文学にちかづいたり、文学が推理小説にちかづいたりするのではない。そこの核心はどんなことになっているのか。

わたしたちは早速に、ポオの方法の核心に触れる。ポオはふつうわたしたちが、直観とか予感とか、もっとすすんで超感覚の発現とみなしたいことどもを、あくない分析力、その産出である想像力の結果として解釈することに固執している。これはふつうかんがえるより遥かに特異なことのようにおもえる。ほんのすこし神秘と超感覚をみとめさえすれば、超能力と能力のあいだの膨大な興味ぶかい場所を占めることができる。それなのにポオは分析的な知性と称するものであくまでも拮抗しようとする。そして作品の興趣でさえも、分析的な操作の興趣で置きかえているのだ。

「ぼく」と「デュパン」は、ある晩パレー・ロワイヤールちかくの道を、ふたりとも黙りこくって歩いている。すると突然デュパンが「たしかに、あいつはひどく丈が低い。寄席のほうが向くだろう」と云いだす。「ぼく」は「もちろん、そうさ」とうかうかと返事してから、はっと気がついて驚く。どうしてデュパンは、黙りこくって考えこみながら歩いているだけの「ぼく」が、現にいま考えていることがどうしてわかったのだろう？　このデュパンの察知力は、鋭い直観とか予感の適中のように解釈される。その方が興味ぶかいし、わたしたちのなかにある、他者のいまある心のうちを読むことができたらどんなにいいか、というぬき難い願望にも、叶っている。それは心霊宗教から読心術にわたるさまざまな形の興味ぶかいいかがわしさに対面させる。

もちろんわたしたちは、たびたびこんな場面に出っくわしている。じぶんが内側に向いてるのか外側に向いてるのかわからない状態で、ひどくあることにはいりこんで考えている。もしかすると、ぶつぶつ唇のあたりでつぶやいているかもしれない。傍にいる者が考えこみのなかに割りこんでくる。あまりにそれが当を得ているので、無意識のうちにうけ応えしている。このばあい内側に向いているのか、外側に向いているのかわからない放心状態の考えこみを、わたしたちは重要なものとみなしている。傍にいる者の割りこみが、この状態の内側にあると錯覚したので、無意識のうけ応えをやったとみなせるからだ。あるいはこの放心状態は感情移入や無意識の共鳴をさまたげる障壁が、とり除かれた状態であるかのようにみえる。『モルグ街の殺人』のデュパンは、まったくちがって、完全に「ぼく」の考えこみの放心状態の外側にいる。そして推理による想像的な分析が、「ぼく」の考えこみの内容に連動した根拠なのだ。

あまり適確にいい当てられて、どうして判ったんだと問いかえす「ぼく」にデュパンは、きみはいま、シャンティリーというもと靴直しだった役者が、背が低くて、先ごろ公演した悲劇『クセルクセス』の主役にはむかないとかんがえていたはずだと指摘する。どうしてそうおもったのか教えてくれと頼む「ぼく」にデュパンはじぶんの想像的な推理の過程を説明してきかせる。

1、いまさき頭におおきな籠をのせた果物屋が「ぼく」とぶつかり「ぼく」を工事中の歩道の敷石をつんだところへ突きころばした。

2、「ぼく」は足首を痛めて不機嫌になり、うつむいて舗道のあなぼこや、車輪のあとを見ながら歩いた(そこでデュパンはまだ敷石のことをかんがえているなとおもった)。この歩道の舗装法は石板を重ねて鋲でとめる「截石法《ステレオトミー》」という方法であった。

3、そこでデュパンは語音の類似から「ぼく」が原子説《アトミー》のエピクロスのことを連想したにちがいないと推理した。ついさきごろ最近話題の宇宙の星雲起源説によってエピクロスの臆説が立証されたという話を「ぼく」としたばかりだったからである。

4、デュパンは「ぼく」が夜空を見上げてオリオン星座の星雲をみるにちがいないとおもっていると、そのとおり「ぼく」は空を見上げた。

5、デュパンは役者シャンティリーの演技の悪口が書いてあった記事に、古典悲劇を演ずるさいにシャンティリーが改名したのを皮肉って、ラテン語を引用してあったことをおもいだす。「ぼく」とふたりで話題にしたとき、デュパンはこのラテン語はオリオン星は昔はウリオンと書いたと云っているのだと話したことがあった。そこでデュパンは「ぼく」がオリオン星を役者シャンティリーに結びつけないはずがないと察知した。案のじょう「ぼく」が唇に微笑を浮べたので〈あのシャンティリーは背が低いから悲劇には向かないな〉とつぶやいたにちがいないと推理した。

デュパンが「ぼく」にあかした推量の過程はこういうことになる。ここでデュパンの分析的な推理力が、超直観的な把握とか予知能力とかの域にせまるさまに魅せられたとする。そうなら『モルグ街の殺人』を謎解きのすぐれた推理小説として読んだことになる。だがもうひとつ読むべきことがある。直観や予感や、それから超感覚の野をいくつかの断面で裁断しながら横ぎってゆく推理的な知力が、やがて想像の画像を産出するまでたえているポオの方法の特異さである。この特異さから『モルグ街の殺人』の第二の特徴がやってくる。

モルグ街にあるレスパネー夫人とその娘が二人きりで住んでいる家屋の四階で、いわば動機のない惨殺が、この二人に加えられる。娘のほうは擦過傷、顔の掻き傷、のどの打撲傷と絞殺の爪の痕をつけて、暖炉に逆さに押し込まれて死んでいる。レスパネー夫人のほうは、裏の舗装された中庭に投げ落とされて死んでいる。のどは切られ、首はカミソリでころりと落ちるほどかき斬られ、首と胴体は人間ともおもわれないほど切りきざまれている。

デュパンは目撃者の証言記事と現場の状態から犯人の「極めて異常な行動力」と「どこの国の言葉なのか、一人ひとりの意見が全部ちがっていて、誰にも一音節だって聞きとれなかった、極めて特異な鋭い（不快な）高くなったり低くなったりする声」に着目するようにと「ぼく」に語る。このあとの描写が『モルグ街の殺人』の第二番目の核心なのだ。

こう語るのを聞いたとき、デュパンの真意が、半ば形をなしかけているぼんやりした状態で、ぼくの心をかすめた。ちょうど、人々が何かを思い出しかけていて、しかも結局は思い出せずにいるときのように、ぼくは理解にひどく近づいていながら、しかも理解することができないでいたのである。

（エドガー・ポオ『モルグ街の殺人』丸谷才一訳）

作者は、すでに犯人を知っていて結論からはじめているのに、作品の語り手は未知の犯人にむかって推論をすすめている。それがちょうどこの個所で交叉する。あるいはすこしずらして、デュパンは犯人を推論しつくしているのに「ぼく」はほぼわかったという感じを投射されたまま、なにかもうひとつ把めない未明の状態におかれ、ふたりの認識は交叉したまますれちがおうとしている。そういってもいい。「ぼく」はこれから知ることになるかもしれないことを、あたかも〈既視〉体験みたいな状態で体験している。この犯人はいつか視ている（知ってる）ような気がするのに、どうしてもよく思いだせないというように。だがほんとは「ぼく」にとって犯人はまだ視られて（知られて）いないのだ。

作者は作品『モルグ街の殺人』を書きはじめたときには、すでに犯人の設定をおえているはずだ。もちろん犯人を指定するための推論の過程と、その推論を可能にするための環境設定も充分におわっている。これは自明のことだ。だが作品の語り手は犯人が誰だかまったく知らないのはもちろんだが、モルグ街でこれからなにが起こるかも知らないし、「ぼく」とデュパンがどう知りあって、どんな事件に出会い、どう推理することになるのか、まったくわからない場所から出発する。すべての推理小説がそうだとはかぎらないが、すくなくとも『モルグ街の殺人』という作品ではそうなっている。これもまた誰にでもわかる自明のことだ。そして「ぼく」を介して知ろうとする語り手の志向性と、デュパンを介して打ち明けようとする作者の志向性とが、この個所で遭遇しているのだ。この遭遇の仕方が必然の抜きさしならないものであったとすれば、その作品は文学を脱けだして推理小説になった作品、あるいは推理小説を脱けだして文学になった作品と呼ぶことができよう。ポオの『モルグ街の殺人』はそういう作品として、万人が納得する推理小説の原型なのだ。この作品からポオの特質を把みだすためには、いままで述べてきたふたつの核心を組みあわせればいい。既知の象徴としての作者に、未知の象徴としての語り手が出会う個所で、ポオのあくまでも推理的な想像力が、自己客体視あるいは〈既視〉のイメージをあたえる。そこにポオの作品の特質があらわれる。いいかえれば〈まだわからないところにいるのに、既にわかっている〉というイメージ、あるいは〈視えるはずがないところにいるのに、じぶんを含めたその光景が視えるところにいる〉という特質である。作品のこの個所でいえば「ぼく」がたまたま狂暴化してしまったオラン・ウータンが犯人なのを知らないのに、すでにデュパンからそれを明かされているような錯覚を覚えることのなかに、ポオの特質があらわれている。この特質をもうひとつポオのよく知られた作品の個所からあげることができる。

（メエルシュトレエムに呑まれた体験を老人が語る一節）

身のまわりを眺めたときに感じた畏れ、こわさ、驚嘆の情、これは一生涯忘れられないでしょう。途方もなく周囲が広く、底知れぬほど深い漏斗《じょうご》の内壁の中途に、船はまるで魔法にでもかかったようにひっかかっているように見えた、漏斗の全く滑らかな壁は、目まぐるしいほどの速さでぐるぐるまわっていなかったら、また閃めく物凄い光を放っていなかったら、黒檀《こくたん》にも見まがうばかりです。先ほど申しあげた雲の丸い裂け目から満月の光がその黒い壁にみなぎりあふれる黄金の輝きとなって流れ、淵のいちばん奥の窪みまで達しているのです。

（ポオ「メエルシュトレエムに呑まれて」小川和夫訳）

ちょっと見にはただ、メエルシュトレエムの巨大な渦にまきこまれた船に乗った老人が、その船からみた渦巻の内壁の体験を語っているとみえてそうではない。渦巻の内壁を、鳥瞰する位置から視たり、渦の泡粒まで視えるほど接近した位置から視ている、もうひとつの自在な眼がなければ、この描写は不可能である。このもうひとつの不可視の視線を、作品の全体を既に結論まで知りつくした作者の眼を象徴するとすれば、ここでもポオの作品の特質である未知を体験しつつある語り手と、すでに体験を既知とする作者とが交叉する個所で、じっさいには不可能なはずのイメージを実現していることに気づく。現に渦のなかに巻き込まれている「わし」（語り手の老人）を、もうひとりの「わし」が鳥瞰しているというイメージである。作中の「わし」が視ているから渦巻の内壁が視えるのではなく、渦巻の内壁の光景の全体からこの「わし」は視させられているのだ。これは時間体験の逆行である。あるいはふつう了解とよばれている原因と結果の逆立ちである。了解の結果があるから逆に了解がはじまるのだ。わたしがある事柄にぶつかったから事柄の体験があるというのではなく、事柄の体験がさきにあるからわたしは事柄にぶつかるのだ。〈推理〉をよび起こす優れた文学作品には、いつもこの時間体験の逆行のような不思議なイメージの錯綜が核心のところに存在している。たとえば『罪と罰』のなかでラスコーリニコフがポルフィーリィ判事と対決する場面や、ソーニャに告白する場面のように。また宮沢賢治の『銀河鉄道の夜』でジョバンニが体験する銀河の光景のなかのじぶんの影の体験のように。

けっきょくわたしたちが〈推理〉とかんがえているものの本質は、はじめに既知であるかのように存在する作者の世界把握にむかって、作品の語り手が未知を解き明かすかのように遭遇するときの遭遇の仕方、そして遭遇にさいして発生する〈既視〉体験に類似したイメージや、分析的な納得の構造をさしていることがわかる。

わたしたちはこのやり方の核心のところにしばしば遭遇している。理念的にも経験的な事実としても。はじめに理念が把握した世界像は既知である。この既知の世界像から演繹された条件をたてて、現在を踏みだそうとすれば、あらゆるイデオロギストがやっているとおなじ、空虚な呪縛に到達することになる。そこで理念が把握した世界像は既知であるが、あたかも未知であるかのように、現在を踏みだすべきなのか。そうではなくて理念が把握した世界像は既知だというのは、虚像だとみなさなくてはならないのか。この問いのなかで、わたしたちは言語の本質がもつ先験的な理念性につきあたっている。この先験的な理念は、言語が言語という意義のなかではかならず経験的な事実とずれを生みだすということに帰せられる。理念が把握した世界像は、既知でもなければ未定でもなくて、ただ〈既視〉体験のようにしか、もともと存在しないのだ。

ほんとはこの問題は文学上ポオの作品ではじめてみたいに提起され、そこで行きどまったといってよい。現在さまざまの形で〈推理〉の、本質からの逸脱をみているだけなのだ。

山尾悠子の「夢の棲む街」でこの逸脱の姿をみてみる。この作品は〈夢喰い虫〉のバクと呼ばれて、街の噂を収集してはそれを街じゅうに広めることを仕事にしている「ドングリの実によく似た」姿をした男を主役に、幻想の街のさまざまな住人たちが交錯する。かれらは街の中心の〈劇場〉のまえの広場に集まり、自己増殖するじぶんの重さにひしがれて空の浮遊から落下しはじめる透明生物たちを崩壊の予兆にして、〈あのかた〉によって演じられる〈劇場〉での公演を観覧しながら、一緒に破局をむかえてゆく。作者には崩壊と破局への願望があり、それを幻想の街と異様な住人たちをお伽話みたいに設定することで充たしている。

この街では「噂」はいつも、街角のひとつにささやきとして浮遊し、空中をコウモリのようにひらひらと漂う。そしていつの間にか、ふたつにふえ、三つにふえ、街のあらゆるところに漂いながら、すこしずつ流れはじめる。漏斗状の街の真中にある劇場では〈薔薇色の脚〉という「下半身の、常人の二倍はある骨盤の上に、栄養不良のため異様に痩せて縮んだ上半身が乗っている畸型的な体軀」をした踊り子がいて、最後の公演のあと死に絶えてゆく。〈夢喰い虫〉は街の建物のひとつひとつにひとりずつ棲みついている。そして街の人々の昼の夢に忍びこむ気配としてか、または夜になって人々が起きだすころ、ひそひそとねぐらに戻ってくる姿としてしか、人々に知られていない。主人公の〈夢喰い虫〉のバクは、街の娼館に棲みついている。

この作者の幻想は『モルグ街の殺人』の語り手の言葉でいえば、ほんとは幻想ではなく空想と呼ぶべきものだ。そしてこの空想にはモチーフともいうべきものがある。街のうえの空に人間のおびただしい呼吸が吐き出す熱気が立ち登ってゆくと、それを吸収しては分裂を繰返して自己増殖をつづける透明生物がいっぱい浮遊していて、ついにはじぶんの重さで街の底に沈降してゆくというイメージに象徴された、沈積と崩壊への傾斜なのだ。ポオの「メエルシュトレエムに呑まれて」の渦巻のイメージに暗示された空想の街の型の設定に、この作品の鍵がかくされている。

〈〈夢喰い虫〉が登場する〉

〈夢喰い虫〉の仕事は、街の噂を収集しそれを街中に広めることである。街のあらゆる場所に散らばって、一日かかって自分の河岸《かし》の噂を集めた〈夢喰い虫〉たちは、日暮れ時になるとそれぞれ街の底に背を向けて、思い思いの方角に向かって石畳の斜面を登っていく。ドングリの実によく似た彼らの姿は、人気のない灰色の街路を影から影へとつたい歩きながらひそひそと登っていき、最後に街の最上部である漏斗の縁に着く。街の縁の円周上に大きな円陣をつくった〈夢喰い虫〉たちは、それぞれ街の底を見おろす姿勢で口の周囲に両掌をあてがい、やがて吹いてくる夕暮れの微風を背に受けて、ひそやかに街の噂をささやき始める。

（山尾悠子「夢の棲む街」）

この街の形はポオのメエルシュトレエムの渦巻になぞらえてつくられている。だがまったく異質のものだ。ポオのメエルシュトレエムの渦巻のイメージは、作者の世界把握の既往性と、語り手の未知感との衝突から産みだされたイメージである。だが、ここにある街のイメージは作品の語り手が空想をひろげ設計した、一方向に進行するイメージなのだ。描線はたしかな輪郭をもち、計量された構成をもっている。〈夢喰い虫〉たちが街の辺縁から漏斗状にくぼんだ街の中心にむかって囀をささやきあうイメージはなにを象徴するのか。ポオのいう推理的な知力から無限に遠ざかって、幼児の夢を織りたい願望なのだ。これは街の構成と輪郭の確実さとうらはらに、縮小するイメージを与える。そして夜空も「白い線描きのヒトや獣の図形を一面に嵌めこんだまま、一夜かけて街の空をめぐる」幾何模様なのだ。この空想の計量された街と、そのうえをおおう空の象嵌が崩れはじめ、街の空想の住人たちもなんとはなしに不安に駆られたとき、物語はカタストロフに近づいてゆく。この作者にはポオのような世界把握の既往性は存在しない。そのかわりに〈夢喰い虫〉という設定自体が象徴している不安な、つかまえどころのない喪失感と、人間を背後から消滅のイメージで捉えようとする憧憬と、じぶんの内面を破滅へつれてゆきたい願望が作品に生命をふき込んでいる。

ポオの作品「メエルシュトレエムに呑まれて」は、どうひとが呼ぼうと本質的な〈推理〉の性格を完備している。だがこの作者の「夢の棲む街」はもはや云おうようなく〈推理〉の原型からは隔てられてしまっている。だが未来を現在の線型の延長線にしつらえるSF的な世界への通路をひらかれている。この作品には未来は現在の線型の延長だという世界把握に制止を加えるものは存在しないからだ。語り手は作者が筆をとめないかぎり、どこまでも時間を一方向に歩むことができるはずだ。

わたしたちは「夢の棲む街」の空想に、ありきたりの推理小説よりも豊かな〈推理〉の現在における解体の姿をみている。もう現在の世界ではポオの作品が具現しているような、世界把握の既存性が、未知を手さぐりする語り手の冒険、いわば理性と想像力による弁証法的な冒険と遭遇するといった〈推理〉を描くことはできない。わたしたちは〈世界〉を把握しようとする。すると未知をもとめるわたしたちの現実理性と想像力はこの〈世界〉に到達するまえに、その距離のあまりの遠さに挫折するほかなくなっているのだ。すくなくとも挫折の予感にさいなまれずには〈世界〉をあらかじめ把握することはできない。これがわたしたちの本質的な〈推理〉の当面している運命だ。ひとびとはそれを視ようとはしない。そしてまるであらぬ方向にこの〈世界〉をかんがえているのだ。わたしたちの〈推理〉はけっしてきみたちと妥協しない。きみたちとは和解し難い。そうなればむしろこの作品みたいな〈推理〉の崩壊を想いみたほうがましなのだ。

眉村卓の作品をみてみる。そこではほぼこの作品と逆のことが、おなじ空想の質でやられているようにみえる。作品「遥かに照らせ」で主人公の八三〇四五二―二三九のペルトコスミリキンは、作品のはじめに未知の空間から宣告をうける。それは生の終末を宣告されているようだ。

（中枢の女から八三〇四五二―二三九のペルトコスミリキンが通告される）

「それでは通告する。あなたは〝中枢〟の事情によって、三日後に人生計量をされる。

計量値が〝中枢〟の定めた基準に達していないと、夢に転化される」

いいながら、女は手の小さな丸いものを、彼の手の甲に押しつけた。それはたちまち皮膚に溶け込み、直径三センチばかりの赤い斑点になった。

「三日後、あなたは、そのとき一番近くに存在する計量場へ吸引されるだろう」

と、女。「恒例によりそれまであなたには幸運時間が断続的に与えられる。また、同じく恒例により、その幸運がどんな種類のもので、いつ作用するかについては、いっさい知らされない。ただ今のマークづけによってあなたの残り時間は確定した。あと三日間だ。——以上通告した。失礼する」

女はくるりときびすを返して、立ち去って行った。

（眉村卓「遥かに照らせ」）

どうしたら人生計量の基準に達して「夢に転化され」ないですむのか。作品の世界の誰にもわからない。ただ「心の中にえたいの知れぬ記憶や印象を注入」するために、未知のたくさんの体験を経ているほうが、高い数値がえられて「人生計量」に有利にちがいないとおもうより仕方がない。また「幸運時間」というのは、そのあいだだけ超能力を与えられ、願望が何でも叶えられるのだが、これもまたその状態になったときのさまざまな現象から、いまが「幸運時間」なのだと知るほかにすべがない。

主人公ペルトコスミリキンは「幸運時間」を相乗効果で高めようとかんがえて、エトナスルンという女性と合意する。まずエトナスルンが「幸運時間」にはいり、ふたりのいる家が揺れ、あかりが消え、天井が崩れ落ち、壁がはがれるなかで、エトナスルンが明滅しながら夜の世界のシルエットになってゆく。つぎに主人公はなにか恐怖になるものを呼び寄せようと念じて、光るつむじ風をもたらし、やがてそれは津波にかわってふたりに襲いかかる。もっと強くと念ずると地面がもちあがり、上昇してばらばらに崩壊し、ふたりは地面に叩きつけられる。ふたりはもっと荒れ狂うものを呼び寄せ、それに乗じてどこかの世界に跳躍しようと願い、一緒に天と地が逆転した細い道の上に立ち、また闇の宙を飛ぶ。わたしたちはなんとなく、世界把握の既知性から招き寄せられている予感を作品から感じる。文体は未知な不安を感染させる力をもっている。だがこの世界把握の既知性は、作者じしんに由来するのではないという感じにつきまとわれる。

(飛翔のつづき)

「間違いなく、ふたりの幸運時間は重なっている」

手をつないだままで、エトナスルンがいうのだ。「たしかに相乗効果をあらわしている。われわれはもっと強く、もっとはげしく自分を焼かなければならない」

彼はおのれを焼いた。

彼女も同時であった。

彼自身は幼児に還っていたが、彼女はもとのままで、しきりに彼の頬をぶっていた。彼は泣き叫び、泣くことによって炎になって行く。代りにエトナスルンが少女となり幼女となり赤ん坊となって消えた。消えた瞬間、炎でもあり幼児でもある彼は、母としてのエトナスルンの腕に抱かれていた。エトナスルンは彼をゆすりながら、低く歌っている。それはたしかに彼自身におぼえのある光景であった。彼は眠った。眠ったのはしかし、幼児である彼であって、別の彼がそれをひややかに遠くから凝視しているのである。彼は嫉妬していた。その情景そのものに憎悪を抱いていた。だから雷電を叩きつけた。いっさいが黒くなり何もかもが落下する。

（眉村卓「遥かに照らせ」）

エトナスルンに「人生計量」の時間がやってきて、計量場へ吸引される。主人公はじしんが「天空」になってしまった自身をみつめながら、じぶんの身体がすこしずつ「天空」のほうへ移ってゆくのを感ずる。わたしたちはこの冥界遊行のようなイメージのなかで、まぎれもなく作者じしんのものともおもえる幼児願望と母性への憧憬の世界を垣間見ている。またここには空想を構成する作者固有の力が産みだされている。それが作者じしんに類推力として摂取された古代的な世界把握にのってやってくる。

作者はなによりも作品の世界の枠組みを、中世の神秘家たちや、原始仏教のいう死後遊行の意識体験の世界からしつらえたとおもえる。そのかぎりではこの作品は、作者の側の世界把握の既往性は保たれている。だがこの世界把握も、この既往性も作者に固有のものではない。原始から古代にかけて人類が宗教的な世界論としてつくりあげた普遍的な由来をもつものなのだ。そのため語り手が未知をまさぐる者として作品の物語を展開させたとしても、作品の本質的な〈推理〉を保証するものとはなっていない。もちろんべつにこの作品のすぐれた効果もおなじところからもたらされる。この作品の背後にある世界把握は原始的あるいは古代的な宗教の世界論としておおきな規模と如実感をもっている。それは作者の個人的な規模と力量を超えたところで、恐怖や不安や未知感覚のイメージを豊富に与えている。それがこの作品をどんなに優れたものにしているかはかりしれない。

現在わたしたちが〈推理〉を意図的に主題にしている小説作品にみているものは、大なり小なり本質的な〈推理〉からの偏倚や逸脱でしかない。作者に既知とおもわせる世界把握があるのに、語り手はなにに出会うのか、どうするのかまったく未知数だといった、古典的な〈推理〉の世界から遥かに隔てられている。作者と語り手の矛盾が、作品のただ中で既往と未往をめぐって交叉するとき産みだされるイメージを、本質的な〈推理〉にとって必要でそして充分な条件だとすれば、現在いちばん通俗的な〈推理〉は、作者があらかじめもっている既知の設定を、語り手を介してさり気なくはぐらかすように記述するところに成り立っている。いうまでもないが〈推理〉を主題にすることは、すでに必要条件かあるいは充分条件かを喪失することなのだ。そのため、作者は消極的な意味では犯人と犯罪を指定できても、積極的な意味では指定できないものとなっている。言語表現の概念的な多義性がこの曖昧さをたすけ、また同時に作者に錯覚を容認させる。わたしたちがこんな筈はないと感受しているところで、作品は手品とおなじトリックで〈注意〉を外らしているだけなのだ。

芥川龍之介の「二つの手紙」で、手紙の主、佐々木信一郎は「私」が第二の「私」の姿をみた三つの場面について述べる。

第一の場面は「有楽座の慈善演芸会」である。舞台の幕間に席を外してもどろうとすると、「妻」があかるい電燈のしたでつつましく伏眼になりながら、傍にこちらを背にして立っている一人の男と一緒にいる。その男は「私」とおなじ羽織を着け、おなじ袴をはき「私」とおなじ姿勢をしている。それは第二の「私」であった。

第二の場面は、「駿河台下の中西屋の前の停留場」である。その停留場に「私」と妻とが肩をならべて、睦じそうに立っているのを「私」は目撃する。妻の眼が第二の「私」の顔を甘えるようにみているのを眼にして「私」は恐怖と嫉妬の憎しみにもえた心で、茫然として立ちすくんでしまう。

第三の場面は教師である「私」が放課後に帰宅したとき、書斎にいる「私」を目撃する。その「私」は机をまえにして廻転椅子に腰かけている。その机のそばに、顔を横にむけて妻が立っている。そして「私」と「私」の妻は、「私」が体験した奇怪な現象を記録しておいた「私」の日記をひらいて見入っている。

この三つの場面は、作品の主人公であり、また語り手でもある「私」が、まだ（あるいは決して）そこに存在するはずがない場所で「私」に出会っている場面である。いわば「私」の存在にたいする「私」の既視現象を記述している。「私」の存在の既往性が「私」の未往性と出会い、交錯する場面であり、ここには〈推理〉の本質が、ひとつの極限のかたちで表明されているとみることができる。

すぐわかるように、この作品では、作者が作品のなかの「私」の振舞いを最後まで設定できているのに、「私」がまだ未知の過程にあるかのように描かれているから〈推理〉の本質があらわれるのではない。作品のなかの「私」が第二の「私」に出会うということに（いいかえれば一方の「私」が幻覚あるいは妄覚であるところに）〈推理〉の本質があらわれてくるのだ。だから作者の方は、「私」が目撃する第二の「私」という出会いの本質が、どこから由来するかについて、じぶんなりの理解をもっていることが必須の条件である。

この作品では「私」が第二の「私」をみるようになる要因を、妻の不行跡を契機とする「私」の被害妄想のようにみなしている。

作品の「私」は同僚が新聞にでている姦通事件の記事を、じぶんのまえで故意に喋言ってきかせるようになったとか、教えている学生が「私」の講義をまじめにきかなくなり、黒板に「私」と妻の戯画をかいてからかうようになったとか、家の黒塀にいかがわしい画と文句をかくものがいるとか、庭にしのびこんで家のなかをのぞくものがでてきたとか訴えて、保護をもとめる言葉を書きつらねるようになる。

芥川はおなじころ「妙な話」でポオの『モルグ街の殺人』における「ぼく」とデュパンのパレー・ロワイヤールちかくの街上の場面とおなじ場面を、まったくちがったふうにとりあげた。「旧友村上の妹千枝子」は、夫が出張地のマルセイユにいっている留守中に、中央停車場でひとりの見知らぬ赤帽に突然「旦那様はお変りもございませんか」と挨拶される。そして別に不思議ともおもわずに「有難う。唯この頃はどうなすつたのだか、さつぱり御便りが来ないのでね」と返事してしまう。すると赤帽は「では私が旦那様にお目にかかつて参りませう」と云った。「千枝子」は夫が地中海のあたりにいるのにとおもって、赤帽に問い返そうとするうちに、赤帽は人ごみのなかに隠れてしまった。

やがて「千枝子」の夫は帰国し、任地佐世保へゆくために中央停車場へきたとき、荷を運んでくれた赤帽の顔が、マルセイユに上陸中に、同僚と一緒にいったカフェで、日本人の赤帽がなれなれしくちかづいて近況をたずねたときの顔にそっくりであることを見つけた。その赤帽をべつに不思議ともおもわなかった。近況をたずねられるままに、右腕を負傷したこと、帰任が近いことを話してやったが、同僚が酔ってコニャックの杯をひっくり返したので、それにかかわっていて、あたりをみたとき、いつの間にか赤帽は姿をかくした。そう千枝子にうちあけ話をした。

芥川はポオのように論理的な推移について解き明かしたかったのではなく、遠隔の地にあって起った出来ごとの奇妙な符合について、それを恐怖や怪異や妄想や錯覚のモチーフにひきよせたかった。もちろんここでも〈推理〉の本質は、遠隔の地にある「千枝子」と「夫」とが、見知らぬ赤帽の男を媒介として出会うという、空間的な〈既視〉としてあらわれている。既往と未往という時間的な契機が出会うかわりに、時間的な契機に対応する空間的な遠隔が、出会いによって接続されるところに〈推理〉の本質は移されている。

この「妙な話」という作品を描いている作者の視線は、恐怖や怪異のように感受される事象と事象のあいだの関係に強い関心でひきよせられている。これは芥川にとって重要な傾斜であった。なぜかといえば事象と事象を結びつけているようにみえる関係への強い関心は、しだいに強度と領域を増幅していって、ほとんど関係妄想の域にまで踏みこみ、それが芥川龍之介を自殺に追いやったおおきな契機をなしたとおもわれるからである。

死に近づいたころの作品「歯車」をみると、自殺した姉の夫が放火保険詐欺の嫌疑をうけていたことに関連して、その以前から「僕」が汽車の中から山を焼く火をみたり、自動車のなかから常磐橋界隈の火事をみたりして、姉の夫の家が焼けるまえに、「僕」には火事の予感が急迫していたさまを描いている。ここからは「僕」をしだいに関係妄想と妄覚の世界に追いやる急迫した呼吸が伝わってくる。

わたしたちは読者の世界から、作品の世界に接している。そうでなければ作者として作品をつくることで世界内におかれている。作品が介在するかぎり世界はこのふた色の在り方に類別され、そこで言葉をとり込んだり、とり込まれたりしている。既往と未往とを交叉させたい欲求や、まったく遠隔にある場所を、一瞬に接続させたいという欲求を、わたしたちはひとしく〈推理〉と呼ぶことができる。そのとき負荷を負うものをどの地平に設けるかが、おおきな問題なのだ。

世界論

世界（という概念）についてかんがえ、それについて語ろうとおもうのは、たくさんの恣意的な意味がくっつけられたこの言葉から、語をめぐる環境を整序したい願望がどこかにあるからだとおもえる。

まず世界はその内側にあるすべての存在と事象と、それを容れる輪郭のことを指している。つぎに世界の内側にあるすべての存在を、分野として類別したばあいの所属の概念をあらわしている。それは言語の世界であったり、画像の世界であったり、事実や環境としての世界であったり、男の世界や女の世界であったりする。また現在たくさんの文学者たちがやっているように、もっと制度的な概念を緊急化していえば、世界（という概念）は、諸国家の領土的な画定による区分の全体的な集まりを指すこともできる。このばあいには世界（という概念）についてかんがえることは、それ自体で、国家（という概念）を超えているのである。なぜならこのばあいに国家はどんな生々しい否定や肯定や批判や障害の対象、つまり**倫理**であっても、ある時期に発生しまたある時期に消滅するもの（概念）として、世界の部分にすぎないからだ。また国家は縮尺もきかないし拡大もできないものとして、それ以上具象的であることも、またそれ以上抽象的であることもできない。世界について語ることは、どんなばあいにも国家をのり超えているか、のり捨てているのだ。これは国家主義の宗派がいうように、傲慢だということにもならないし、謙虚だということともかかわりがない。また世界（という概念）は水平的な概念であり、国家という大なり小なり深層にまでとどいた概念は、いわば投影図表としてしか世界概念に登場してこられない。また逆に国家は実体的とみなされる領域では、深層にわたる構造であり、そこでは世界（という概念）は、ほとんど図式的にしか登場できない。

ところで問題はどこにあるのか。世界（という概念）においては、配慮がとり去られるということだ。配慮がかえりみられるところでは、わたしたちは身体図式のさまざまな層として存在するだけで、世界は輪郭としては存在しない。文学作品の世界をかんがえれば情況に背をむけた度し難い空想家だし、世界史的な世界を語るときは傲慢な事大主義者なのだ。それが奇異にみえる眼はえぐり捨てたほうがいいのである。

原爆文学とかベトナム文学とか部落文学とか身障者文学などというものは存在しない。世界としてみればただ文学があるだけだ。そして文学は表出としてみるかぎりは、ただ関心の〈強度〉が択ばれるなかで主題がきめられるだけである。かれは強い不可避の関心をもっていたためにその主題を択んだということ以外に、作品の主題には意味や重さはかくされていない。こういうすでに克服しつくされた主題主義（主題の積極性）の錯誤について、復習（おさらい）する必要がどこにあろうか。

だが現に原爆文学という現実倫理（中野孝次は書いている。「日本の原爆文学を外国に紹介してゆく努力を重ねていきたいと考えています。さしあたり東ドイツの日本語学者ユルゲン・ベルント氏の協力で、東独でそのアンソロジー一巻が出るはこびとなりそうです」（中野孝次「『文学者の反核声明』について」〈文藝〉一九八二年三月号）は存在している。またベトナム文学という現実倫理の主張（小田実）も、部落文学という現実倫理の主張（土方鉄）も現在までに存在した。もちろんかれらは原爆文学とかベトナム文学とか部落文学とかいう文学が存在すると錯誤することで、ほんとうはそういう現実倫理の存在可能性をいいたかったのだといえよう。これは原爆映画、原爆絵画というものにまで拡張してもよい。そういう現実倫理の主張はたくさん存在したのである。

作品の生まなましい存在感だと信じられたものが、じつは事実の生まなましさだという錯覚が表出の内部で成り立てば成り立つほど、現実倫理の主張は強力に感じられる。そういう逆説すら成り立つようになる。わたしたちはこのとき**世界の壁**につきあたっている。その**壁**こそが重大な**倫理の壁**なのだ。この壁がつき崩されれば人間性についてのあらゆる神話と神学と迷信と嘘は崩壊してしまう。この壁は理念と現実とが逆立ちしてしまう境界であり、世界（という概念）を把握するばあいに不可避的にみえてくる差異線である。わたしたちはどんなにかこの**壁**をつき崩し、つき抜けて向う側の世界へでようとしただろう。だがそれに触れ、説きつくすことの煩わしさをたえる忍耐力をもたずに、そこから空しくひき返すということをいままで繰返してきた。

わたしたちの古典近代期の世界把握の像のなかで、いちばん長寿をたもち、また普遍的な意味をもちつづけてきた暗喩は、世界がひとつの完結された書物だということだ。そこでは緒言をみつけられればすべては脈絡をつけることができる。その世界はいくつかの系列から成り立っていて、それぞれの系が混淆し、鎖状や網状にからみあっているだけだとおもわれるのに、解きほぐすのはきわめて困難なのだ。いったん緒言として存在する糸口をひっぱりだすと、すべてが強固な反撥力の連鎖となって結語までつながっている。わたしたちはこの世界の系列の混淆と連鎖が、はじめの糸口からおわりの結語まで数珠玉のようにつながっている構造を**倫理**とよんでいる。けれどこの**倫理**はもとからあった系列がとりだされたときに解体するか、または変容するほかないものである。

いまわたしたちのあいだで古典近代型の世界像の認識は、破滅の恐怖感に震撼されてゆらいでいる。そのゆらめきの摂動の作用をうけて、つぎのようないくつかの系列に分解していることがわかる。

系列(1)　ひとはいかに世界の破滅の予感と恐怖にたえたらいいのか。

系列(2)　世界の破滅の恐怖をとり除きたいという願望はどんなふうに表出できるか。

の系列だ。

系列(3)　世界を破滅させる手段をもつものは、世界自体ではなく、世界の〈内〉の特定

系列(4)　世界の破滅の恐怖感と、それをとり除きたい願望の表出は、それ自体としては世界の〈内〉に含まれる。だが世界を破滅させる手段をもった特定の系列からみて〈外〉にあるかぎり、その系列から手のとどかないほど遠く隔てられる。

こういう四つの系列を含んだ世界像の内部で、**倫理**が生みだされるのは(2)の系列と(3)の系列とを架橋しようとする意志や情念の働きとしてである。そして(2)の系列と(3)の系列を架橋する働きは、系列としては存在しないから、ただ二つの附加的な存在点が、この世界に含まれていなくてはならない。いいかえればこの世界像のなかで**倫理**が生みだされるためには、どうしてもつぎの二つのものの存在がかならずなくてはならない。

附(a)　世界が破滅するという恐怖感の共同性は、世界の全体なのだという認知。（世界心情）

附(b)　系列(2)と(3)とを架橋するための語り手《ナレーター》の存在。（世界理念）

いま眼の前にうごめいているこの種の世界像をひとつの世界模型として象徴させてみる。

世界模型1

井伏鱒二	井上　靖	井上ひさし	生島治郎
尾崎一雄	小野十三郎	小田切秀雄	小田　実
木下順二	栗原貞子	古浦千穂子	小中陽太郎
草野心平	高橋健二	巌谷大四	黒古一夫
住井すゑ	中村武志	夏堀正元	南坊義道
埴谷雄高	林　京子	三好　徹	西田　勝
藤枝静男	本多秋五	中里喜昭	星野光徳
堀田善衛	真継伸彦	高野庸一	伊藤成彦
安岡章太郎	吉行淳之介	大江健三郎	中野孝次

（文学者の反核声明「署名についてのお願い」発起人名〈文藝〉一九八二年三月号所収）

この世界像は、ひとつの書物、ひとつの作品のように「お願い」の要請と、特定の情勢認識と、声明の文体によって統覚された連鎖状の長方形をなしている。緒言を入口にして結語まで連結された長鎖によってひとつの**倫理**を象徴する。だが古典近代の世界像の特質として、左にのべた数個の系列に並べかえることができる。（読者は勝手に人名をいれかえてください）

世界模型2

こう系列に分解してしまえば、世界はもう長方形の全体的な連鎖も序列ももたない。系列にわけられるため、全体はぐじゃぐじゃな歪曲をうける。だが古典近代型の世界模型には欠くことができない存在である世界心情（附(a)）と世界理念（附(b)）は、まぎれもなくひかえている。それなしにはこの世界の**倫理**が、系列(2)と系列(3)のあいだをとび超えて連

結されることはありえないはずだからだ。

この世界模型のなかでは、世界心情による単純だが強力な選択から、世界理念とそれを撒布したい欲求にいたるまでの、さまざまな系列が重層されて、ただひとつの**倫理**に収斂している。そのために重層法で構築された塔のように強固な構造をもっている。すくなくともこの世界模型のそれぞれの系列にたいして同時に対応できるような論理、いいかえれば単純で強力な世界心情（附(a)）からかなり技術的には高度な世界理念（附(b)）のすべてを、系列的に短絡せずに馳せのぼりまた馳せくだるような、論理の系を展開するのはそれほど簡単ではない。そして世界理念の職業的な語り手《ナレーター》や、かつて学習をうけたことがある語り手《ナレーター》たちは、そこを楯にとってデマゴギーをふりまく。この世界模型の成り立ちに異議を中立てるものは、単純で強力な生命存立の脅威にたいする世界心情を否認するのだというように。だがいつのばあいでも語り手《ナレーター》（世界理念〈附(b)〉）は系列(2)と系列(3)を短絡させて**倫理**をつくることはできても、直接に系列(1)あるいは世界心情（附(a)）にたいして、誤謬やデマゴギーなしに結びつくことも、語りかけることもできないのだ。それは世界模型の本質にもとづいている。語り手《ナレーター》たちにはこのことがわからない。そしてたいていはうまく世界心情をのせたつもりでいるのがふつうである。

わたしたちは世界という地平に姿をあらわさずに、どぶ鼠あるいは蓑虫のようにかくれたまま、世界心情を操作しようとする語り手《ナレーター》の存在を、古典近代以前のアジア専制的な世界像にしか存在しえないものとして否認する。だがかれらは世界の**倫理**を造出しているつもりで、この卑劣、ずる賢こさ、せこさ以外のなにものでもない匿名性という特権を容認されていると錯覚している。わたしたちが、ひきずり出しほんとうに対決したいのは古典近代の世界模型のなかで陰の語り手《ナレーター》（世界理念）として潜んでいるものたち、あるいは世界心情を破産させながら、じぶんたちはけろりとしてあらぬことを口走っている政治的ならず者の暗喩としての**暗喩**なのだ。だがかれらはいつも、原爆被害者、被差別者、身障者のじかな世界心情を前面におしたてて、その背後にかくれてそれらを督戦している。わたしたちはやさしい心情を、かたいこわばった表情で包んで、じかな世界心情にたいして語りかける。人間ヲ原爆被害者トソウデナイモノ、被差別者トソウデナイモノ、身障者ト五体健全ナモノニ二分スル被虐的ナ世界開示ノ仕方ハ、ドンナニ強イ理路ニミエテモ決シテ世界ノ普遍ナ原理ニ到達デキマセン。ソノコトハハジメカラ定ッテイルコトデス。そのとき悲しいことにわたしたちは、およそ逆なことを、逆な対象にむかって語っているのだ。ほんとは背後にかくれた世界理念にむかって、じかな世界心情を、世界を組織する普遍原理であるかのように装うのは、理念として許し難い虚偽だと指弾したいのだ。

わたしたちの優れた作家たちは、もちろん作品そのものを**世界**として、古典近代的な世界から逸脱を強いられ、現在という空間と時間に、どうやってべつの世界を構成できるかという課題を強いられている。それは不可避の逸脱であるし、またその逸脱を修復したり、とり込んだり、脱構築したりせずには作品を生みだすことができなくなっているのだともいえる。

中上健次の『千年の愉楽』は、誰もが古典近代的な世界からはみだし、逸脱せざるをえない現在の必然をまともに受けとめて、いわば〈逸脱〉から世界の〈再産出〉にまで転化させようとしている。この作品が表出している世界は、いくつかの条件を組みあげることで完備された世界になっている。強いて名づけるとすれば、現在の世界像に深くかかわるために必然的に仮構された古代的あるいはアジア的な世界なのだ。現在わたしたちを急速に囲みはじめたシステム化された高度な世界像のなかでは、物語らしい物語が構築されるはずがない。いわば物語の解体だけがラジカルな課題でありうる。ここでもまだ物語を構築しようとすれば、世界像の領土を〈死者〉の領域にまで拡張させるほかない。『千年の愉楽』の古代的あるいはアジア的な世界の仮構はそういった必然なのだといえよう。

(1)　いつも世界を透視している巫女のような「オリュウノオバ」という老女によって作品の世界像は鳥瞰されている。「オリュウノオバ」は「路地」と呼ばれた被差別の地域の若者たち（主人公たち）を母胎からこの世にとりだした初原のひと、産婆の古蒼な果ての姿をしている。

(2)　主人公たちは「路地」と呼ばれる「牛の皮はぎやら下駄なおしやら籠編みらが入り混っている」土地に地霊のように住みついて、山林地主にやとわれて山の雑役人夫になったり、地廻りヤクザや遊び人であったり、出稼ぎ人であったりする。だが秀でた容貌や膂力や気質をもち、この世のものでない異類と交流するような不思議な心ばえをもつ「この世と死の世とにまたがった血統」のものとして設定されている。

(3)　主人公たちはいずれも卑小だけど悲劇的な死を遂げるものとして設定されている。あるいは卑小で無意味であるがゆえに崇高な、古代的なあるいはアジア的な悲劇の死として設定される。たとえば、「半蔵の鳥」の主人公半蔵は、二十五のときにまるで絶頂に肉体が開花したところで「女に手を出してそれを怨んだ男に背後から刺され、炎のように血を吹き出しながら走って路地のとば口まで来て、血のほとんど出てしまった」体で死んでしまう。「六道の辻」の主人公三好は仲間と語らって盗っ人にはいったり、海岸で出あった女をかどわかして料亭に奉公させたりといった小悪事に日を送る地廻りとして設定されているが、人を殺して年上の女と一緒に飯場に逃げるが、やがて「路地」にもどる。だが「どいつもこいつも気が小さくしみったれて生きていると思い、体から炎を吹きあげ、燃え上るようにして生きていけないのなら」と、女を奉公にやった料亭のうらの桜の木に縄をかけて首をつって死んでしまう。

(4)　主人公たちが住む「路地」は被差別の衆が集まった世界だが、この世界は死者たちの世界をも成員として包括した共同体世界として存在する。主人公たちはちいさな悪行や、女との情事に明け暮れる無意味な日常の生を蕩尽するときにも、卑小で崇高な悲劇の死を遂げるときにも、すぐに死者の世界の成員を含んでいるような徴候に見舞われる。たとえば「六道の辻」の三好が人を殺してその血のなかで女と情交を遂げたいという願望を遂げて、逃亡したあげくまた「路地」にもどって、桜の木で首を縊って死んだときの描写。

（三好が桜の木で首をつって死んだ）

八月十日だった。オリュウノオバは溜息をついて、三好の背に彫られてあった龍がいま手足を動かしてゆっくりと這い上って三好の背から頭をつき出して抜け出るのを思い描いた。これが背中の中に収まっていた龍かというほど大きくふくれ上り梢にぶらさがった三好の体を二重に胴で巻きつけて、人が近寄ってくる気配がないかとうかがうような眼をむけてからそろりそろりと時間をかけいぶした銀の固まりのようなうろこが付いた太い蛇腹を見せて抜け出しつづけ、すっかり現われた時は三好の体は頭から足の先まで十重にも巻きついた龍の蛇腹におおわれてかくれていた。龍が抜け出た背中の痛みをなめてなだめるように舌を出して腹のとぐろの中に頭を入れる度に宙に浮いた形のまま龍の腹はズルズルと廻り、風で物音が立つと飛び立とうとして顔を上げた。龍が急に顔を空に上げ、空にむかって次々と巻いた縄をほどくようにとぐろを解きながら上り一瞬に天空に舞い上って地と天を裂くように一直線に飛ぶと、稲妻が起り、雲の上に来て一回ぐるりと周囲を廻ってみて吠えると、音は雲にはね返って雷になる。

（中上健次「六道の辻」〈文藝〉一九八〇年九月号）

こういう条件に支えられた古代的あるいはアジア的な世界像の世界模型は、つぎのような図表になる。（世界模型３）

この『千年の愉楽』の世界では、当然のように**倫理**は存在しえない。世界は明晰に分離された秩序と系列の層から成り立っているからだ。ただ死者の住む世界を隣りに包みこんでいるために系列(3)（死者）と系列(4)（「路地」）と接続するのに、世界倫理を代同するものが存在しなくてはならないはずである。この代同物は主人公たちが働く小悪事である盗み、女衒、殺人、脅迫、刃傷のような所業と、飽くことのない野性的な情事であるといえる。こういう所業は『千年の愉楽』の世界では系列(3)の死者の世界と系列(4)の「路地」の世界のふたつを一体として包みこんだおおきな規模の世界であるため、現世だけの規模の倫理に反しても、すこしも、糾弾されることはない。それは「オリュウノオバ」の同行者である陰の存在「礼如さん」から摂取され、作品全体に撒布された浄土の理念によってゆるされている。

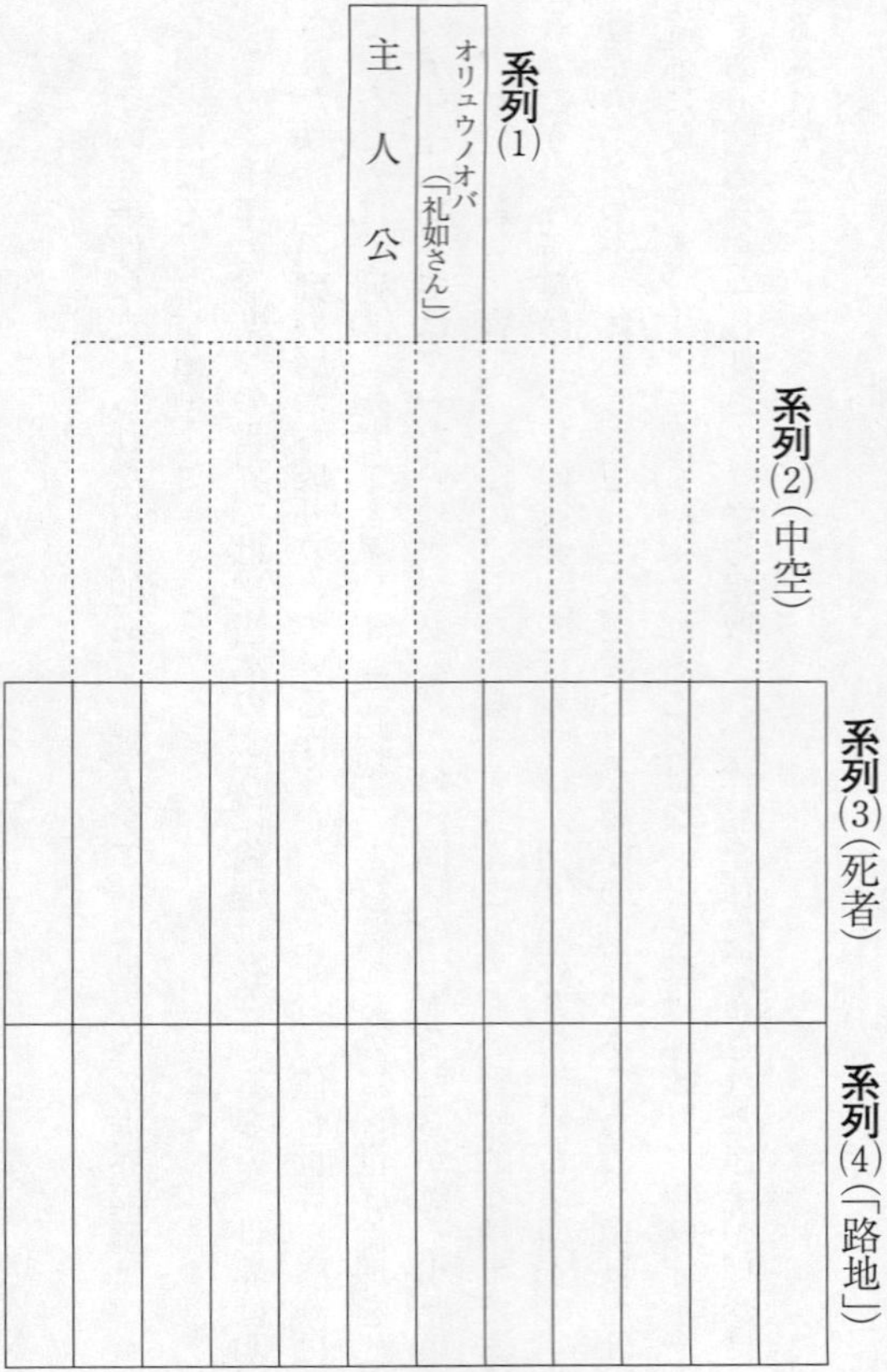

世界模型３

（半蔵が若後家の家で男に女を天鼓（小鳥の名）のように仕込んでやろうともちかける）

男がその話にか、半蔵が耳に唇をつけるようにして言ったせいか酒の酔いで赭らんだ顔を余計赭らめ、灯りにてらてら光る額を何のつもりかかいて、面白いと言う。それで女がもどってきたのを合図に女を裸にして、灯りを消して欲しいと言うのもきかず、半蔵のやり方ではなく女が半蔵を縛るやり方で後手に紐でしばり、さらにその上から乳首が外にとび出るように乳房にくい込ませて縄をかけ、下穿きをはずした男に挑ませた。男のふぐりが尻の下からぶらぶらと所在なく腰を使うたびにゆれ、半蔵は壁際に置いた膳の上から徳利に口をつけて立ち飲みし、味気なく腰を使うものだと薄笑いを浮かべ、思いついて重なった二人を反対にしてやり女の後手をほどいてやった。女は弾き出されるように下に男を敷いたまま、半蔵の腰を抱き寄せて口をつけた。徳利に入っていた酒が熱い小便のように胸にこぼれ、男が女の乳房の谷間に伝って流れ落ちたそれをなめている。女の唇から流れ出した唾液が半蔵の陰毛にたまり、ふと見ると、男が、半蔵の股の下から神経を逆なでする音をたてて女が舌を立て吸うのを物におびえたような眼で見ている。半蔵はにやりと白い歯を見せて笑う。

女が男を半蔵にするように縛ったのが気に喰わず口に手ぬぐいをかませて縛り、おびえた眼の男を縛り直して、面白いと言う女に煽られるように男の足を曲げさせ毛の生えた尻に刃物のように当てた。固い石穴に指で穴をうがつようだが、半蔵は女の味のする唾液を口で嚙んで手につけて通りをよくするために先にまぶして男の尻穴につき立てる。身をかわそうとして動くが男の足は女のように上げられ折りまげているので半蔵が女にするようにずぶずぶと入ろうと抜こうと意のままで、そのうち早く腰を打ちつけはじめると女が体を脇に横たえ半蔵の顔を両手ではさみ唇をすり寄せて吸ってきた。一時そうやっていたぶってそのまま女の方へ鞍がえすると女はまるで天鼓のように声をあげる。半蔵は柔らかく押しつつむような女の中で気を放ちながら男が縛られたままの姿であおむけにされた芋虫のように二人ににじり寄ってくるのを見た。

（中上健次「半蔵の鳥」〈文藝〉一九八〇年七月号）

こういう倫理でも反倫理でもない、いってみれば非倫理としてどこまでもゆるされた、動物みたいな性行為の描写は、主人公たちがいずれも、小悪事に日を送る遊び人や日雇いとして設定されているのとおなじに、作品の世界に不可欠なのだ。なぜならこういうエロスが底なしにゆるされるなかで、はじめて主人公たちは死者の世界までを包括した〈千年の愉楽〉の世界にこの世界を転生させることができるからだ。

主人公たちはギリシャ悲劇や、わが古典物語の主人公たちのように、卑小な小悪事にからまったり、女をだまし動物のような情交にふける日々を「路地」の世界を根拠地にして繰返しているうちに、次第に悲劇の頂きまでのぼりつめてゆく。そして頂きのところで、女出入りのいざこざのはてに殺されたり、自殺したりして、卑小な死を成し遂げて物語はおわる。そうでなければ「カンナカムイの翼」の達男のように、北海道の炭鉱に出稼ぎにでかけて知りあったアイヌ出身の若い衆と一緒に、鉱山の暴動を組織しようとして失敗し、あっけなく謀られて被差別の象徴として殺される。悪事は小悪事であり、死は卑小で無意味でなくてはいけないのだ。

作品の世界で「オリュウノオバ」は古代やアジア的な世界を透視し、その世界に理念をあたえる最高の巫女のように存在し、世界を遍照する。主人公たちは被差別世界の「路地」に身をもつ卑小な貴種、この世界の神権を授与された専制君主のように自在に振舞い、女と悪事と遊びの日常を遍歴して果てる。

作者は作品をなぜこういう古代的またはアジア的な世界としてしつらえたのか。もちろんすでにそれ自体が退廃し無効化し、もはやどうしても物語が不可能である現在の古典近代的な世界模型を破砕して、物語を奪回したかったからだとおもえる。かたり、盗み、かどわかしのような小悪事も、獣のような女たちとの情交もおおらかに許容されることで、死者の世界をも包括したような奥処をこの作品が実現するとき、現在という歴史のつくった作品は逆に陰の世界に反転される。

大江健三郎の「泳ぐ男」という作品に実現された世界は、中上健次の『千年の愉楽』とは対蹠的な世界だといえよう。この作者のほかの作品たとえば「空の怪物アグイー」がそうだが、古典近代の世界像からの逸脱を、べつの世界模型をつくって再構築しようとするモチーフは、はじめからこの作者にはない。むしろ既成の古典近代的な世界模型の枠組の喪失と崩壊を鋭敏に感受し、それを表出しようとしている。その世界はすでに枠組を失って、すぐ崩れかかってしまうはずなのに、すべてが焼き尽くされたのに、輪郭だけが黒焦げのまま残った家屋みたいに、危うい均衡で支えられている。この特質はすぐにもうひとつの特質を喚び起こす。語り手《ナレーター》は想像力と推理力をたずさえて、未知の不安な暗い殺意、すでに起こりそうにみえるその可能性を指針に、重層した系列を連結してゆくのだが、どこへも行きつくことができない。すぐに別の系列にあたる想像と推理とが、おなじひとつの事態にたいして、別の閉じられた系列をつくりあげようとする。この不安げに反転する理解と想像の系列が、枠組を喪失したまま輪郭が危うく保たれている世界模型を造りだしている。この作者がさきの世界模型2のどこに位置しているにせよ、本質的な優れた作品によって、現在もっとも鋭敏にじぶんの所属する世界の崩壊を感受している作者だということは疑いない。

系列(1)	僕(語り手《ナレーター》)	「猪之口さん」(被害者)	「玉利君」(犯人)	「僕」(身代り)		
系列(2)	僕(語り手《ナレーター》)	「猪之口さん」(被害者)	「玉利君」(未遂者)	「僕」の後輩の東大出の高校教師(犯人)		
系列(3)	僕(語り手《ナレーター》)	「猪之口さん」(被害者)	「玉利君」(犯人)	「僕」の後輩の東大出の高校教師(身代り)		
系列(4)	僕(語り手《ナレーター》)	「猪之口さん」(被害者)	「玉利君」(犯人)	「僕」の後輩の東大出の高校教師(犯人)	高校教師の妻(語り手《ナレーター》)	

世界模型４

「僕」は「過去の人や事物、出来事について思いはじめるたび、心がタールにまみれ」るような心の病いを「自己治療」するためプールに通っている。その乾燥室で、乳房や下半身を露出させて年下の学生スイマー「玉利君」を挑発している熟年の女性「猪之口さん」が、いつも「玉利君」を挑発しているとおなじ恰好で、下半身をM字形にされて子供遊び場のベンチに縛りつけられたまま殺されている。そして犯人だという「僕」とおなじ東大出の後輩にあたる高校教師が、首を縊って自殺する。「猪之口さん」の体内にのこされた一種類だけの精液は、この高校教師のものと一致する。そこでもしこの作品の世界に疑念や不安がない強固な輪郭が保たれていれば、すべてはここで解決済みなはずである。だがあたかも底なしの懐疑みたいに、この作品はそこから出発する。この自明さの否認と懐疑から作者と作品は、しだいに現在にむかって姿をあらわすのだ。またそれがこの作家の作品にアクチュアリティを与えて、優れた特質をひらいている。「僕」は「猪之口さん」の縛られて殺されている姿勢が、プールの乾燥室で「玉利君」と二人きりのとき挑発していた「猪之口さん」の姿勢とおなじなのに疑念をもち、「玉利君」が殺害の犯人なのではないかと疑う。そして「玉利君」を救うために、殺害現場に跡をつけて死んでいる「猪之口さん」の性器の匂いを嗅いで「玉利君」が性交を遂げていないのを確かめる。そしてじぶんが「猪之口さん」に性行為を遂げて、体内に射精することで「玉利君」の身代りになろうとする夢をみる。「玉利君」の告白を誘い出してみると、「玉利君」はたしかに「猪之口さん」を子供遊び場のベンチに「猪之口さん」のいう通りの姿勢で縛りつけ、性交を遂げようとして遂げられずに立ち去ったことを認める。そのあとに酒に酔った高校教師がやってきて「猪之口さん」を強姦して首を締めてしまい、自責にかられて縊死したことになる。だがまだ疑念はのこる。そしてこの「僕」という語り手《ナレーター》の疑念と、べつな意味で夫である高校教師の強姦と殺害の動機に疑念をもつ犯人の妻とがそれを感受する。そしてこののこされた疑念は、作者の世界模型の特異性からやってくる必然の抜きさしならない力感を湛えて、強いていえば作者の感受する現在の世界像の本格的な不安の姿を開示している。「僕」の疑念は「玉利君」が性行為を遂げられないでおわったとき、縛られた「猪之口さん」から嘲笑されて首を締めて死にいたらせ、そのあとで高校教師が性交を遂げたのではないかということにある。高校教師の妻の疑念は、夫の動機にかかわっている。夫は学生時代から自己中心的な独りよがりな倫理と思い込みを、女性にたいしてももっていた。学生のころ寮の近くのバーのホステスの借金を苦労して払ってあげ、そのうえじぶんが助けたのだからじぶんに感謝して結婚するだろうと思い込んだが、逃げられてしまったことがあった。また最初の結婚はバーの美人ホステスだったが、パトロンの会社がつぶれて気の毒だから救ってやるんだといって結婚したが、やがて別の客のところに家出してしまった。そしてもしかすると「猪之口さん」の殺害のばあいも、だれか行き詰っている人を救って、じぶんが犠牲になるという気持があったのではないかという疑念を抱く。この世界の枠組が喪われ、輪郭だけの形骸がのこされたところからくる語り手《ナレーター》たちの最終的な疑念は、現在にたいする作者の疑念と遭遇しているようにみえる。ひとつの系列の疑念が閉じられたとき、つぎの系列の疑念が開かれる。この疑念が完結すると、またつぎの系列の疑念がはじめられる。そしてほんとうはこの疑念はおわることはないのだ。作品という**世界**の模型が、枠組を喪っているため、この疑念は世界の外から漂ってきて、属性のように離れないからだ。

この作品は「猪之口さん」が殺害され、その殺害の当事者と、動機のさきにくっついた不安と疑念が、探しもとめられるという意味では推理小説とみることもできよう。だがむりにそうみられることを作品は主張しているとはおもえない。わたしたちはむしろ、喪われた輪郭を廃墟の空のように危うく保っているだけの古典近代的な世界の存在感を、どこかで修復しようとする作者のかくされたモチーフが、倫理ではないひとつの〈意味〉を自己主張しているような気がする。世界論としてみれば、その内部ではおなじ登場人物がおなじ事態に当面しながら、まったく別個の系列を構成しなければならない。この重層的な役割を同一の人物たちの同一の配位が演じているのに、この世界が緊密な構造をもちえている理由は何だろうか。

(「僕」という語り手《ナレーター》の自己告白)

僕が子供の時分のある日、のちに考えれば死ぬ直前の父親がこういったことがある。

——おまえのために、他の人間が命を棄ててくれるはずはない。そういうことがありうると思ってはならない。きみは頭の良い子供だとチヤホヤされるうちに、誰かおまえよりほかの人間で、その人自身の命よりおまえの命が価値があると、そのように考えてくれる者が出てくるなどと、思ってはならない。それが人間のもっとも悪い堕落だ。自分はそんなことにはならないとおまえはいうが、しかしチヤホヤされて甘ったれた人間には、子供ばかりじゃなく、大人になっても、そう思いこんでいるままのやつがいるよ。

僕は父親の言葉が、いわば予言的にあたっているのを子供心ながらに感じたのだ。そしてそれが未来の時においてのことであるだけに、自分は本当はそのような性格をもっていないともいえず、息苦しい不満を感じたのであった。そして僕は実際、これまでの生の、つまりは子供の自分からみての未来のさまざまな時に、この父親の言葉があたっていることを見出した。その人間のもっとも悪い堕落を自覚する恥かしさが、僕にいまプールでの自己治療を必要とさせている心のむすぼれの要因のひとつですらあっただろう。自分はあの男、この女が、かれら自身の命はおれの命にくらべて価値が低く、望んでこちらの命のための犠牲にそれを供するというふうに、あの男、この女に対したのじゃなかったか？　事は命のやりとりという域のそれではないが、日常的なある選択に関してそうではなかったかと、僕は大きい恥の心を積みかさねることをしてきたのだ……

（大江健三郎「泳ぐ男——水のなかの『雨の木《レイン・ツリー》』」〈新潮〉一九八二年五月号）

確かめられる唯一のことは、ここに如実にみられるように「僕」という語り手《ナレーター》の存在を、作者自身とはまったく別個のところに設定し、しかもこの存在感に語り手《ナレーター》のものとしても、また作者自身のものとしても魅惑的で、存分に〈聖〉と〈俗〉のあいだに溢れだす人間認識（主としてエロス的認知）を、作品世界の内部に体液のように流動させえている。それが輪郭の崩壊を自明のこととしたこの作品世界を、緊密な世界模型にしている根拠だとおもえる。殺害が主題とされていても、ここには物語といえるほどの物語があるわけではない。だが世界喪失の〈意味〉は存在している。

わたしたちの世界が、現在解体と脱構築にむかいつつあるというモチーフはどこからくるのか。すぐれた感受力をもった作家たちは作品世界の輪郭を補完したり、また逆に崩壊をなぞったりするのを余儀なくされているのはまことか。また登場人物たちは生のモチーフの喪失を何とかしなければ存在感を保てなくなっているのか。これについてのわかり易い目じるしはなにもない。というよりも個人的な資質や配慮についての仕方の個別性に、もうすこしで帰着させられそうなところで、どうしても踏みとどまらなければ、とりだすことはできない。そうかといって世界の輪郭、あるいは容れものとしての世界というところにとどまることができない。そういう微妙なはざまのところに徴候がみつけられるはずなのだ。優れた作品とか優れた作家とかいう曖昧な言葉でわたしたちが呼んでいるものは、このはざまの劈開面を、作品やその作家が晒している個所で、わたしたちがみているものである。そこでならば辛うじて、作品や作家の個別的な質を問いながら、共通の成り立ちを問うことができる。

差異論

世界（という概念）の解体が、すでに世界のもっとも敏感な個所では、ひとつの地平線を形づくりはじめているとわたしたちはかんがえてきた。世界は生成をつづけ、凝集する力を発現して、無限に産出のイメージを与えつつあるとは、誰もかんがえはしないだろう。生成がすでに死を呼び込んでいるのがみえる。また死がみえるとその向う側に、また未知の生成がなければならないようにみえる。死がみえないときは、死は終末のようにおもわれる。死がみえるようになってからは、その向う側にある未知の生成が姿を現わすかもしれない。わたしたちはかつて引かれたことのない差異線をもって、できるならこの世界の本質とみなすものを引きなおそうとしている。

革命的**であること**（という概念）は、政治制度の世界でも文学の世界でもなくなってしまった。いまではそれは抑圧している屋根というほどの意味しかないからだ。たえず革命的**になり**つづけるということだけ存在できるようにおもえる。そこで革命的**である**（という概念）がつくりだした錯誤の内部には、革命的**になり**つづけることとはまったくちがった真の怖ろしさ、困難さが専制をふるっている。ディスポットは歴史という時間の累積体であり、成員たちはその専制に支配されているのだ。ながくそこにとどまれば、奴ガ（個人マタハ国家ガ）、ソコニ在ルカギリハ、奴ノ宣布スル理念ナド見ムキモシタクナイという憎悪を発生させてしまう。それは例外なく頑迷、保守、反動、盲目、怠惰、傲慢、秘密警察的な眼ざし（奴ノ言動ハ強制収容所ニ価スルカドウカトイウ視線）の権化に、じぶんを化石させてゆく。また逆の場合もある。そこでは批判的であることが、コノ批判スベキ奴（個人マタハ国家）ハ否認スベキ奴（個人マタハ国家）ヨリモ一層タチガ悪イという認識の方にいつの間にか滑りこんでゆく構造をもっている。わたしたちはこんなとき根本的ナ差異線ヲサガセという指示につきあたるのだ。もともと革命的**である**こと（という概念）が存在しえなくなったのに、存在しうるとたかをくくっているところに、すべての要因があるというのは手易い。だがわたしたちはその地点を通過してもっと別のところ、この世界がすこしでもそういう認識より明瞭な姿を現わしてくれるところに出てゆきたいのだ。わたしたちには願望だけが与えられているのに、その場所へゆくための地図を与えられていない。わたしたちは測量し、地形を調査し、じぶんで書きこまなくてはならない。根本的ナ差異線ヲサガセ。世界ヲ世界カラ、アナタヲアナタカラ差別セヨ。

誰もじぶんが先行する測量師でないことに苛立たしい焦慮と不安をおぼえる。だが先行する測量師たちもまた未知をまえに不安なのだ。ほんとにわたしたちに見えてるのは、この世界の構図のひと齣の地形でしかない。どんな優れた思想も、いったんこの地形に入りこむと、幼児みたいな心情に支配されて罵りあい、対立しあう。わたしたちはこの思想の光景に、つまり先行する測量師の姿に落胆しながらも、ある意味ではほっとする。そしてマダワタシタチハイカニモ揺ギナサソウニミエル思想ヲ超エル可能性ヲモッテイルと思いかえすのだ。だがどんな思想でも、いったんこの地形に入りこむと、かくも幼児的な心情まで退化してしまう。地形は母型なのだ。そこを離脱して世界線の見えるところまでやってきたつもりだ。だが線の引かれ方に惑わされひき戻されて、地形のなかに陥ちこんでしまう。世界がある水準の抽象であるように、世界を世界から差別し、じぶんをじぶんから差別できる地勢は、まず作られなくてはならない。また母型からは切り離された抽象的な地形でなくてはならないはずである。みだりに差異線や等高線を引くことができないかわりに、みだりに地表の輪郭をなぞることなど許されない。その地勢は作られる。その設計図のことになるが恣意的なものではなくあるシステムに規定されている。このシステムへの解答が**現在**なのだ。たくさんの解答をもっているようにみえる。だが解答自体にはほんとの解答はないという解答だけは手にしていない。解答の仕方、解答の手続きが世界構図のどこを通るか、どの等高線を結びつけるかが、ほんとうに探し求めている道筋である。わたしたちはじぶん自身がこういう地形のなかに滑りこむときも、こういう地形のなかに滑りこんだ光景を目撃するときも、ただひとつの差異線をすぐに思い浮べる。わたしたちが退化した心情で罵りあい対立しあうそのこと、あるいは罵りあい対立するときどんな思想でも退化した心情に囚われるそのことが、現代の世界の科学的神学が消滅する過程に立ちあっていることを意味している。そこの周辺に差異線が探索される。〈科学的〉と〈信〉との二重の規範に囲まれた明るい空虚な桎梏のおぞましさと不快さは、おぞましいもののおぞましさや、不快なものの不快さと、くらべものにならないほどひどいものだ。それが明るさを化石にしてしまう。もともと保守、頑迷、反動、盲目は表情を暗く凝縮させるものなのに、表情が動かないままに地表を保守、頑迷、反動、盲目に作ってしまう。〈科学的〉ということと〈信〉とは同時に二重に否認されなくてはならない。そこでだけ差異線が引かれるからだ。

これがほんとうに世界の差異線になりうるのだろうか？　まだ一抹の不安がのこされている。異教的なものがこの構図のなかに偶然に入ってきたら、真っ先にこの差異線にまたがって嘲笑を加えるだろう。歴史が固定した語彙に囲まれて罵りあっている差異線を、根こそぎ否認することは疑いないようにおもえる。

異教的なところではこういう差異線ははじめから意味をもたない。そこではただ、奴ガ（個人マタハ国家ガ）ソコニ在ルノハ、ドンナ否認スベキ欠陥デアッテモ、生レツキノ身体マタハ歴史ノ無意識ノ所産ダカラ仕方ナイという認知が支配している。そこで罵りあい対立しあうものがあれば、自己嫌悪や自己否定と、野放図な自己肯定のあいだに差異線が引かれるだけである。

ここでいまさがしている差異線はこのいずれでもない。これらの差異をコスメティクな美容術と整形外科的な美容術の差異に比喩できるとすれば、わたしたちの関心をもつ差異線はただ美容術の存在、つまりは**人為的**という点に描かれるはずだ。美容術は美容術をもたないものと対立する。**人為的**な世界は世界と対立するようにみえる。わたしたちは最終的な世界の差異線からまだほど遠く、ほんとはここまできても瞞されているかもしれぬ。ただとりあえずまたそこに差異線が引かれるだけだ。

わたしたちは**世界**という作品、あるいは**作品**という世界をなぜ**人為的**に作ろうとするのか? この問いは現代における科学的な、あるいは文学的な神学の起源を洗いなおす問いであった。わたしたちは誰でも、ある時期になぜ書くのかという問いを自身に仕かけたし、また他者からも仕かけられてきた。また**人為的**ということにとても苛酷に、生涯をおしつぶした詩人たちをイメージのなかに引用したりした。この問いは世界理念にとってもおなじことであった。なぜ世界を**人為的**に作ろうとするのか、すでに世界はしつらえられて存在するのではないか? この問いにたいしてもちえた最良の解答は、いずれも資質あるいは無意識に帰せられるものであった。世界についても作品についても、資質や無意識からの成果を人為は決して超えられないものだと見做した。これが科学的であっても文学的であっても、神学であるかぎりつき纏ってくる限界値であった。わたしたちは現在でも、たぶんこの限界を完全には超えることができない。だがこの限界を超えたいという願望によって、はじめて**現在**に入ることができるのだ、ということも確かなのだ。

わたしたちは問いを組みかえなくてはならない。なぜ**世界**という作品、あるいは**作品**という世界は、すでに**人為的**に作られてしまったのか？　この組みかえによってわたしたちは**人為的**ということの意味をまた組みかえている。わたしたちの作品も世界もすべて普遍的な**人為**のなかにおかれる。そして人為的以前のものに遡行するのではなくて、資質や無意識を**人為的**な作品や世界のうえに、逆に接ぎ木しようとするモチーフのまえに佇たされる。これが**現在**という地勢にはいることなのだ。それは絶望的に不可能の予感にさいなまれる場所である。けれども作品や世界が**人為的**という土台からいつか跳躍して**現在**に入るということはそうすることなのだ。

わたしたちはこちら側の巨匠たちに問いかける。あなた方の作品の世界ではどこに差異線が引かれているのだろう？　あなた方はどういう世界を本質として想定しているのだろう？　解答が欲しいためではなくて、解答のイメージを感受するために、だ。

我慢することによって遅延をはかることができる。その時間は表現の基層から表面にわたしたちがわたってゆくあいだの時間なのだ。そうするとわたしたちが見たいのはじかにこの世界なのに、作品の世界をみてしまうのではないか。たしかにそうにちがいないのだが、わたしたちが表現の厚みをくぐっているあいだ遅延することによって、うまく世界を世界から差別するちょうどその時間に出あうことができるのだ。わたしたちはそのように時間を多重に体験しているあいだに、ほんとうは見えないはずの現在の世界を、たてよこに自在に走る時間の織り目のようなものを体得している。それは織り具合として直覚されるもののようにおもえる。

井上靖の『本覚坊遺文』は、茶人千利休の側近にいつも仕えて、利休が豊臣秀吉に自刃させられたあとも、生きのびて古田織部や織田有楽にも接触する三井寺の「本覚坊」という人物を狂言廻しのように設定して、この人物の遺文を作者が現代風に書き改めたという虚構をかまえて作られている。作者のモチーフを推量すればかすかにひとつふたつ浮びあがってくる。千利休、山上宗二、古田織部のような初期茶道の開拓者たちが、信長、秀吉、家康、秀忠などのような戦乱期の武家の権力者の側近に、茶の湯の同朋衆として仕え、いずれもかれらから、最後に自刃を強要されるにいたる。その死にざまの偶然とはいえない符合にたいする作者のつよい関心である。もうひとつは戦乱期から戦国時代の終息期にかけて移ろってゆく茶の湯の理念、戦乱のなかでの武将や町衆たちの束の間の平安の境地をもとめる願望から、太平の世の遊びにまで変化してゆく理念を、基底にある創始者利休の権力、豪華、晴がましさとはかかわりのない〈侘び茶〉理念の流れにそって、統一的に把握してみたいという作者の欲求である。そのためにこそ「本覚坊」は長命して、利休が自刃したあとも織部や織田有楽にも招かれて、かれらの心の底にある利休への敬慕や、利休の茶の理念への強い関心の所在をひきだす役割をもつ狂言廻しとして設定されている。作者は『山上宗二記』や『古田織部伝書』や南坊宗啓の『南方録』に記載された利休の言葉の聞き書や、聞き伝えをもとに利休の茶の湯の理念の画像をつくりあげたとおもえる。

この作品に文学として作者に属するものがあるとすれば、「本覚坊」という語り手として登場する人物が、利休や織部や有楽のような歴史上の茶の巨匠たちと、ひそやかな茶室で向いあうときの情景と感懐の場面をこしらえあげた点にあるといってよい。そこでは伝統的な自然観賞や境位の型がそのまま踏襲されている。また通俗的なすぐれた書き言葉の手腕が、鮮明な〈空疎〉をこしらえている。利休ははじめに、町衆の座興であった茶の湯を、密室あるいは野外での共感儀礼と共感心理の境位を競うものに仕上げた。信長や秀吉や家康のような武将が、利休らを側近に仕官させて茶の湯の同朋衆としたことは、はじめは戦乱のなかで遊びや内在の平安をもとめる手だてだったにちがいない。だが本来の茶の湯の性格からすぐに、他者の内在の動きを察知し、その動きを深化しようとする修練に転化していった。ここで茶の巨匠たちはせまい密室のなかでの内在的な境位で、権力者である武将の境位を察知できるし、場合によってその境位を超えることが起こりうるようになった。ほんとうはそこに権力者の内面を脅かす場面がありえた。その果てに内在的な共感心理から、いったんそごをきたせば背反心理へと尖鋭にいやおうなく変化し、いわば権力者が側近にある茶の巨匠たちに暗黙のまま死を要求し、茶の巨匠たちもそれをすぐに察知し、その意向を逃れることは考えもおよばないということはあり得たにちがいない。だが作品はかくべつそのことを描きたかったとはおもえない。というよりも何を描きたかったというように作品は存在していないようにみえる。

（古渓の西国追放のとき送別茶会をやる利休について本覚坊の述懐）

私は十年余り、師のお傍にお仕えしたことになりますが、この時の師が一番強い印象で、私の瞼に捺されてあります。私はその後、この時の師のお姿を思い浮かべる度に、あの時師が顔をお向けになっていた相手は、太閤さまではなかったか、そういう思いを払拭できないでおります。と言うのは、少くとも古渓和尚送別の茶会を開くということに於ても、またその上、お預りものの虚堂《きどう》の墨蹟を、こともあろうに、その茶事に使わせて頂くということに於ても、太閤さまとの無言の取引きがなければなりません。その取引きに於ては、顔を太閤さまの方にお向けになって、太閤さまの面から眼をはなさないでいるだけの、少くとも眼をはなさないで、その姿勢を半日崩さないでいるだけの強い御意志は必要なのでございましょう。

（井上靖『本覚坊遺文』）

ようするに「本覚坊」の語り口で作者がいいたいことは、利休が秀吉に追放された古渓のための送別の茶会を催し、そのさいの茶室の軸として秀吉からあずかっていた虚堂の墨蹟（生島のこと？）を、無断で使った利休のこころには内在的な反抗があったということである。この理解は作者に属しており、その場面は作者がしつらえたものだ。

ここでわたしたちは作品の描写のよしあしではなくて、作品という世界のなかで消去されてゆく何かに直面しているようにおもえる。世界から溢れたり、滴り落ちたりするものが、拭きとられてゆくといった文体の手触りを感ずる。

これを確かめるため作者がもうひとつ作品の織り目をつけるのに、緯糸に使っている利休の理念である〈侘び茶〉を語る暗喩を挙げてみる。

（利休が死んでから二十日ほど経って夢に冥界の道のようなところを歩いている）

その時ふと気付いたのですが、私からかなり離れた前方を、もう一人の人間が歩いております。すぐ師利休だと気付きました。ああ、自分は師のお供をしてこの淋しい道を、冥界の道を歩いているのだと思いました。

冥界の道であったら、それはそれで宜しかったと思います。ところが冥界の道ではなくて、その道がどうやら京の町に向かっていることを知りました。そうだ、いま自分は師のお供をして、聚楽第に向かっているのだと思いました。誰もが踏み込めない冷え枯れた磧の道は、やがて京の都に入って行くことでありましょう。それにしても、どうしてこのような冥界の道としか思われぬ道が京の町へ向かっているのか、それが解せぬ思いでした。

が、そうしている時、師利休は足を停めて、ゆっくりと私の方を振り向かれました。私がまだ付き随って来ていることをお確かめになったような、そんなその時の感じでした。

暫くすると、師はもう一度振り向かれました。こんどは、もうここから帰りなさい、そういうように私をお見詰めになりました。その時、私は素直に師のお気持に副《そ》って、ここから引返そうと思いました。引返した方がいいと思いました。それで師の方に深く頭を下げました。師に対するお別れの御挨拶でございます。

（井上靖『本覚坊遺文』）

この暗喩は、あとで織田有楽が死んだとき有楽の葬儀に「本覚坊」がこの夢にみた「冷え枯れた磧の道」を歩いている光景として再生される。そして死んだ利休もまた「本覚坊」の理念のなかに声として出現して、この「冷え枯れた磧の道」は戦国乱世の時代の茶の道として、じぶんだけが選んだ道で、合戦のなくなる時代がくれば誰も顧みなくなる、そしてじぶんと一緒に消えるが、じぶんの先には「山上宗二」が歩いているし、あとには

「古田織部」が歩いていってそれで終ると語って消えてしまい、もう二度と「本覚坊」に利休の声はあらわれない。

この作品はいったい何を描こうとしたのか？　そう問うことに意味はなさそうだ。描かれているのは〈空疎〉をどう世界に噴霧し被覆するかという作業だからだ。ただどう描いたのかという問いに、はじめて〈意味〉を見つけだすことができる。ここでは事実が稠密に淡々と記述されているわけではない。また利休の茶の湯の理念がどういう境位にあるものかという作者の関心を「本覚坊」の語り口の形式をかりて、登場する利休やその系譜の〈侘び数奇〉の茶人たちの挙措のうちに内在化しようとしたのでもない。もしそういうものだとしたら、あまりの弛緩した文体の滑り方と通俗さに遭遇するだけだろう。わたしのかんがえではこの作者のある時期からの歴史小説の根本的なモチーフは（この『本覚坊遺文』が歴史小説だとしてだが）この**世界**にあるはずの**差異**を**消去**することにおかれているのではないかとおもえる。作者のかくされた判断や選択によって、事実の独特な集積を作りあげ、そのあいだからおのずから匂ってくる特質、おのずから触知されるモチーフといったものが作品形成の衝動だとしたら、わたしたちはいやおうなしに作者がこの世界にあたえている**差異**、その解釈が露出してくるのをみるはずである。だがたとえば秀吉と利休との対立が「本覚坊」の語り口の流れ以上の意味で、作者自身によって追いつめられることはない。また逆に秀吉と利休の対立ということがモチーフでないことはないといった度合では、このモチーフは作品に撒布されている。たしかに利休や弟子の山上宗二や、すこし経ったあとの世代の織部の茶の湯の理念を介して、利休の茶の湯の理念が権力者である武将たちとなかなかにあい容れない姿をもって、茶人たちに伝承されてゆくモチーフは重視されている。けれどこのモチーフが作品を横切ってゆくのは**差異**が**消去**されるという志向に沿うかぎりにおいてである。この世界の**差異**の**消去**という志向性ならば、ほとんどこの『本覚坊遺文』という作品に瀰漫しているといっても誇張ではない。登場人物たちは利休も山上宗二も織部も、個性や輪郭をもった人物像を形成しない。また作者には「本覚坊」の遺文という形式をかりて利休や宗二や織部の人物像を浮き彫りにしようという意図ははじめからないとおもえる。ただ「本覚坊」の語り口にのって流れてゆくかぎりでの世界、その登場人物である利休や宗二や織部が描写されているだけだ。

わたしたちはこの作者がなぜこの世界の**差異**を**消去**する作業そのものを、作品形成のモチーフとするかを、よく把むことができない。いささかあらぬ推測を加えるとすれば、ほんとうはこの**消去**によってじぶんの〈死〉を打ち消そうとしているのではないかとおもわれてくる。〈死〉は打ち消すことによっては消去されず、露わに据えることによってしか消去されない。その誤差がこの作家の歴史小説作品のかくされたモチーフではないのか。だがわたしたちはここで世界の**差異**の**消去**のモチーフを、主体や主観に還元させようとしているのではない。現在の世界にたいする直覚のレベルをこれらの巨匠たちの作品のイメージ産出の姿にみようとしているのだ。だがこの作者は姿をみせてくれない。かえって生そのもののなかにまぎれこもうとするモチーフによって、逆に〈死〉の姿として露出しているようにみえる。生そのものにもぐりこむということは、この世界の**差異**に眼をつぶることである。そうするといままで**差異**にふさがれて見えなかった〈死〉が、見通しのよい姿をあらわしてきてしまう。この作者の作品で、言葉がじぶんの重さで気だるそうにしている文体の姿は、**差異**の消された状態のようにみえるのだ。

安岡章太郎の『流離譚』でもおなじ姿勢がつづく。作品の緻密さは比較にならないほどこまかな織り目状態をつくってはいるのだが、世界の**差異**を**消去**してしまいたい盲目的な衝動に似た作品のモチーフをかかえている。ここでは文学でなくても実現されうるすべてのものが**人為的**な世界に作りあげられ、そのための細部がはめこまれている。歴史の記述、個人の書簡、一族の系譜や記録や覚え書、緻密に積みあげられた公私の事蹟についての記述。これらがすべて総合されてこの世界の**差異**、いいかえればそれなくしてはこの世界が文学として存立しえない本質を**消去**するために参加している。わたしたちはこの長大な記述をまえに、作者はいったい何をしたかったのだろうかという問いを発して茫然と佇むのである。

せめて概要なりと紹介しなければ、わたしたちにはこの作品についてなすべき責任はないようにさえみえる。

作者の一族の幕末ごろの祖先に、土佐藩の参政吉田東洋を暗殺してのち、天誅組に加わって大和十津川郷から敗走する途中で捕えられ、京都で斬首刑にされた安岡嘉助という幕末の志士がいる。またその兄で安岡覚之助といい、土佐勤王党の実力者の一人と目され、土佐藩の住吉陣屋に常勤して在京の志士たちと画策し、戊辰の役のときには板垣退助の下で軍監をつとめ、会津の役で戦死したものがいる。また維新後に土佐自由民権派の壮士として植木枝盛らと一緒に活動した安岡道太郎がいる。そしてこの作者の一族の祖先で、いわば幕末維新の正史のなかに顔をだす者の所業を、残された記録や書簡、一族の系譜や覚え書などを詳細にたどり、正史の記述や事実と交錯させながら、あたうかぎり緻密な調査と筆力を動員して描きあげたものがこの『流離譚』である。すこし誇張していえば、事実の記録や調査をじっくりとつみあげ、反すうし、舌でなめまわし、手垢がついてぴかぴか光るほどにめくりなおした果てに、はじめて滲み出てくるような事象の像がいたるところに鏤められている。それは空しくまた見事といってよい文学解体の作業なのだ。

(安岡文助が書き記した「安岡系図書」に触れて)

ただ、それを劣等感といっても、それだけでは説明のつかないところがある。実際、私自身、文助の書き残してくれた系図を見ながら、一人一人の人間のつながりを辿つて行くうちに、一種言ひやうのない情熱を掻き立てられる。何か草の根を分けても探り出さずにゐられないやうなものを、自分自身の内側に感じるのである。文助が果してどんな気持で、この系図書をつくつたか、本当のところそれは私にはわかりやうがない。しかし文助が、古い反故紙をひろげて、そこに書き遺された名前が何処でどう自分につながつてくるかを何とか解き明さうとする熱情は、まるで体温のやうに私に伝はつてくる気がするのである。

（安岡章太郎『流離譚』上）

この「熱情」はまた『流離譚』の作者のものだといってもよい。じぶんの一族の先祖のうち幕末・維新の正史に顔をだす者たちの所業を足がかりに、関連する人物、たとえば吉田東洋、武市半平太、後藤象二郎、坂本龍馬などの足跡をあしらい、一族が刺客として連坐した事件である東洋の暗殺、また参加した事件である天誅組の大和義挙から消滅まで、寺田屋騒動の経緯、安岡覚之助の官軍としての江戸攻め参加などを詳細に描写して、いわば一族の公私が交錯するところで時代史のひと齣を作りあげてみせた。さらに維新後は植木枝盛らを中心に集まって民権運動のなかに身を投じた一族の安岡道太郎の所業についても触れた。これだけの稠密な筆力と細部の再現力は「遁走」にはじまり「海辺の光景」にいたる作者の長い文学的な営為なしにはとうていかんがえることはできないものだ。こういえば概要の紹介としてよろしいか？

これだけ概要を語れば『流離譚』のモチーフをつかまえたことになるとはおもえない。そして『本覚坊遺文』をまえにしたときとおなじに、作者はなぜこの作品を**人為的**な世界のように消そうとしたのか？　そういう問いのまえに佇む。問いは当惑し、問い方を変更しなくてはならなくなる。この作者は、ほんとはどんな**差異線**で世界を画定しようとしたのか？

（作品の入口にあたる「私」の述懐。いいかえればなぜこの作品を書くか）

いや私は、べつに親戚を訪ねまはつて、一人一人に挨拶をしてまはりたい、などと思ふわけではない。それどころか、私は十代、二十代の若い頃、ロクなことをしてこなかつたので、親戚の或る人たちには他人には言へないやうな迷惑もかけてゐる。会ひたいどころか、向うからやつてくるのをチラリと見掛けただけでも、逃げ出したいやうなヤマシサがある。そんな後暗さのせゐばかりではなく、正直にいふと私は、子供の頃から故郷といふものが何となく怖ろしかつた。

（安岡章太郎『流離譚』上）

（安岡覚之助が常駐した土佐藩住吉陣屋の描写）

尊王の志士が住吉陣屋へ立ち寄つたのは、これが初めてではない。ちやうどこの二た月まへの二月八日にも、坂本龍馬が長州へ行つた帰りにここへやつて来た。しかし、そのときは夜更けで陣屋の営門が閉つてゐたため、龍馬は隣りの住吉神社の境内で夜を明かし、翌日あらためて近所の旅館に宿をとり、そこへ望月清平、安岡覚之助などを呼んで、いよいよ島津久光が兵をひきゐて上京しさうな形勢にあるといふ情報をつたへてゐる。

（安岡章太郎『流離譚』上）

はじめの方は、しきりに照れながらこれから一族の先祖の正史に歩みよってゆく業績を記述しようかという個所である。あとの方は安岡嘉助の京都での処刑の描写を終えて、もっとも記述としては身を入れた個所のひとつだ。史上の人物である坂本龍馬と作者の一族である安岡覚之助が、すくなくともある限定された日付の或る日、向いあって談義したことを記述した場面である。これがフィクションである度合と質で『流離譚』はフィクションであり、これが調べられ追いつめられた事実の記述であるという度合いと質で『流離譚』は歴史記述である。どんな貌をつきあわせ、どんな酒を飲みながら坂本龍馬と安岡覚之助は語りあったかといったことはフィクションとして踏み込んで描かれない。だが龍馬が隣りの住吉神社の境内でごろ寝でもして、翌日近所の旅館に宿をとって安岡覚之助らを呼びつけたということは事実の確信のうえにたつ文体で記述している。こういうところに『流離譚』の作品としての性格が露出している。事実を記述する文体はさまざまでありうるとしても、事実の確信のうえにたった記述の文体は、ただひとつなのだ。それが『流離譚』の世界を象徴するものになっている。

この文体を眺めながら、いくらかヒントを手に入れた気がして、当惑がすこし解消するかにおもえる。作者は幕末と維新の乱に、土佐勤皇派の郷士として正史のなかに登場する一族の先祖の業績を追跡し、その手記や覚え書や書簡の類を精査し、その足跡を実地に訪ね、一族のものが関わった幕末維新の事件について記述し再現してゆくうちに、じぶんを微妙に変化させていったのではなかろうか。この変化はこの作者の文学の特質であったぐうたらな落ちこぼれ人間のもつ精緻な感性の特質を変化させていった。そして国事に奔走する志士の心にまで感情移入した文体を行使するうちに、いわば治癒された感性の特質にまで、それを変容させたのではないか？　わたしたちはこの変容のなかで世界が**差異**を失いながら、**人為的**な分類線で区分けされてゆく徴候をこの作者に感じとるような気がする。

（初期作品における世界の差異線）

……結局のところ、私が医者を好まないのは、私の内部を覗かれるような気がするからであろう。よかれ悪しかれ私自身のものである私の身体を、他人に知られることが不愉快なのであろう。私が苦痛を訴えるのは自分に「痛さ」があることを他人に知らせるためのもので、他人にそれを和らげてもらいたいのじゃない。苦痛を友とすることだってあるものだ。頭痛は私を夢みごこちにする。排泄物を出さずに我慢していることにはスリルがある。オナラの臭いを嗅ぐことなども私は好む。

（安岡章太郎「蛾」）

にもかかわらず、私があまりこの町を歩きたがらないのは、人が無目的に道を歩くことを許しそうもないからである。たとえば私は一本道を歩きながら急に退屈してクルリと引き返したくなる。すると突如、通行人や店の商人の眼が私に集中されるのを感じる。彼等は無言で私を非難する。――あんたは一体、何をぶらぶらしとるのかね、と。それで私は、さもたッたいま思い付いたという風に「ああ、また忘れものをしてしまった」などと大声でつぶやくか、でなければ幽霊になったつもりでソロリソロリ漠然とうしろを向くようにしなければならなくなるのである。だが、この心苦しい引き返し動作にもまさる苦痛として、さらに「お辞儀」がある。このお辞儀のことを想うたびに、私はむしろ犬になりたいと願わなかったことは一どもない。ああ、あのように私にも好きなときにイキナリあらぬ方角に全速力で駈け出すことが許されていたら！

（安岡章太郎「蛾」）

これは初期の秀作「蛾」のなかの一節である。「蛾」という作品自体は、耳のなかにたまたまとび込んで動きまわる蛾の、いわば耳内的な騒音に悩まされ、苛立ち、きりきり舞いしたり、諦めたりしながら、困惑しきって斜め向いの芋川医院に出かけてゆく、すると紙の筒のようなものを耳にあてて暗くして、懐中電燈を照らすことで、簡単に耳のなかの蛾をおびき出してくれるといっただけの短篇である。だが耳のなかにたまたまとび込んだ蛾の羽音に悩まされ、とび跳ねたり、ひっ掻きむしったり、騒ぎまくったりする「私」の挙動が、「私」をいわば虫類である蛾とおなじ水準においた位相で、まるでカフカの短篇を読むような渇いた恐怖感さえ瀰らせながら描きつくされている。「私」を蛾とおなじ水準におくような「私」の挙動を描写することのなかで、世界の本質的な**差異**にまでいわば触手を届かせている。なぜ「私」がたまたま耳にとび込んだ蛾の動きまわる羽音に、まるで対等の虫類になったように振舞って騒ぎ立てねばならないのか。それは「私」が「苦痛を友とすることだってある」し、歩きながら通行人や店の商人の視線を感じて、ひと知れず引き返したくなることだってある、そういう〈孤独〉を、こころに飼いならしているからである。作者の世界の差異線は眼には視えないが「私」の〈孤独〉と「私」とのあいだにたしかに引かれている。またそのことで作品が書かれなければだれも、そんな差異線がこの世界にあることに気づかないような本質が描きだされている。

『流離譚』はどうか？　作者は「私」を一族の先祖にあたる幕末維新の志士、安岡嘉助や安岡覚之助や、土佐自由民権の壮士安岡道太郎に感情移入させながら、正史と交錯する一族の私史を描き出してゆくうちに変容してゆく。この変容につれて、じぶんの文学の世界を行き届いた本質につなぎとめていた世界の差異線を、しだいに消去してゆくようにおもわれる。はじめは照れながら注意ぶかく丁寧に、インク消しのようなもので差異線が**消去**されてゆく。のちには脱兎のごとくといってもいい。

いったいこの世界では何が起こっているのか？　浮き彫りのように露出してくる世界は、おびえも不安もなくやってきた文学の本質の消去のようにみえる。差異線はまるでほころびでも塞ぐように抹消されてゆく。

かりに世界にたいする能面のような無表情を修練によって作りあげたとする。するとこの無表情がもたらす世界の差異線はある中性の〈無〉の帯域を通過していることがわかる。それこそは**現在**の徴候なのだ。差異が差異からじぶんを隔てようとして空白の〈無〉になっている。本質へと志向すればするほど、差異はじぶんの存在のなかにじぶんを埋めこんでしまう。これが見掛け上どんなに消去された差異とちがうようにみえても、まったく無関係なのだ。わたしたちの巨匠がやっていることは被覆、消去、模造化であって、差異がじぶんを本質化することによって空白化された帯域に染めあげられてゆくこととはまったくちがう。現在の謎にはっきりとつきあたり、その空白な貌と対面しているのとは。

もうひとりの巨匠、加賀乙彦の長篇『錨のない船』が表象する世界は、この無表情な〈無〉の帯域に触れるのをおそれて近づこうとさえしていない。空白になった差異線のはるか下方の帯域に横たわっている。いったん作品という世界から消去された差異線が、いわば**人為的**な下降の領域に移行せられているといってもよい。この理由はすぐにつきとめられる。作者の手によっておもいきった作品の通俗化が行われ、その通俗化の倫理によって作品の世界は、善と悪とに分類するための線が引かれる。もちろんこの線は**人為的**な土台をもっているが世界の差異線を構成する条件などすこしもそなえていない。

(1) 平和を願望しながら戦乱の祖国にやむをえず義務をつくす主人公来島健たちの一家は善の理念を象徴する。

(2) 主人公来島健の姉妹のひとり安奈と結婚していてナチス・ドイツやイタリア・ファシズムとの同盟を望み、「鉄まんじ会」の会長をしている右翼革新的な新聞記者有積は、軍隊の内部で混血児である主人公健やその同僚をいたぶる上官たちとともに悪の理念を象徴する。

この**人為的**な分類線を前提としてみてゆくかぎり、作品は巧みであり面白おかしく展開される。あまりの通俗的な面白さはもちろん、作者が戦争体験から獲得した汗のふきだすような恥辱と自己嫌悪をあっさりと投げすててしまって、現在じぶんがもっている理念を善と悪とにふりわけながら、作品の舞台となった大戦期の登場人物に背負わせているところからきている。もちろん作品の通俗性には弱点ばかりがあるわけではない。何か政治指導者から主題を与えられると、すぐに狐憑きのように集団強制力そのものと化してしまう戦争期も現在もかわりない大衆的な雰囲気のなかで、和平派の外交官とそのアメリカ人の妻のあいだに生れた混血の青年男女たちが、どんなに生きづらい日常を余儀なくされたかも、また恵まれた環境や社会的な地位を後楯にもちながらでも、どんなにその圧迫に真直ぐに耐えたかも、きわめて如実に、いかにもそうあったとおもえる手ごたえで描かれている。

だがなぜかこの作品が照りかえす光線は一種の羞恥のように感受される。この羞恥の照りかえしは、この作品が作者によって意識して**人為的**に通俗化された世界でないとしたら、という微かな危惧からやってくる。そうだとしたら恥かしくて耐えがたいからだ。もちろん作者が本気でまともに作った世界であったとしても、わたしたちの評価は変更などいらず、一向に差支えはないのだが。

善と悪、罪と罰、わたしたちはそういう概念の規模を、じぶんで創りだすよりほかに世界のどこからも与えられない。それは歴史によって抑圧された概念を解き放ったあとに、わたしたちがわずかに手のひらにのこす温もりに似ている。

作品は第二次大戦前の時期に、駐ドイツ大使として日・独・伊三国同盟の調印に当り、太平洋戦争の直前に駐米大使野村吉三郎をたすけて和平交渉にあたった特派大使来栖三郎の一家をモデルにしている。親米英派の平和主義者としての来栖三郎になぞらえられた登場人物の戦時下の生活と、その息子で航空技術将校で、テストパイロットでもある長男が、混血児の軍人として体験する苦しみと、娘たちの受難とを描きだしている。その一家の戦時下の生活ぶりが、あまりに特権的に恵まれて設定され、また特殊な生活感覚として描かれているために、いわば例外的にすぎて眉につばをつけなくてはならないが、この作品が、現在にも通用する通俗的な多様な面白さを手にするためには、どうしても、主人公たちのこの日本人ばなれした生活感覚と豊饒さが必要なことは納得される。そうでなければ大戦時の日本人の生活は貧寒で単一で狂信的な、おなじ国民服をきた挙国体制の貌としてしかありえないからだ。

作品のモチーフとなっている平和主義者の受難とか戦争のおぞましさやわりなさの強調とかいうものは、この作者がかんがえているほど「現在の倫理」を構成しはしない。そこにおおきな作品の錯誤が横たわっている。そこに倫理があるとすれば「追憶の倫理」しかないことが作者にはうまくつかまえられていない。それはこの作者がかんがえて記憶にのこしている〈平和〉とか〈自由〉とかいう概念が、被覆されて差異線を打ち消された世界のものでしかないからだ。作者は世界を被覆するものは保護するものだという先入見を捨てさることができない。だがすでにそこは現在過ぎてしまったものだ。現在において〈平和〉や〈自由〉を守護したいというモチーフは、世界を被覆する虚偽や虚像のまったく存在することのできない差異線を露わにしてしまうことと、不可避的に結びついている。そこにしか〈平和〉や〈自由〉はありえない。わたしたちが絶望的になるのはそのためであり、世界の半分を支配する権力に督励されたり、ほめそやされたりするために、世界の他の半分を否認することなどとなんのかかわりもないものだ。

わたしたちは誰も、無限に通俗的になることができる。だがわたしがどこまでもじぶんの通俗をたどっていっても、この作者の通俗とゆき逢うことはない。わたしは通俗を非知につなげるわけだし、この作者は通俗を知につなげようとしている。

この作品が〈通俗〉を本質としているというとき、**人為的**に差異線を**消去**された挙句に、世界の下方に移されてしまった分類線の構造をさしている。それが作品の物語の通俗的な面白さとあまりかかわりなく、いわば骨肉腫のように作品の身体を身体が障害している。

（長男の健が訓練飛行で同乗の教官に「熊谷へ変針」と指示された場面）

機は熊谷に向って水平旋回した。教官から矢つぎ早に命令が出た。「木の葉落し」「急横転」「急反転」「緩横転」そして「上昇反転」何と空は広く、上下左右に自在であることか。この立体空間を自由に飛びいく感覚は、地上では絶対に得られない。踏み棒と桿とのむこうに自分の体がひろがり、翼と舵と胴体になりきった。鳥だ。ロング・アイランドで見た鷗の体を、いま、彼は自分のものとしている。まみー、アナタノぼぶハ鳥ニナッタ。再び雲が切れ、平野の上だ。そのむこうに拡がる巨大な水色は海だろう。晴れている。空は海は宇宙は光は無涯だ。学校の真上に来たとき「錐揉み入れ」の指令が出た。

（加賀乙彦『錨のない船』上）

できるだけ作品の物語の進行にかかわりない個所を引用した。言葉の織り目のあいだで文学は朗らかな自殺を遂げようとしている。死がそんなに嬉しいか。そんなはずはない。それなのに浅く踊るように呼吸を詰め殺そうとしている。それがこの文体が象徴しているものだ。世界には薄ぼんやりした靄が覆いかかる。そしてなにがどうしてそんなに愉しくなければならないのか。明るさに恐ろしい言葉の死相を感ずる。

わたしたちはすべての**差異**がそのまま表現であるような世界、そこでは事象も風景も点綴される人も、遠近法を必要としない鮮明な本質だけとしてあり、したがって何々についての物語が、何々という限定された主題やモチーフを無化してしまうような作品を究極の文学の世界としておもいえがく。

そうだとすればここでは究極の非文学化が無意識の操作でやられている。その手つき＝文体になっている。具体的な現実そのものにまで世界の解体の作業が徹底化すれば、書くという行為は、表出として無化されて消滅してしまうはずだ。作者はそこまでいけない。だが世界に覆いをかけ、**差異**を**消去**して非文学化してゆく操作は、無意識のうちに厚い被膜を言葉のうえに積みあげてゆく。

　これらの巨匠たちは、足もとに転がった現在のエンターテインメントやポップ文学の世界には、あるいは関心もなく、眼をむけることも滅多にないかもしれない。だがこれらの作品は間違いなく、現在のわが国の真摯なエンターテイナーやポップ文学の旗手たちに超えられてしまっている。通俗性に関しては超えられていないかも知れぬが、すくなくとも文学性では超えられてしまっている。エンターテイナーたちは、はじめから**世界**の**差異**を諦めた地点から出発した。そしてすこしずつ苦痛に耐えて、世界の本質的な**差異**を感受するところまでやってきた。これらの巨匠たちはそれと逆だ。

　それは世界理念の現在の達成がどこまで届き、苦痛にもまれてなにを開示するところまで、到達したかをみようともしないし、さればとて具体的な現実そのものにまで世界を解体しようともせずに、中間でうろうろしてただ半世紀まえの世界模型に覆いをかけている理念が、すでに真摯な現在の世界理念の担い手によって、はるかに超えられているのとおなじだ。停滞した文学と理念だけが、**世界**の**差異**を現在でも**人為的**な分類線で画定できると思いこんでいる。

縮合論

ふつう観念の作用とかんがえているもの、その表現は〈わたし〉にたいする〈わたし〉の疎外、猶予、〈わたし〉の崩壊にたいする〈わたし〉の阻止、あるいは抵抗、も掻き、つまり名づけようはさまざまあっても、延命の方途であることは疑いない。だが〈わたし〉はそれを延命としてではなく、構成しつつあるとみなして表出している。概念を濃密にし、集中し、そして縮合すると感じている。ほんとはただ疎外され、猶予をもとめ、抵抗し、足掻いているだけかもしれないのに。こんな状態がおこるのは、この世界が強固な構築物でなければ存在させない特質をもっているからではない。この世界のさまざまな層には、構成してはじめて猶予され、阻止される層を含んでいて、わたしたちはただそこにぶつかっているのだ。いわば無意識がおこなう縮合は防禦であり、また延命なのだ。また縮合は同一性の世界から表出される差異、あるいは差異を表出することによって重層された同一性の世界をさしている。

現在、無意識の縮合面のうえに、わたしたちは世界の画像を選んでいる。感銘にいたる道すじで選んでいるときもあれば、離脱しようとする道すじで選んでいるときもある。また嫌厭したいモチーフで選んでいるときもある。いずれのばあいでも選んでいるとき、いい澱んでいるような、こだわりを感じているような、またしこりに触れているときのような触覚を差異として表出することで、現在を同一性の世界として確定しようとしているのだ。

そのばあい、いい澱みや、こだわりや、しこりとして感受される層に、意味や価値や権威をつけているのではない。ただ選んでいる個所で世界は濃度が濃くなっているとか、厚みを増しているとか、酩酊の度合が強いとかいえることだけが確かなのだ。わたしたちがいい澱み、こだわり、しこりを感じるところで、さまざまな局面のうち先入見なしに選ばれた断層にそって、選択からえられた平面を**縮合**して、べつの同一性の世界の画像を人為的に作りあげようと願っている。この願望はもしかすると錯誤かもしれぬ。縮合は無意識の防禦としてだけ成り立つので、人為的な縮合はもともと不可能かもしれないからだ。ただ現在のすでにある世界にさまざまな疑義を感じている以上、そうしてみるほかすべがない。

現在伝統的な表現の世界が高度なもの、価値あるものとみなしてきたものが、高度なもの、価値あるものだと決定できなくなってきた。それと逆に低俗なもの価値のないものとみなされてきたものが、まったく別途の差異線にそって高度なもの、価値あるものを実現するようになってきた。そういう事態から、現在わたしたちは、しずかに震撼されているのではないか。こういう疑いは、主体や主観の側からの価値の転倒の意識としてならば、民俗学や人類学や、理念のうえのポピュリスムの形でいままでさまざまに提示されてきた。いままた提示されている。いまここでとりあげているのは、それとはまったくちがうことだ。主観や主体の側にではなく、世界の側に指標の転倒の意義があらわれているようにみえる。

高度なもの、価値あるものというい方とおなじように、低俗なもの、価値のないものというい方もまた、防禦や猶予に属している。どんな外側の力が加わったにしても、重心が半ばを過ぎて上方に移動すればその世界は転倒してしまう。表現が差異であり、土台が同一性であるような縮合の世界は、現在すこしずつその機運に出あいつつあるようにみえる。これは価値の転倒ではなく、重心の移動によるこの世界の転倒なのだ。そこで伝統的な表現と、まったくそれと出所がちがい、猶予も防禦もない表現とが並列して、わたしたちが露わにしたいとかんがえる差異線は、その下に覆われている。たぶんわたしたち自身は並列した表現の一方にあって重心の上昇を監察しているだけで何もできていない。未知の差異線をみつけようとしているし、その予感をもっているのに、たんに幻影にすぎないかどうか確かめられる場所にない。

1

ほほう
で　きみは…
音楽が好きかね
絵が好きかね

どっちも
ぼくね

2

ガリバー旅行記が好きだ
ほほう！　うん
冒険か！　ひとりでさ

3

それと犬ね
犬飼いたい
犬　いるだろ？

4

あれは
パパが
飼ってるんだ

ああ
自分のが
ほしいん
だね？

そう
うちじゃ
みんな
自分のを
飼ってる
んだよ

5

ママは何を
飼ってる？
ボクだよ

6

で　ボクだけ
なにも
飼ってないんだ

7

パパは無口だ

8

ママは言う
酒飲みのルンペンと
結婚するんじゃ
なかったわ

9

ママ！
パパ！
いる？
どこ？　ねえ！

10

うるさいわね
静かにして…
パパはまた
職業安定所よ

いまね
いまね
表通りで
子猫が
死んでるんだ
それを
親猫が
なめてるんだよ

11

食べてるんじゃ
ないの
…どうして
育たない弱い子猫は
親猫が食べてしまったりするわ

12

ちがうよ
ちがうよ
子猫は
死んでるんだ
親猫は
知らなくて
起こそうとして
いっしょう
けんめい
なめて
るんだよ

13

猫ぐらい
なんなのよ!
死んでるなら
しかたない
でしょ?
おまえだって
パパについて
鳥を
撃ち殺しに
行くじゃない!

14
さて、これから
おいしいごはん
をいただくわけ
だが……

15
パパは一言
注意して
おきたい

16
ごはんの最中に
ウンコ
の話をしない
ようにナ！

17
ごはんの時に
うんこの話を
してはいけませんよ

18
おいしいネ
うん
おいしい
ね

19
ピクッ！

20
いま、
ウンコ
の話をしよう
としたろう
⁉

21
ぼく、
そんなこと
言わない
よ…

22
そうか、それならいいが…
いまは食事中だから

23
絶対に
ウンコの話を
するんじゃ
ないぞ

24
どうも、子供たちは
ウンコの話をした
がっているよう
だね、ママ

25
ウンコの話は
食事をまずく
しますものね

26

まったく
………
もし
ちょっとでも
ウンコの話
をしたら、
パパおこる
からね！

27

ウンコ
のことを
想像しても
いかんぞ
食事中は
ナッ

28

ごちそうさま！
ごちそう
さま！

29

食べてすぐ
ウンコに行く
んじゃないぞ！

30

じゃ、男のこぐみは、ばけつをたたいてください。
とん、ばしゃ、とん、とこ、とん。
女のこぐみは、いちまいずつ、きているものをぬいでいきましょう。
はい、もっともっと、だいたんにー！
なにをはずかしがってるんだ。
ぬげー、ぬげー、みんなぬいじまえ。
おい、こら、この、ばか、やろ……

1〜13　萩尾望都「訪問者」より抽出
14〜29　糸井重里・湯村輝彦『情熱のペンギンごはん』の「ホームドラマ」より抽出
30　糸井重里『ペンギニストは眠らない』の「・教科書のよーなもの」三、「音楽」

たまたま手もとにある優れたコミックスの任意の場面のセリフを、勝手に縮合して同一性の世界をつくってみた。説明も註もいらずに行のわけ方や行間のあけ方だけで、登場人物や場面の画像がそれぞれに描きだせるようにおもえてくる。言葉が場面の画像と不可分に作られているからにちがいない。このばあいはある選択の地平線に、場面のセリフを並べて、つなぎあわせている。その地平線が何を結びつけているかと問われれば、優れていると感受される水準と答えられる。この答えは曖昧である。だがわたしたちが優れていると感受するかぎり、たぶんひとびとも優れていると感受するにちがいないと信じられる。そう感じないばあいでも、あるいい澱み、こだわり、しこりのようなものを誰でも共通に感受するとまではいえそうにおもえる。もうすこし具象的にいうこともできよう。この任意に縮合された30コマのセリフから感受されるのは、無気味にひき裂かれた家族の像が、世界のただ中に吹きあげられ、手足がばらばらに落下してくるような画像である。その画像によってこの世界の現在に、過去とも未来とも亀裂をへだてた差異線がみえる。1から13コマまでは、夫とのあいだが冷たく不和になった女が息子の語りかけに、冷淡にヒステリックに応じている場面がうかぶ。14から30コマにわたる場面では、いくらかちがった質の黒いユーモアを介して、作者がこだわっているひとつの倫理（反倫理）が、まちがいなく伝わってくる。卑小な露悪にこだわって子供を制止する父親と、それに追従する母親とが、けっきょくはその制止をはじめからおわりまで犯している。現在において倫理的なこだわりを生のまま提出すれば、たちまち虚偽に転化してしまう。鈍感でそれがわからないことへの強い諷刺になっている。また子供が学校で使う教科書、学習する事柄がもたらす非情な裏目にたいする露悪的な抗弁の形が視とおされる。コミックスの世界だが、べつに朗らかに笑わせたいというモチーフに寄生して描かれていない。やむをえずに笑っても、不快感をもっても、異様なこだわりを感受してもおなじなのだ。ただわたしたちがこれらの場面の言語を優れたものだと感じているのはまちがいない。

だがこの優れていると感じられる言葉の表出が、どこからくるのかと問うとき、わたしたちはある新しい、異邦的ともいうべき同一性の土台につきあたっている。かつてこういう表現の仕方を、わたしたちは文学としてあまり体験したことはなかった。そういう異質さに直面しているようにみえる。一般的にわたしたちが文学的に優れているとか、文体的に際立っているとかかんがえる要素は、これらの縮合された場面のセリフには、どこにもないようにみえる。むしろそういう概念からいえば非個性的な文体、あるいは文体などは、はじめからないとおもえる文体しかここにはみられない。またもうひとつのことがいえる。これらのセリフの表現は、ただそこに概念の存在感をつぎつぎに置いていくという文体で、主体的にどうしようとか、どう彩色しようとかいうモチーフはすこしも感じられない。ドレミファソラシドや、基本的な円環色が配置されると、ある音階や色階の集団が感受されるとおなじに、言葉は、ただそこに置かれただけのようにおもえる。わたしたちはただその言葉の概念を受容すれば、それだけでよい。これらの言葉の表現を解釈の水準におきかえようとしなければ、疑うべきものは何もない。そのまま受容され、そのまま過ぎていく表現である。そして確かな存在感をもった場面がそこに出現し、消えてゆく。それだけのことだ。ここで優れているという概念は、ポップアートやエンターテインメントの高度化や質的な転換によって、言語がはじめて当面したもののようにおもえる。ではポップアートやエンターテインメントの言語とはいったい何なのだろうか。残念なことに伝統的な表現様式からは徹頭徹尾これに関与も寄与もできそうもない。たかだか気ままな視聴者とか観客とかいう立場から、これらの言葉が世界の重心を確実に上げてゆく徴候を傍受しているだけだ。

話し言葉が硬質さを求めて書き言葉の方へ移っていったのではない。話し言葉が硬質さを求めて書かれる話し言葉（話体）に移ってゆくのでもない。話し言葉は硬質さをもとめて、話し言葉の奥の方へ移動する。話し言葉の奥にはまた、話し言葉があるのだが、もはやそこでは挨拶はいらない。孤独な乾いたじぶんの喋言る言葉を、じぶんから区別するためにだけ発する話し言葉の世界がひらかれる。この話し言葉では対話の空間がきりひらかれるわけでもなければ、親和や対立がひき起こされるわけでもない。新しい日常的な空間が、あたかも独り言だけしかないような中性の領域にきりひらかれる。この話し言葉の世界は新しい出現であるとおもえる。それは縮合の帯域にまったく独在的な言語空間をつくって同一性の世界を構成しているようにみえる。

これらの縮合された話し言葉の空間が、そんなに高度な新しいものかどうか、疑念はありうる。そこでかれらが伝統的な言語様式でわかり易く語っている創作のモチーフや、理念の言葉を、ふたたび縮合させてみる。

1

それで、「ああ面白いからやっぱしやりたい」みたいな感じになると、パチンコ屋はこうやって開けていいんだろうかっていうところから始まってね。玉が残るじゃない？　完全に消えちゃえばいいんだけど、少しだけ残ってるのね。これだけの（片手に一握り）量もってって景品と取り換えるのは恥かしいことなんだろうか、恥かしくないことなんだろうか。

そりゃ恥かしいことだよ（笑）。

2

僕はさ、割とさ、懸垂出来ないみたいなところあってさ、懸垂出来なくても鉄棒についてうるさいこと言えるみたいにさ。自分が虚弱体質だってことを、露わにしちゃって、済ましちゃわないと先に進まないのね。とっても恐いのね。そうね、全部結論ちゃんと上手につけようとする——。それってだけど、僕がやるとナルシズムになっちゃうのね。

3

というよりさ、大学で歌舞伎のことやってたでしょう。歌舞伎ってのは商業演劇でしょう。客が来なきゃダメッてところある。だから、その為に面白いものを書こうとする。客に一生懸命迎合する。迎合すると途端につまらなくなるから、迎合する一歩手前でおしとどめる。そのおしとどめ方が技術だってところがあるでしょう?

4

うん、あの部屋とも野原とも知れぬところにさ、「とりあえず鳥が来ました」とか、「とりあえず友達が来ました」とかさ、そういう方法論しか僕には無いわけね。場所はどこでも良くて、後で原稿用紙の後ろの方がなんとなく白くなっていたら、なんとなく柱でも打って帰ろう、とかさ。

5

――いつもだったら数だけを頼りに書いてるんです。例えばこの本の読者が、大体この辺りのところに何人くらい、いるっていうのだけ、みてるわけ。だから、『ガロ』なんかに書くときはさ、一万しかいないって分かってるから、こういう話になるわね。耳のソバでしゃべってる。どんな馬鹿いっても平気で。それから、『メンズクラブ』だったら、まあ一〇万部くらいいるから一〇万部くらいの人間の。僕ね、わりと絵で浮ぶ。学校の校庭に朝礼をやる時に、二〇〇〇人、集まってたって覚えがいつもあるの。あの数量が二〇〇

○だろうって思うと、一〇〇万っていうと、嘘のイメージだけどね、ああ、こんくらいかなっていう一〇〇万がいるの。そういうものをみながら書いてんのよね。けど『文藝春秋』となると、ついに分かんなくなるの。

6

芸術・演劇・情熱、学のネエ野郎は、特にそんな言葉に弱いんだ。それと、アングラ（汚ない言葉だ。個人的には、大変嫌いです）これらの言葉は、偉大なる詐欺師である。何も知らない純情可憐な若者を、その気にさせる。特に女性は恐い。芸術・演劇・情熱、これでもって、アタシもガンバレば出来るなんて、ブスが平気でガンバル。普通、男ってのは、ブスにガンバッてもらいたくないんだ。ブスには、ガンバル権利など絶対にない。嫁に行けない恨みを、芝居にぶっつけてくるからね。東京港から、モスラが上陸して来るようなもんだ。それだけで、不条理演劇ってヤツが一本出来るんではないだろうか。「ブスの上陸」って題で。

7

25―**心から気にくわないヤツ。どんなふうにイヤですか。**

明るい性格の奴が気にくわない。大学のキャンパスで白い歯を見せる学生。表参道、原宿あたりのガラス張りの喫茶店に居る奴。たいへん明るいですよね、ああいうの大嫌いです。

それと運動の得意な奴。夏になるとすぐ海に行って身体真っ黒の奴。冬になるとスキー行って顔にサングラスの跡残す奴。そういう奴は、必ず白い歯を見せて、爽やかな笑顔ふりまきます。ふりまく奴ら、死んでもらいたいです。

芝居をやってるもんですから、その人間の持つコンプレックスに興味があります。

1〜5　橋本治・糸井重里『悔いあらためて』
6〜7　川崎徹・糸井重里構成『必ず試験に出る柄本明』より柄本明発言

こういう発言のモザイクは、現在の代表的なポップ文学やエンターテインメントの旗手たちのものだ。ここでは肉声で語られているから、わたしたちにも表現のモチーフや理念のありどころを察知できる。かれらの存在感と理念のありかはどこか。思いつくままに、個条書きにしてみよう。
(1)に〈やつし〉の自然さと自在さが際立ってみえる。もともと自然体で存在するところが、その場所であったといってもよい。その場所の自然さと自在さは大規模に開拓され、種子を播かれ、収穫期をむかえ、それが繰返されているうちに「一万しかいない」層では、どう表現的に振舞えばよいか、一〇万部の層ではこういう産出が可能だ、一〇〇万部の層ではこうにちがいないというイメージが描きだされるようになった。かれらは自意識をてんてこ舞いさせているわけでもなく、鼻のさきにぶらさげているわけでもない。べつのいい方をすれば、かれらの自意識を、切符みたいにもぎとったあとでなければ通れないようなゲートは、すでに存在しなかった。そのために世界への軟着陸が可能であったともいえる。わたしたちはこの徴候を、六〇年代にはまったく気づいていなかった。ただ奇異な現象のように眺めていたのをかすかに思い起こす。ではなぜ『文藝春秋』となると、「ついに分かんなくなる」のか。この雑誌はかれらの言葉でいえば、一〇万部の層で十分に対応ができるはずである。にもかかわらず『文藝春秋』が象徴するものは、いわば〈知〉の〈やつし〉、つまり知識の大衆化あるいは、大衆の知識化であって、ポップ文学やエンターテインメントのこれらの旗手たちが把握している言葉の方法や領域とまるで質的にちがうからだ。

『文藝春秋』が象徴するものは、決して「部屋とも野原とも知れぬところにさ、『とりあえず鳥が来ました』とか、『とりあえず友達が来ました』」と書かれる世界ではない。正統な〈知〉的制度の背景を大衆向けに通俗的に作りかえて、そこで物語や言説が大衆向けの形で紡ぎだされる世界である。これらのポップ文学の旗手たちのいる場所は、おなじ読者の量のスペクトラムのところにあるばあいでも、質的にまったくちがっている。言葉は瞬時にやってきて瞬時に移りかわる映像や、瞬時に流れさる音とおなじように、いきなり存在の中心におかれて、いきなり通りすぎてゆくように使われている。肌をあたためあうか、冷たい言葉を投げつけるかは第二義的なことだ。まずじぶんをじぶんの言葉から区別するために、話し言葉が発祥する場所である。

この質的なちがいは何をもたらすのだろうか。また何を意味しているというべきだろうか。かれらの肉声が荷っているものは何だろうかと問いなおしてもよい。

この質的な新しさ、差異は、かれらが変化することのなかに、**無意識の必然**が体現されているということに尽きるようにおもわれる。つまり世界の秩序や制度が、無智な大衆を啓蒙してやれとか、大衆向けにやさしく通俗化してやれというモチーフから生みだしたマス・イメージの世界ではなくて、ある未知のシステムを感受しているために産出される無意識の、必然的な孤独からやさしさも、言葉の産出も、モチーフも、すべてやってきた世界のようにおもえる。かれらの言葉や画像や演技も、諸個人としてみれば過ぎさることも、変容することも、またながく存在感を保ちつづけることもあるかもしれない。だがそんなことは二義的なことであり、過ぎさること、変化すること、存命することにおいて、無意識にシステムの不可避さと必然を体現している。かれらの作品のうち優れた部分が実現しているのはそのことのようにみえる。
(2)には、かれらの理念が象徴しているものは、脱制度化された思考と、情念の海に浮んだ孤島みたいな貌をもっている。これはもっと別な言葉でいった方が肉薄感をもつかもしれぬ。かれらの世界は、第一次的な皮膜におおわれた世界だ。板子一枚したをめくると、どろどろした情念や怨恨やエロスの抑圧や、社会的な抑圧の渦潮が奔騰している。それらにたいする第一次的な反応を昇華することのなかに、現在のポップ文学やエンターテインメントの世界が存在感を獲得してゆく過程がある。抑圧と錯合とその表現的な解放の同在ということを抜きにしては、その質的な意味を問うことはできない。第一次的なという意味は、生煮えのということも、生々しいということも、ふたつながら含んでいる。また単純で素朴なということと、根源的なということとが同在している。これは書き言葉の表現の伝統的な様式をぬけることができない純文学や、その風俗的低下の世界や場所とも、その場所からなされた大衆化とも本質的に異っている。6や7の発言をみると、この特異な優れたエンターテイナーが、いわゆるアングラ的な劇様式がもっている〈やつし〉を、さらに解体し無意味化しようとするモチーフや衝迫をもっているのがみてとれる。「普通、男ってのは、ブスにガンバッてもらいたくないんだ。ブスには、ガンバル権利など絶対にない。嫁に行けない恨みを、芝居にぶっつけてくるからね」と語るとき、現在のエンターテイナーたちが浮かんでいる海の色や波立ちや、たくさんの溺死現象が透視されている。それと一緒にこの世界が制度としてあるかぎり決して解消しない美と権力との結びつきにたいする根源的な苛立ちや反逆が、このエンターテイナーに内蔵されてることも暗示される。もちろんそれはいつ消去されてしまうのかわからない。不確かな心情と感性の反抗だともいえる。だが、現在の伝統的な文学様式の世界にはこういう意味の根源的な反抗をまったくみることはできない。そこでは左翼性とか進歩性とか反体制とかいう概念が、世界の半分を占めるたぶんにいかがわしい体制にバック・アップされた、世界のもうひとつの半分にたいする批判にしかすぎない。それで恥かしくなかったら文学なぞはやめて、擬似理念の煽動家に転化するがいいのだ。かれらは金輪際「ブスにガンバッてもらいたくないんだ。ブスには、ガンバル権利など絶対にない。嫁に行けない恨みを、芝居にぶっつけてくるからね」というエンターテイナーの言葉ほどに、真摯なぎりぎりの言葉を吐きだすことはない。だから言葉の背後の闇から滲みでてくる主体的イロニーを感得することもできない。世界の半分の体制の虚像に覆いをかけている度合に応じて、真実に覆いをかけて左翼づらや進歩づらや反体制づらが横行しているだけだ。柄本明によって「明るい性格の奴が気にくわない」といわれるとき、わたしたちは太宰治が終身の文学理念とした人間ハ暗イウチハ滅ビナイを思い浮べる。それがかれの芸の理念を支えている情念であることがわかる。

ここまできて、現在のポップ文学やエンターテインメントの世界が、その量的なスペクトラムのそれぞれの層の様式を縮合させることで達成している質の高度さが、決して偶然ではないとおもわれてくる。ただそこでは言葉が概念の伝統的な様式、おもに書き言葉を集積することで得られた様式とまったく別様に使われている。その置きなおしや等価交換が難しいために、その高度さの意味を了解するのがきわめて難しい。易しいのは表層だけで、無意識の深層をどう理解するかが難しいのだ。文体的にいえばそこで使われている話体は、無意識の層の表出にあたる話体で、日常のコミュニケーションの必要からでた話体ではない。そこで話体が生みだす対立、了解、葛藤は無意識層にあるものの表象であって、日常の次元にあるのではない。

現在の世界の構造にかかわることでいえば、いままで存在できないとかんがえられていた導通路の構造に直面している。ふつうマス・イメージがおおきくふくらんでゆくのは、きめられた〈知〉の秩序や制度が普及してひろく大衆のレベルにゆきわたることだと理解されている。そこでは無意識に通俗化してゆくことや、意識的に下降してゆくことはできるのだが、無意識に高度になったり、意識的に上昇することはできないとみなされてきた。

だが現在ポップ的な文学やエンターテインメントが、質的に高度になってゆく様子は、まったくちがっている。また作品があまりに多量に氾濫していることが、質的な重味として感受されるものも、かつてとちがっているとおもえる。そこでみている変換は、裾野からはじまって量的なスペクトラムのそれぞれの層が縮合されて、強固な同一性の階梯をつくっている姿だ。そこをたどってゆけば、無意識に高度な質にたどりつくことも、意識された上昇もできるひとつの世界通路が成立しているのだ。

この意味は現在充分に把握できているとはおもえない。だがだれもがひそかに触知している。この世界のどこかに起こっている構造的な変貌を、わたしたちはまたひとつの縮合によって例示してみる。

1

もっとうまい言葉はないのか。鱒の鉄はどうだろう。鱒からとれる鋼鉄《はがね》。雪をたくさん抱いた透明な川が精錬所だ。熱だ。ピッツバーグのことを想像してみたまえ。鱒からとれる鋼鉄で、建物や汽車やトンネルをつくる。

2

しばらくして、このクリークを手で叩いてみたら、木の音がした。わたしはわたしの鱒になって、自分であの一片のパンを食べてしまった。

3

ある日のこと、すっかり陽も落ちて、わたしは家に帰るまえに鱒を洗っていた。そのとき、ふと、こんなことを思った——貧乏人の墓場へ行って芝を刈り、果物の瓶、ブリキの空缶、墓標、萎れた花、虫、雑草、土塊《つちくれ》をとり集めて持って帰る。そして万力に釣針を固定して、墓地からもち帰ったものを全部結わえつけて毛鉤をつくる。それができたら、外へ出て、その毛鉤を空に投げあげる。すると毛鉤は雲の上を漂い流れ、それからきっと黄昏の星の中へ流れて行くことだろう。

4

翌日、マーケット通りの洒落た文房具店で、三二ドルの万年筆を買った。金ペンだ。かれはそれをわたしに見せて、こういった。「ちょっと書いてごらんよ。力を入れちゃだめだぜ。ペン先が金だからね。金ペンってのは、すごく感じやすいんだ。しばらくすると、持主の性格が移るんだよ。他の者には使えなくなるんだ。ペンが持主の影になるんだね。ペンを持つなら、これに限る。そっと書いてくれよな」

わたしは考えていた。アメリカの鱒釣りならどんなにすてきなペン先になることだろう。きっと、紙の上には、川岸の冷たい緑色の樹木、野生の花々、そして黒ずんだひれがみずみずしい筆跡を残すことだろうな……。

5

かの女はとてもやさしく微笑みかけた。わたしは食卓についた。ポーリーンは新しいドレスを着ていて、かの女のからだの感じのよい輪郭が見てとれた。ドレスは前が低くあいていて、胸の優雅な曲線が見える。わたしはなにもかもに、かなり満足だった。西瓜糖でできているそのドレスが甘い香りを放つ。

6

石の把手がついて灰色っぽい着色をほどこされた見事な松材の扉をのぞけば、ポーリーンの小屋はぜんぶ西瓜糖でできている。

窓だって、西瓜糖でできている。このあたりでは、砂糖でできている窓はずいぶん多い。窓造りの職人カールのやりかただと、砂糖とガラスの区別をつけるのはとても難しい。それは誰が造るかによるのだ。窓造りにはなかなか微妙な腕がいるが、カールにはそれがある。

ポーリーンがランタンに明りを入れた。西瓜鱒油が燃えると、とてもよい匂いがした。ここでは、西瓜と鱒を混合して、ランタンに入れる油を作ることができるのだ。燈火にはぜんぶその油を使う。やさしい香りがあって、しかも明るい。

7

わたしたちはゆっくりと、そして長い時間をかけて愛し合った。風が起こって、窓がかすかに震えた。風で脆そうに半開きになった砂糖。

わたしはポーリーンのからだが気に入っていた。ポーリーンもわたしのが好きだといった。そういう以外には、わたしたちにはほかにいうことがなかった。

風がとつぜん止んだ。と、ポーリーンがいった。「なんなの?」

「風だよ」

1〜4　リチャード・ブローティガン『アメリカの鱒釣り』藤本和子訳より抽出
5〜7　おなじ著者。『西瓜糖の日々』藤本和子訳より抽出わたしたちはこの7つの層を縮合した同一性の世界の言語の地平線を、ポップ文学の世界的な達成のモデルのひとつとかんがえるとする。この階梯ははたして何を象徴できるのか。言葉のポップアート的な使用法が現在を超えようとするとき、超えた部分だけが、あたかも月の裏側のように暗喩のかげにはいるか、あるいは現実の裏側に幻想となってはいってゆく文体の累層をあらわしている。「鱒」や「西瓜糖」は、あるときは人間や主格や素材の暗喩であり、あるときは村の近くを流れる河に泳いでいる実在の鱒や、西瓜から搾られた果糖であり、またあるときは柔らかく透明な感覚を与えるものすべての暗喩である。そしてそういう外光、生活素材や村の風物であったらいいという世界幻想を象徴するものになっている。

ポップ的な文学はどんな階梯をたどって、世界を**現在**にもたらしたり、または世界の**現在**を超えたりできるのか。またそんなことができるどんな条件を、この世界はもちはじめたといえるのか。わたしたちはまだうまくつかめていない。ただかつてはその世界では下降だけしか可能ではなく、また上昇できるにしても、その境界は世界の言語的な秩序や制度から、いわば慈悲にすがって与えられた下限までしか届かなかった。現在では世界の言語的秩序とは無関係に無意識が上昇してゆく通路が想定できるようになった。そしてそこをたどってゆくポップ的な線分はどこかで、世界の制度がこしらえた言語的な秩序の下降線と擦れちがうにちがいない。その帯域で言葉は、暗喩や幻想の表現をうけとり、矢印を交換する。そしてほんとうはもう一度下降してゆかなくてはならない。

解体論

わたしたちが意識的に対応できるものが制度、秩序、体系的なものだとすれば、その陰の領域にあって無意識が対応しているのは、システム価値的なものだ。構造が明晰で稠密でしかも眼に視えなければ、視えないほどシステム価値は高いとみなすことができる。このシステム価値的なものは、いたるところでわたしたちの無意識を、完備された冷たい触感に変貌させつつある。いいかえればわたしたちの情念における自己差異を消失しつつあるのだ。

システム化された文化の世界は高度な資本のシステムがないところで存在しえない。その意味を前の方におしだせば、生みだされた画像や言葉が新鮮な衝撃をあたえても、また破壊的なほどの否定性をもっていても、あるいは革命的な外装をおびても、いつも**既存**の枠組みのなかだということにかわりない。だが疑念はそのさきへゆく。システム的な、不可視の価値体の起源をかんがえなくてはならなくなったということは、既存と未存とを同一化し、既存の枠組みには内部があっても、その外部はないことを意味するのではないか。

物の系列にマス・イメージをつけ加える要請はシステムからきている。そして虚構の価格上昇力のひとつとして機能している。つまりは物の系列は、実質にはない装飾をつけ加えられることで、自己に差異をつける。そうやってしか存在できなくなったとすれば、それはシステムの意志によっている。高価格、奢侈性、あるばあいには政治経済制度の頽廃性だとする危惧は、さまざまな形でアカデミズムと左翼からの倫理的な反動をよびおこしている。さらに道徳的な教育家や、母子会の倫理的な廓清主義が唱和されて、おおきな社会的な反動を形成している。これが時に応じマス・コミの世論操作のままにゆだねられたりする。これはつい最近わたしたちが核戦争反対ですら政治的にもてあそぶ人々の言動で体験していることである。

かれらの危惧は、政治経済の制度や、物の系列や、秩序はみえるが、システムの存在がみえないところからきている。また商品の使用価値や交換価値はみえても、システムがつけ加える構造的な価値を評定できないところからきている。高度な資本のシステム社会で頽廃、反倫理、虚構が加えられると倫理や道徳が自由への制約だとおもわれているところでは、おおきな飛翔感や開放感をあたえることは誰でも知っている。だが、どの部分がシステムからくる価値かをあとづけるのは、そうた易くない。ただすでにシステムから産出された価値は、あとに戻ることはありえないといえるだけだ。物の系列の魅惑や美は、もともと原則のうえに開花するものではなく、原則と原則のはざまに存立するという厄介な性格をもっている。この種のシステムからくる文化の内部に漂っているイメージ産出の成果には、否定できない魅惑がある。またこの魅惑に即していえばマス・イメージを経済社会的な根拠に還元しようとする思考法は、すでに効力を失いつつあるようにおもえる。方法的な誤解というよりも、システムからくる価値にたいして、立ちむかうよすがをもたないところからきている。わたしたちが当面していることの核心には、つぎのことがらが横たわっているとおもえる。

(1)システム的な、眼に視えない価値が高度な未知の論理につらぬかれているというとき、この高度なという意味は、まだ不確定にしか分析と論理がゆき届いていない経済の拡がりから背後をたすけられている。それと一緒にこのシステム的な価値は、社会制度や国家秩序の差異によって左右されない世界普遍性をもった様式の意味で使われるべきである。この概念は、高度のベクトルでしか制御されない無意識を必然的にすべて包括する概念である。

(2)政治制度から強制や統制をうける社会では、内部で画像を作ったり、あるいは言葉によって物の系列にマス・イメージをつけ加えることは、かならずしも必要とされない。そこでは物の使用価値は清潔に使用価値であり、交換価値は虚構のイメージが加わることのない、実質だけの交換価値である。かりに虚構の価格構成力がつけ加えられても、まったくべつの必要に根ざしている。だが、注意しなければならないことは、この種の清潔性や透明性は、こういう政治制度の優位を保証するわけでない。また清潔主義や透明主義が正統なことを根拠づけるものでもない。それはつぎのことから、すぐにわかる。ひとたび政治制度からの強制力や統制力が解除されたり、弱まったりすると、世界の内部に既存するという理由で、マス・イメージが物の系列につけ加えられるような世界をひとびとはかならず択ぶことになる。もう一方では政治制度からの強制力や統制力が社会の全体を組織しているところでは、システム的な文化のなかで画像や言葉をつくりだす作業は、虚像を真理化することに収斂され、そこに集中する力を競うことになってゆく。つまり虚像を真理のイメージに近寄せるために、形式と内容から画一的な画像や言葉に収斂していってしまう。

(3)物の系列につけ加えられたマス・イメージの価値構成力が、システム的な価値概念のところから、全価値の半ばを超えているとみなされるところでは、制度・秩序・体系的なものに象徴される物の系列自体は解体が俎上にのせられることになる。たぶんその徴候をさまざまな場で、わたしたちは体験しつつあるといえる。

こういった理由、とくに(2)(3)に要約される理由は、現在広告、デザイン、サブカルチャーあるいはやや自由な文学の形式上の反抗をふくんだポップアートの世界が、既存の内部にありながら、いわば眼に視えないシステムからの自由な逃走と、システムのうえにのった未知な力を与える根拠になっているとおもえる。たぶんわたしたちは、いつどこでも物の系列を、そこにつけ加えられたイメージによって魅惑的だと感じている。またシステム的な価値概念からすれば、物の系列につけ加えられたマス・イメージは、無意識を露出されているために、浮動や解体を象徴するものになっている。

わたしたちがシステム的な文化をとりあげることは否定的であるか肯定的であるかにかかわりなく、ある眼に視えない高度なシステムに対応して露出された無意識の在り方をみていることになっている。

もともと、物の系列や秩序に対応する実体ある表象のなかで、実体ある価値観を形成されるよりも、現在のシステムからの自由な逃走を目論んだり、逆に、システム的な構造の価値概念のうえに未知性におおわれて存在している。そこでは非実体的な価値観の海に漂って、無数のこまかな細部に幻惑されながら、同時にどこまで行っても実体ある場所にゆけないと感じている。いわば枢要なものから遠ざかるたぐいの解体感性に当面している。

わたしたちが白けはてた空虚にぶつかる度合は、実体から遠く隔てられ、判断の表象を喪っている度合に対応している。だがこのことは退化した倫理的な反動に云いたてられるような価値の解体ではなくて、価値概念のシステム化に対応している。実体的なものから遠く隔てられているが、システム的な価値への移行を象徴しているのだ。

(作品を書くことについて、書くことのなかで開陳している。それがまた作品の形成になっている場面)

話《もの》を書いている人がそういうふうに自分で感動してしまったらもう《おしまい》なのである。

しかし、感動してしまったのだからしようがないのだ。読んでいる人は他人の話なので感動なんかまるでしないで小僧寿司など食べて今日も早く寝てしまおう、などと思っているかもしれないが、こっちは自分の青春時代の話を書いているわけだから、書きながら、あっそうだ、それからあんなこともあった、そうしてこんなこともあった、そうそう、アレはこうだったんだ、うんうん、思い出す思い出す、なつかしいなあ、青春時代だなあ、いいなあ、君たちがいて、ぼくがいたんだ、夕陽の丘にマロニエの花も咲いていた(嘘《うそ》だけど)愛があり友情があった、ランラララランもあった、もうなにもかもみんなあった……等々と少女雑誌のお花眼(花見ではない、花のようにパッチリした眼のことである)になってしまっているからもうどうしようもないのだ。

そうして、書きながら思ったのだけれど、できるならば、青春は最後まで美しくさせておきたいので、この前の第八章ぐらいでこの話は「おしまい」ということにしておきたい、と思ったのである。

そうしてちょうどこのあたりで「あとがき」というのを書いて、怠惰なぼくの尻を叩いてくだすったA出版社のAさんのご尽力がなかったらこの本は書けなかったと思う。どうもありがとう。軽井沢にて（嘘だけど）——

などと記《しる》して花のようにおしまいにしていけばこれはもうものすごく理想的ではないか、と思ったのである。

（椎名誠『哀愁の町に霧が降るのだ』上）

ところが、長篇の「雨の木《レイン・ツリー》」小説を書きはじめてから、当の不安に面つきあわせてしばしば考えこむことになったのである。僕が「雨の木《レイン・ツリー》」の短篇のすべてにその翳をまといつかせることをした、マルカム・ラウリーという作家の運命を切実に感じるようになったのと、同じ理由でそれはあった。ラウリーは現に僕がいる年齢の危機をよく乗りこええなかった。その思いも、やはり漠然とした危機感だが、人が死にむけて年をとる、ということと直接むすんでいる。僕はこの「雨の木《レイン・ツリー》」長篇の草稿を書きはじめるしばらく前から、毎日のようにプールへ出かけるようになっていた。そこで僕は「雨の木《レイン・ツリー》」長篇の舞台にプールを選び、現実の僕にいかにも似かよっている、文筆が職業の中年男「僕」が、生き延びるための手がかりとして「雨の木《レイン・ツリー》」という暗喩《メタファー》を追いもとめる過程を書く、その構想をたてたのであった。

暗喩《メタファー》の源となった「雨の木《レイン・ツリー》」は、すでに地上から失われている。「雨の木《レイン・ツリー》」の無残な炎上については、『さかさまに立つ「雨の木《レイン・ツリー》」』に書いた。「僕」はその失われた樹木を、「雨の木《レイン・ツリー》」長篇をつうじて探しもとめる。そしてついに「雨の木《レイン・ツリー》」の暗喩《メタファー》の再生を確認する。濃淡の網目のような、波だちの影が映るプールの底に、大きな「雨の木《レイン・ツリー》」の全体をくっきりと見て、「僕」がそのこまかな葉叢をぬいながら泳ぎつづけるシーンで終る構想であった。

（大江健三郎「泳ぐ男——水のなかの『雨の木《レイン・ツリー》』」）

わたしたちはまず、作品の記述の解体、あるいは解体の記述に当面し、そこからはじめる。ひとつはシステム的な文化概念の波をまともにかぶった場所にいる言葉の旗手の、もっとも優れた作品のなかから、もうひとつはシステム的な価値概念からの自由な離脱と逃走を、文学のモチーフとしてきた優れた作家の最近の秀作から択びだした。いずれも作品の意企、計画、動機、そしてあるばあいには、ありうべき終末の形までが作品の展開のなかで語られる。それを語ることが展開の部分をなして作品が展開するという構成がとられる。それは解体した作家小説の現在の在り方を象徴している。たまたま偶然の符合としかいいようがないのだが、それにしてはあまりに共通の根拠がありすぎる。

(1)このふたつの作品は、つい最近に書かれたものだ。いずれもふたりの作家の膂力が精いっぱいに発揮された**現在**を象徴する作品とみなしてよい。

(2)このふたつの作品は、自伝的といってよいほど、作者に似かよった人物「僕」や「ぼく」をめぐる事象にまといつかれて進行する。

(3)そしてその挙句に、このふたつの作品は、折目のなかになぜ書くか、どう展開するかの意図がのべられる。あるいは登場人物について記述している作者のところに、じっさいに現実の登場人物のモデルとなった人物が訪問してきて、いわば現実の人物から紙の上の人物に変身してゆくといった、変幻が描かれている。

心得ちがいしないで、このふたつの作品を読めば、椎名誠のばあいには話体で、大江健三郎のばあいには文学体（書記体）で、それぞれがじぶんの文学、あるいは作品という概念にたいしていだいている不信と空疎感を、世界輪郭の解体によって補償したい、そういうモチーフを象徴的に展開している。作者たちは目新しいことをしようとしているわけでもないし、ことさら技巧的な収拾を策しているともおもえない。この作者たちがいだく作品、文学という概念にたいする不信を、現在のシステム化された無意識の必然としてとらえる視点だけが、ここでは有効なように思える。

わたしには椎名誠は、すくなくとも優れた作品における椎名誠は、けっして破滅しない〈太宰治〉のようにみえる。その文体の解体の仕方も、話体のなかに〈知〉を接収してゆく仕方も、主題を私小説的にとってゆく仕方も、その才能の開花の仕方も、太宰治に酷似している。もしかすると若い世代の読者たちは、かつてわたしたちが太宰治の作品を追いつづけたとおなじような灼熱感で、椎名誠の作品を追いつづけているのではないかという気がしてくる。ただわたしたちは無限に下降的に**解体**して、破滅感にむかう感性で、太宰治の話体表出を追いつづけたのに、椎名誠の読者たちは、無限に上向的に**解体**して、破滅を禁じられた感性で作品を追いつづけている。そう余儀なくされているのではないかとおもえる。ここで作家的な資質のちがいをもち出そうとおもわない。未知のシステムから繰り出されてくる無意識の整序が、時代を隔てた二人の作家で異質になっていると見做したいのだ。太宰治の話体表出の背後にのぞいた眼に視えないシステムは、まだそこからシステム負荷のない時代の文学作品の原型的なあり方を、肩ごしに見透せるものであった。作者はこの原型的な倫理から投射されるものを使って、じぶんの作品の解体と、その解体に表象される自己崩壊の仕方を自虐することができた。だが椎名誠の話体作品の表出の背後を統御しているシステムは、もはやあまりに膨化し、あまりに原型から遠く隔てられているために、肩ごしから見返ることなど到底できなくなっている。ただ作品は**現在**そのものの話体表出、話体表出であることが、**現在**として持続的に漂流することになっている。そういうことしか許されていない。そのためもうひとつの特質をシステムから強制されている。無意味なものの際限のない意味化、あるいは無意味なものの過激化ともいうべき性格である。もっとちがったいい方をすれば、日常の世界のそれほど意味のない細部を際限なく語り、微細に劇化してみせることを、知りながら強いられている。

(「東京駅八重洲口公衆便所の鏡はなぜステンレスであるのか」)

ガラス質と金属質をくらべてみると、これはいかにステンレスが「ボクつるつるよおーん」なんていってわめいてみても、やはりこれは圧倒的に徹底的にガラス質のほうが〝たいら〟なのである。このへんのことは考えてみるだけでおおよその差が分かるような話でもある。

やっぱりこれはガラスというものがその人生の基本として根本的に「つるつるであること」に徹しているからなのである。

それに対して金属というのは、いかにつるつるピカピカに磨きあげたとしてもどうしてもある一定の限界がある。

この限界の差が、ガラスと金属の圧倒的な反射率の差となっているのだろうと思う。いかに死にもの狂いで磨いても磨いても、金属はガラスには絶対に勝てない! よしんば、金属よりもっと反射率の劣る各種物体においてをや、という定理はある意味で我々に素朴な安心感を与えてくれる。

そうして、何回とりかえても割られてしまうので、駅のおじさんたちも頭にきて、鏡のかわりにステンレスを貼ってしまったのではないだろうか。

かくて、チンピラ予備軍+ヨッパライ対駅のおじさんたちの戦いの決着はついたのである。しかしそれにしても、なんとなくこれはものがなしい話だなあ、と思いながら、ぼくはその日東京駅八重洲口便所のステンレスの代用鏡を見ながら考えていたのである。

（椎名誠『気分はだぼだぼソース』）

最初の一瞥、つまり八重洲口の公衆便所のステンレスの鏡にたいする視線のむけ方と、記憶の残像へのとどめ方、その話体記述の音調は太宰治に酷似している。けれどただひとつのことがちがう。太宰治の作品ならば、一瞬の視線をたったひと刷毛で記述するか、あるいはまったく、なぜ八重洲口の公衆便所の鏡がステンレス製かについて記述しないだろうとおもえる。八重洲口の公衆便所の鏡はなぜステンレス製なのかという視線と関心の向け方は、たぶん万人に共通のものである。誰でもがそこに入ったことさえあれば〈おや〉と思えるものだ。そして椎名誠の作品が優れているのも、この〈おや〉がとびぬけてたくさんの日常の事象にまたがって感受され、保存されているからだ。それは疑いない。だがこの〈おや〉という日常の微細なことへの感受性が、椎名誠みたいな記述にのるには、太宰治の話体みたいな破調も禁じられ、高橋源一郎や糸井重里や村上春樹の作品みたいな縮合性も禁じられて、ただ現在の日常に、無限に限定させられていることが、必須の条件だとおもえる。強いられているものは、作品のうしろにある現在の眼に視えないシステムからきている。たとえばこの作者はものを喰べる場面の描写におおきな執着をもっている。またたとえばスポーツにおけるルールの破壊が感興を増大させるという思い込みの記述におおきな執着をもっている。これは執着された主題という視方からは、作者の個人的な資質や興趣の在り方のことになる。だが八重洲口の公衆便所の鏡はなぜステンレス製なのかという関心と視線は、主題の側からは誰にでも瞬間的には共通に起こりうるものだ。だがそれを記述することに共通の関心と視線の持続があるとすれば、システムから無意識がこうむっている放射と見做した方がいいのだ。もっと煮つめた問いのなかにこの作者と作品をおいてもいい。この作者が、じぶんが好き勝手に、とても自在に、じぶんの好む主題を自由な書き方でつくりだしている「スーパーエッセイ」の作者だと自認している丁度その個所で、この作家は過不足なく現在のシステムにみあう無意識をなぞっているのだ、というように。

わたしたちのシステム的な文化の作品は、ある瞬間をもぎとってかんがえれば、作品の表出と現在のシステムの無意識とのあいだに、微妙な均衡と安定を成立させている。椎名誠の作品はそういう意味からは、この均衡と安定を永続的に固定化したものという意味をもっている。だがこのシステム的な無意識と作品の表出力のあいだの均衡や安定性は、たえず呼吸みたいに縮合と解体のあいだを往還しているはずだ。またそれは希望と絶望のあいだであり、既知の教典と未知の神話とのあいだでもある。

椎名誠の作品をもの足りないといっては、たぶん現在の純文学の水準からは、ぜいたくな注文に属している。ただ縮合と解体とのあいだの呼吸の振幅がないというだけだ。わたしたちは、現在この呼吸の振幅を測れるだけの優れた作品に偶然出あうことができる。

（「耳」の「彼女」と「僕」のあいだの会話の一場面）

まずだいいちに僕を特別扱いしている理由がよくわからなかった。他人に比べて僕にとくに優れたり変ったりしている点があるとはどうしても思えなかったからだ。

僕がそう言うと彼女は笑った。

「とても簡単なことなのよ」と彼女は言った。「あなたが私を求めたから。それがいちばん大きな理由ね」

「もし他の誰かが君を求めたとしたら？」

「でも少くとも今はあなたが私を求めてるわ。それにあなたは、あなたが自分で考えているよりずっと素敵よ」

「なぜ僕はそんな風に考えるんだろう？」と僕は質問してみた。

「それはあなたが自分自身の半分でしか生きてないからよ」と彼女はあっさりと言った。

「あとの半分はまだどこかに手つかずで残っているの」

「ふうん」と僕は言った。

「そういう意味では私たちは似ていなくもないのよ。私は耳をふさいでいるし、あなたは半分だけでしか生きていないしね。そう思わない？」

「でももしそうだとしても僕の残り半分は君の耳ほど輝かしくないさ」

「たぶん」と彼女は微笑んだ。「あなたには本当に何もわかってないのね」

彼女は微笑を浮かべたまま髪を上げ、ブラウスのボタンをはずした。


（村上春樹「羊をめぐる冒険」〈群像〉一九八二年八月号）

現在という空虚に、身体じゅうを浸されていると思い込んで、生活にも女性にもじぶんを燃焼できなくなっている「僕」と、一組のとびぬけて素晴しい「耳」をもっているために耳専門の広告モデルをしており、ほかに出版社の校正係のアルバイトと、「品の良い内輪だけで構成されたささやかなクラブ」のコール・ガールを職業にもった「彼女」が、お互いに同棲しはじめた動機をせんさくする場面である。「僕」は「彼女」から、じぶんは生活に退屈しているとおもっているのだろうが、ほんとは半分の美質でしか生きてないのだと指摘され、「彼女」にたいして「僕」は、ほんとはどんな男にも「息を呑み、呆然」とさせるような魅惑的な「耳」をもっているのに気づかないで、いつも隠していると指摘する。「彼女」の「耳」も「僕」の「自分自身の半分」も、まだシステムから露出されずに無意識は覆いをかけたまま匿されている。それは〈自分のなかの未知のもの〉の暗喩《メタファー》なのだ。そして「僕」と「彼女」はそれぞれ〈自分のなかの未知〉がなにかを見つけだし、自分を治癒させたいために「羊」の謎と意味をもとめて、北海道の僻村に冒険のため旅立ってゆく。

「僕」が友人と共同経営している広告、コピイライト関係の事務所が扱ったPR誌の、北海道の平凡な「雲と山と羊と草原」しかないグラビア風景写真が、右翼の大物でこの社会の文化や事業や政治現象の背景で隠然とした勢力をもつ男の秘書からの申入れで、発売中止をいいわたされる。理由は、そこで写されている特殊な「羊」にかかわっている。そして、そのグラビア風景が北海道のどこにあるか、その「羊」はいまも存在するか、その「羊」はどんな意味をもつかを調べてもらいたい、もし成功しなければ、ふたたびこの広告関係の業界で生存できないように工作するといい渡される。「僕」と「耳」の「彼女」はお互いの自己治癒の意味をこめて、グラビア風景の土地を目指して、北海道の僻地にむかう。やっと探しあてたグラビア風景の部落で家に閉じこもっただけの老いた「羊博士」に出あう。かつて戦争期に輝かしい農業、農政関係の専門家として大陸に渡り、「羊」の飼養牧場地帯をつくる国策計画のために活動した「羊博士」は、あるとき神の依憑のような体験で「羊」がじぶんの体内に入り込んで住みついたという神秘のとりこになる。それ以後「羊博士」は、官辺から気が触れたということでうとまれ、前途をとざされて、郷里に狂気のまま隠棲している。ところでこの「羊博士」の体内を出た依憑の「羊」は、戦争中に大陸で軍関係の特務機関として阿片の密売などで軍事資金を蓄えるのに暗躍した右翼の大物の体内に、かつて入り込んだことがある。この右翼の大物が戦犯としてスガモ拘置所にあったさい、アメリカ軍の医師の求めで幻覚を記述する作業をやったとき、幻覚のなかに、ほとんどいつもこの「羊」があらわれる。この「羊」は大陸の遊牧民の伝承では英雄の体内に入りこんで事業を成就させるといわれており、ジンギス汗の体内にも「星を負った白羊」が入っていたという記録もある。

「僕」は北海道の僻地の部落で、そこが右翼の大物の出身地であることをつきとめ、「羊博士」との関係も、グラビア風景のなかの「羊」が何を意味するかもつきとめたところで、じぶんをこの地にゆかせ「羊」をめぐる事柄を調べろと強制した右翼の大物の秘書は、はじめからすべてを知っていて、じぶんに調べさせたことに気がつく。秘書は「羊博士」を「羊」憑きの状態から救いだすために「僕」に調べさせ、自然に接近するように仕向けたのだと告げる。「僕」はじぶんの自己治癒を賭けた「羊」を調べるための冒険が、はじめから計算ずみの計画のなかで躍ったにすぎないことを知って、もとの空虚のなかに落ちてゆく。「耳」の「彼女」もまた、北海道の僻地の部落で、おそらくこの旅立ちが、「僕」のために仕組まれた所定の空しい計画に乗せられているだけだと、水をさされて失踪してしまう。「僕」はまた**現在**という空虚に身体じゅうを浸された日常の状態に戻り、作品もまた現在のシステムに照しだされた無意識と、作品をうみだすことのあいだの微妙な均衡と安定という図表に舞戻ることになる。だがこの作者は椎名誠とはちがって、現在のシステムに露出させられたじぶんの無意識をゆさぶってみせている。わたしたちは「羊をめぐる冒険」という作品を物足りないとおもうことは、けっしてありえないはずだ。

たぶんもうここでは**解体**の象徴として作品を生みだすことが、どんなふうに現在のシステムから露出させられた無意識の姿に対応できるかという問題しかのこしていない。すくなくとも**解体**ということが主題にされるかぎりは、である。

つまり、作品のはじめにありまた、作品のおわりにある**解体**の象徴とはなにかという問題だ。椎名誠の作品はこの問題にたいしてははじめから充足している。あるいは充足ということに身をやつしている。本来ならばスポーツのもつルールの破壊から願望がやってくる〈暴力性〉への傾斜が、椎名の作品の象徴だといえるかもしれぬ。

村上春樹の作品では身体の内部に入りこむ〈依憑する羊〉が**解体**の象徴に当っている。この象徴のぶんだけ作品は現在のシステムからくる不安を浴びている。

そして大江健三郎では、いうまでもなく「雨の木《レイン・ツリー》」がそれにあたっている。

（「僕」の帰国送別パーティの描写）

パーティのなかばでつむぎ糸絵画《ヤーン・ペインティング》を贈られる、ちょっとした儀式があった。キューバからの女子学生が僕に手わたし、そして僕は日本人の作家として、描かれたイメージをどのように読みとるか、話すことをもとめられたのだ。僕はほぼ次のようなことを話した。この中央の樹木は、天と地を媒介する宇宙樹なのであろう。僕はそれに強くひきつけられる。なぜなら僕もまた「雨の木《レイン・ツリー》」と呼んでいる宇宙樹を思い描いてきたからだ。「雨の木《レイン・ツリー》」は僕にとって様ざまな役割をもつものだが、ついには僕がどうにも生きつづけがたく考える時、その大きい樹木の根方で首を吊り、宇宙のなかに原子として還元される、そのための樹木でもある。この樹木の葉は、指の腹ほどの大きさで、なかが窪んでおり、そこに雨滴をためこむから、いったん雨があがったのちも、こまかな水のしたたりをつづけている。その葉の茂りの下は、穏やかな心で首を吊るのにふさわしい環境ではあるまいか？　それに加えて、このつむぎ糸絵画《ヤーン・ペインティング》のように生涯の師匠《パトロン》が立合ってくれるとしたら、当の自分は行きづまって死を選ぶしかないのであるにしても、やはり幸福なことであろう……

（大江健三郎「『雨の木《レイン・ツリー》』の首吊り男」）

（ハロウィーン・ツリー描写）


彼らは家の裏手にまわり、足をとめた。

そこに、木があったからだ。

いままで一度も見たことのないような木だった。

それは、なんともふしぎな家の、広い裏庭のまん中に立っていた。高さは三十メートル以上もあるだろうか、高い屋根よりも高く、みごとに生いしげり、ゆたかに枝をひろげ、しかも赤、茶、黄、色とりどりの葉におおわれているのだ。

「だけど」トムがささやいた、「おい、見ろよ。あの木、どうなっちゃってるんだ！」

なんと、その木には、ありとあらゆる形、大きさ、色をしたカボチャがたくさんぶらさがっているではないか。くすんだ黄色から、あざやかなオレンジまで、よりどりみどりの色あいがそろっている。

「カボチャの木だ」だれかがいった。

「ちがう」とトムはいった。

高い枝のあいだを吹きぬける風が、それら色あざやかな重荷をそっとゆすっている。

「ハロウィーン・ツリーだ」とトムはいった。

そして、トムのいったとおりだった。


（レイ・ブラッドベリ『ハロウィーンがやってきた』伊藤典夫訳）

ブラッドベリのこの作品では「ハロウィーン・ツリー」は宇宙的なマンダラ樹の意味をもっている。作品の言葉でいえば、イギリス諸島にローマ帝国軍が侵入し、その侵入のあとからキリスト教が侵入してくる以前の、古いドルイド教の信仰にまで根をもった根源的な信仰がつくりあげた宇宙観を象徴した樹だ。わが国の生剝げや赤マタ、黒マタのように、霊がホウキか何かに乗って村落にやってくる祭りのイメージにつながり、子供たちが仮面をかぶって村の家々を乞うて廻る遊びのイメージにも叶う。一種の調和的な原型を象徴する樹木である。

それはこの作品の少年たちが仲間のガキ大将で、死の国へゆきそうなピプキンを死の国から救い出そうとして空をとびホウキに導かれて、エジプトのピラミッドや、イタリアのローマや、イギリスのスコットランドや、フランスのパリや、メキシコの空を経めぐってあるく、明るい寓喩と直喩のあいだの世界に、調和をみつけだすのと一致する。わたしたちははじめからお伽話のような民俗宗教と伝説に根をもった空想の世界を暗喩になろうとしながらなれないまま、巡遊している子供たちにひとしくなっている。わたしたちが、この作品で子供たちにさせられることに不満だとすれば「ハロウィーン・ツリー」の暗喩が時間の根拠にとどいていても、わたしたちが現在、子供たちでさえ成熟した象徴の**解体**、マンダラ的な世界の**解体**を感受して、無際限に沈みこんでゆくような空間の外の空間を、この作品から垣間見ることができないという不満と一致している。

大江健三郎の「雨の木《レイン・ツリー》」からは、わたしたちはこういう時間の根拠を獲得できないかわりに、少年にさせられる不満を感じることもない。じゅうぶんに、現在のシステムに対応する無意識の解体を、べつの解体概念に置きかえているからだ。この「雨の木《レイン・ツリー》」にはマンダラ的な無意識の母型からくる調和もなければ、どんな集合的な救済の観念も成立していない。ただ**現在**がここでは優れた暗喩《メタファー》を見つけだしている。不満なのは、原子や分子は、そこまで肉体が還元されれば、もとが何であれただ原子や分子のほかの何ものでもなく、どんな意味附与も成立しないから、救済にも絶望にも結びつかないということだけだ。また原子や分子はどういじっても救済になりえない。〈死〉の関門の意味が問われるということのなかにしか、救済は本来的に存在しないからだ。

喩法論

現在ということを俎にのせると、言葉がどうしても透らないで、はねかえされてしまう領域があらわになってくる。それ以上無理に言葉をひっぱると、きっとそこで折れまがってしまう。もちろん渦中にあれば、その全体を把握できないのは当りまえなことだ。未知の部分をいつもひきずっていることが、現在という意味なのだから。そういいたいのだが、すこしちがっている。むしろ到達する場所のイメージが、あらかじめ頭を打たれている実感にちかいとおもえる。そこではすべての現在のこと柄はたてに垂直に停滞を受けとめながら、横に超えてゆくほかない。これをイメージの様式としてうまくたどれなければ、現在を透徹した言葉で覆いつくすことはできない。仕方なしにその領域は暗喩によって把握するほかすべがない。そのうえ暗喩でしかとらえられない部分をとらえるには、言葉に表現されたものを、また言葉を媒介にとらえる迂廻路が必要なのだ。この遠まわりな手続きは、現在が全貌をあらわすためやむをえない道すじのようにおもえる。

わたしたちはここで、**全体的な喩**の定義を、言葉が現在を超えるとき必然的にはいり込んでゆく領域、とひとまずきめておくとしよう。喩は現在からみられた未知の領域、その来たるべき予感にたいして、言葉がとる必然的な態度のことだ。臆病に身を鎧っているときも、苦しげに渋滞しているときも、空虚に恰好をつけているときも、喩は全体として言葉が現在を超えるとき必然的にとる陰影なのだ。そこでは無意識でさえ言葉は色合いや匂いや形を変成してしまう。未知の領域に入ったぞという信号みたいに、言葉は喩という形をとってゆくのだ。言葉はそのときに、**意味するもの**と**価値するもの**の二重に分裂した像に出あっている。

わたしたちは、まずこの分裂のいちばん激しい徴候を若い詩によってたどってゆく。そこでは過激な傾向がみられる。全体的な喩は主題の全体性と決裂し、語りは物語化や虚構化といちばんはげしく対立している。しかも互いにいちばん親しい表情を浮べている。またそれとはべつに喩が言葉の囲いを走りぬけて、全体的な現実の暗喩にまで滲出してゆく徴候がみつけられる。言葉に囲われた喩と、言葉の囲いの外に走り出してしまった喩とのあいだに葛藤が惹き起こされる。また現在にたいして全体的な暗喩をつくろうとするものと、物語や虚構の舞台をしつらえて現在に融和しようとする傾向のあいだに、どんな時代にもなかった、接近した様式が生みだされている。もしかするとわたしたちは、超現実主義以後はじめて、新しい言葉の徴候に遭遇しているのだが、それを把握できる確かな方法を抽出できないでいる。

1

あたしは今日から　毎晩
出掛ける
万がいち　楡の樹みたいないい男
をつかまへられたら　きっともう
コケティッシュなんてものぢゃなく
よがり泣きにむせぶだらうけど

あんたももし　発情期
なら　ほら駅向う
へ行って　あんたのよく話す
いい女
と寝て来てよ
寝て来るべきだ　ほんとのところ

いまは　季節
せっかくのこの時期を　あんた

みたいな男のために
眼あけたままで　両脚
ひろげて
やりすごしたくはないんだよ

隣の猫はこのところ
毎晩毎晩家をあけ
あたしはますます苛立つ
ばかりだ

2

なにか
鈍器ようのもの
鈍器ようのものがよい、そう考えてました
りょうてで
ちからいっぱいにこめ
うちおろす
帰宅した男は膝のあたりから崩れ折れる

後頭部を押えて
ゆびのまたからも血が湧いて
手首の方向へながれおちる
イタイイタイと泣くでしょう
からだを折りまげて胎児のかたちになり
わたしからのがれようとするでしょう
しっかりと人間の血、ぬくいです、
脈うってぬくいです、
ぬめります、
追いかけて
せんずりっかき
と罵倒する唾とぶ。せんずりっかきは
泣くでしょう、しゅじんである
ざくろの実。のうみそとか飛びちるし
肉の破片や骨
なんかもある

3

私だって抜けたいけれど
行くあてもないし
ここにいればまだ番が回ってくる
ふんぎりがつかなくて
男二人の顔を交互にみる
どっちも優しいけれど
ひとり占めできない
彼女が抜けたあと
残りの腹の底はわかっている
男が誰を取るか
口に出さないでも
目付きが濃くなっているのだ

夕べ電話をくれた彼が
あっちの方を向いて喋っている
如雨露の雨が
欠けた硝子窓にふきつけ畳にも跳ねてきた

あのひとはたっぷりと笑っている
電話であいつのやり方が
気に入らないといってた彼が
つまらない話でも聞いてやってるではないか
男たちの間では
あのひとの方が上等なのか
ズル込みは許さない

1　望月典子「近況報告　1」より抽出
2　伊藤比呂美「青梅が黄熟する」より抽出
3　井坂洋子「トランプ」より抽出

若い現代詩を代表する優れた女流の、同質の詩を接合してみたものである。同質というのは、まず、かつて男性が占めていたと無意識に想定されていたエロスの視線の位置を、女性として自然に占めることができている、という意味である。そしてある場面では、女性の本質的願望である〈男殺し〉の夢が見事に表現されている。その意味では女流の詩としての極限を象徴することになっている。もうひとつつけ加えれば、女性としての主張が歯に衣を着せぬ形で吐露されている。いわば捨て身のところに表現の場所をすすめている。これらの詩人たちの詩を読むとき、金切り声をあげるわけでもなく、偏執的な男性への呪詛に陥るわけでもなくて、ひとりでにしっとりとした地声で、男なんか殺してやりたいとか、男をわけてよこせとか語っている女性の姿をおもい浮べて、一種の感動に似たものをおぼえる。なんとなくとうとうここまで届きはじめたのか、といった思いにかられる。しかし詩の意味は、そんなところにとどまらない。

　すぐにわかるように、うわべだけでは喩法といえるほどのものはどこにも使われてない。むきだしの自己主張の言葉が、エロスの願望に沿って、つぎつぎ押しだされているだけみたいにみせている。だがほんとうはそんな単純な願望の表白ではない。そうみえるのは、これらの女流が、ひとりでに無意識の自動記述を身につけているからで、言葉はとても強い選択をうけている。するとこのむき出しの自己表白のようにみえる詩片の接合から、全体的にひとつの暗喩をうけとることになる。そうしなければこれらの詩を読んだことにならない。あるいはべつのいい方をしてもいい。このむきだしの自己主張の羅列のようにみえる言葉を、全体的な暗喩としてうけとる視角の範囲に、現在というものの謎がかくされている。詩人たちが無意識だかどうかはどちらでもいいことだ。それがこのラジカルな女流たちの詩がもつ新しい意味だ。これほどまでむきだしにエロス的な主張の言葉を連ねるのは、これらの女流たちが欲望が強いからでもないし、はにかみや礼節を知らない破廉恥おんなだからでもない。現在というものの全体的な暗喩の場所で、言葉が押しだされているからなのだ。

その暗喩の共通項は〈女性という深淵をまたいで、現在の真向いに立つ姿勢〉のようにうけとれる。女性という深淵をまたいでということをぬきにすれば、それぞれの時代の優れた女流は単独でいつも「現在の真向いに立つ姿勢」を、言葉の表出にしめしたといえる。べつのいい方をすれば〈男性に伍した〉ということだ。だがこれらの女流の詩が暗喩するものは、それとはちがっている。またまったく新しいといえるものだ。ひと口に、それは〈男性の位置にとって代って〉という暗喩をもっているからだ。男性の位置に代って、男性でなければ異性にもつことのなかったエロスの気ままな欲求が唱われ、男性でなければ表白できなかった異性への狂暴な殺意が語られ、また男性でなければもてなかった異性を奪いあうものの動物的な欲望が語られる。それは現在のいちばん切実な神話のひとつだ。この三人の女流の詩には、すこしも無理な姿勢は感じられない。女だてらにとか女のくせにといった反感は感じようがない。いわば〈ほんとにできている〉といった感慨をともなってくる。現代詩（ということは詩歌の歴史ということだが）はこれらの女流詩人たちの作品ではじめて、その女性の場所にたどりついている。心の深層におし込めてきたエロスの欲求や、男性への殺意をわるびれることなく詩の言葉に表出している。そういう言葉の外装によってこれらの女流たちは、あるしっくりした、たしかな眼ざしで、どんな劣勢感もそれを裏返した優越感も、世襲財産としての美や教養も売物にせずに、まったく手ぶらで自然な姿勢でこの現在に立っているものの暗喩を実現している。

もちろんここに暗喩を読みとらずに、むき出しの生々しい言葉が、つぎつぎ無遠慮に繰りだされているだけだとみることはありうるだろう。だがそうでない所以は、この詩の形式と内容がもつ新しさ、はじめてさによって裏づけられる。現代詩の世界は、少数の個性がひとりでに実現した場合をのぞいては、これらの女流詩人たちが使っているような言葉をもたなかった。それは伝統的な現代詩がもっている〈閉じられた言語系〉にたいして〈開かれた言語系〉によって、はじめて表現されている。やさしくいえば、はじめて〈裾をひらいた〉言葉によって詩が書かれている。現代詩が〈裾をひらいた〉言葉を使うばあいには、あらためて膝をくずして言葉をとりだす（西条八十や佐藤惣之助のように）か、あるいは〈閉じられた言語系〉を風化させて、いわば風俗の侵蝕で孔を開けられて〈裾をひらいた〉言葉に接続するほかにはあり得なかった。だがこれらの女流たちが使っている言葉はまったく異っている。ここにあるのは風化でもないし弛緩でもない。むしろ現在かかれている現代詩のなかでは、いちばん緊迫した、ラジカルな表現に属している。それでいてここで使われている言葉は開かれた言葉なのだ。開かれた言葉は、じかに対象や事象にぶつけることができる言葉を意味している。装飾することが高度だという価値観を拒んだ言葉だといえる。整った格調をもまた高度だとしていない。その意味で風化しないままどんな現実の襞に下りてゆくことも可能になっている。これらの詩の言葉が情緒の装飾や、湿った手のあいだの妥協などなしに、ラジカルなまま現実にとびかっている生々しい言葉にどこまでも接近できるのは疑えない。

これらの女流たちの言葉が呼吸しているところでは、暗々のうちにひとつの鉄則が支配しているとおもえる。まずはじめにこれらの女流の詩が〈男性の位置にいれ代った〉ラジカルな内面性をゆるめて、男性につくられた〈女らしさ〉の位置に退いたらどうなるか。また〈男性に伍した〉女性という位相まで妥協したらどうなるのか。そのときはたぶん、現在にたいする全体的な暗喩の意味は崩壊する。そして同時に、自己劇化、あるいは物語化、あるいは虚構の舞台化がはじまるのではないか。ただそのばあいでも言葉の繰り出しかたはすこしもかわらずに、全体的な構造だけが変化する。この鉄則もまた、かつて現代詩がつきあたったことのない局面のようにおもわれる。これらの女流たちは、現在という地層から湧いてでたので、詩の言葉の伝統から生れでたものではない。そこで言葉を地層の奥のほうへ潜めていけばいくほど、暗喩の意味をなくしてむきだしの現在に近づいてゆくようにみえる。だが〈言葉〉は現在そのものではなく、人間の言葉の表出の全歴史が消化しきれなかった異物として〈言葉〉なのだ。そこではじめて詩の言葉の自己劇化、物語化、あるいは舞台の仮構という必然があらわれる。

1

長い髪が好きだと
あなた
昔　だれかに話したでしょう
だから私
こんなに長く
もうすぐ　腰まで
とどくわ
それでも
あなたは離れてゆくばかり
ほかに私には
何もない

2

この手紙が届くころには
ここにいないかもしれない
ひとところにじっとしてると
よけいなことも心配で

会いたくなるから

昔にかりた本の中の
いちばん気に入った言葉を
おわりのところに書いておいた
あなたも好きになるように

遠く離れたこの街で
あなたのことは知りたいけど
思い出すと涙が出るから
返事はいらない

この手紙が届くころには
ここにいないかもしれない
ひとりぼっちじっとしてると
きのうのことがよく見える

遠く離れたこの街で
あなたのことは知りたいけど
思い出すと涙が出るから
返事はいらない

返事はいらない

1　中島みゆき「髪」より抽出（行分けは引用者）

2　松任谷由実「返事はいらない」より抽出

彼女たちシンガー・ソング・ライターの言葉が、さきの女流詩人の言葉とまったく異質だとおもわない。これらの歌い手の言葉がはじめから〈男の位置にとって代った〉視線をもてないから、こんな情緒のまとわりついた表白になるわけでもない。また深層に男殺しや男漁りの心理をかくしていないおとなしい詩人で、それを公然と詩の言葉に表白する緊迫感がもてないともかんがえられない。

そうだとしたら〈男にとって代った〉視線は、たんに個性に帰せられてしまう。これらの詩の言葉は見かけはさきの女流たちとすこし異質だ。優しい情緒を「髪」に托して訴える表情をみせたり、別れた男に名残りの情念を書き送ったりする女性の姿が描かれている。それだけの相異はたしかにある。わたしにはこれらの歌い手たちの詩は、かくあるべき女性の愛恋の形という虚構の設定にむかって、言葉を集中してゆく仕方のようにおもえる。もうすこしちがう角度からいえば、じぶんの情緒や情念を、かくあるべき物語化の舞台へ置きなおす言葉の作業のようにみえる。たぶんどこにも偽の感情や、偽の情緒はない。ただ自己感情や情緒をあるべき虚構の舞台へ、すこしでも乗せようとする努力のなかで、これらの詩は成り立っている。

これらの歌い手たちの詩は、いずれも若い現代詩としてすぐれている。またこれらの詩をすぐれていると評価するために、ことさら膝をくずしてみたり、基準を甘くしてみせたりする必要はない。つまり掛値などなくてすむものだ。これらがすぐれているとみえず、甘く幼稚だという評価がありうるとしたら、そちら側の言語感覚を疑ったほうがいいのだ。

言葉を地べたにつけてみせるという所作について、プリオリタートがさきの女流詩人たちにあるのか、あるいはこれらの歌い手たちの詩の、メロディやリズムや音声にのせた伝播力にあるのか、確かにはわからない。そのいずれであったとしても、いちばん本質的なことは、現代詩をいわば地面に接続するために、これらの詩人や歌い手たちが支払ってきたラジカルな姿勢ということだ。そしてわたしたちは、ただそれが現在の全体的な暗喩を構成したり、またその暗喩を消滅させたりする在り方に、喩法の現在を見つけだしているだけだ。

この歌い手たちの詩の言葉では、全体的な暗喩という性格は崩されている。それはこれらの詩で、虚構化、物語化の度合が深くなっているのと逆比例している。作者がじぶんの感情や情緒を物語化しようとすればするほど、全体的な暗喩としての性格は消えていく。全体的な暗喩とは、とりもなおさず現在に直面していること、現在を捉えようとしていることの徴候なのだが、これらの作者たちは、いわば現在を捉えるよりも満喫しているのだ。わたしたちはメロディと一緒にその満喫ぶりにうたれている。

だが是非ともいっておくべきことは、物語化や劇化をうけた詩の舞台裏では、全体的な暗喩はほんとは崩壊しているのではない。詩の言葉がじかに現実にとびかっている言葉に、かぎりなく接近する姿勢をしめしはじめると、逆に物語や劇の情緒がつくりだされる。かつての歌謡につけられた歌詞とくらべるまでもなく、たしかに情緒や感情の表現が現在のうちに実在し、しかもそれを秘すのが高度なのだといった空虚な考えのすきまに狙いをつけて、たしかな情緒の説話をつくりあげている。

ところで彼女たち歌い手がやっている詩の物語化は、語りに発祥する詩という意味とはまったくちがって、いわば虚構の舞台に言葉の水準をのせることでえられる物語化を意味している。そしてこの虚構の舞台の言葉の水準は、作者と作者に想定された聴き手の情緒とが合作してつくられているといえよう。その舞台の高さでならば、歌い手と聴き手とが折りあいがつけられる言葉の水準を意味している。これらの歌い手たちの詩が、言葉をいく分かあり得べき情緒の枠型にはめこむのに忠実だとおもえるのはそこからきている。〈あなたが長い髪が好きだといったことがあるから、こんなに髪をのばした〉、〈思い出すと涙が出るから、返事はいらない〉こういう情緒の動きはその枠型にあたる。たしかに女性的な心情としてありふれているだろうが、そういう情緒の動かし方への反発や自己嫌悪もまた女性に普遍的なものだ。そんな両価性がこういう詩では、一方向に刈りこまれて、枠型にまで様式化されている。聴き手はいくぶんかこの型を強要される感じで、じぶんたちの情念を折り曲げることになる。そしてこの折り曲げられた情念の角度だけ、言葉は虚構の舞台にかわるといえよう。べつのいい方をすると、歌い手たちの詩がこしらえているこの舞台は、聴き手たちが醒めてゆく（覚醒してゆく）につれて、幻のように消えてしまう。そんな意味での物語化なのだ。

現代詩は言葉で虚構の舞台をつくったり、聴き手たちと合作したりしなくても、もともと話体の詩を存在させてきた。話体に発祥する詩は、舞台を仮構したり、物語をつくることを必要な条件にしたわけではない。ただ話体で語るかぎり詩は〈共同体〉の意識の水準が、どこかで想定されているというだけだ。現在ではたぶん〈共同体〉じたいの崩壊のため、共同の意識の水準を、詩の背後に想定するわけにいかない。それでも話体の詩が書きつがれているとすれば、どんなかくされた象徴があるのか。そこでは舞台を仮設して瞬時に成り立つ共同性が問題なのではなく、潜在的に想定される意識の共同性を、背後に沈めたまま、詩の言葉がどう振舞うか、そしてそれが何を意味するのかが問われるのだ。

1

まさにネコ歩き
のヒモ嫌いヒモ向きオトコ
にカマキリ食いしたい
とワタシの歳にはりつく午前九時の山手線ホームのミルクスタンド・オロナミンCオト
コの実は妻アイロンハンカチを忘れるふりの身体傾斜四十五度がすりかわる、すりかえ
るとりあえず歩いてるアスファルト

2

遠望する限りサラリーマンの家だが
軒下と
書斎は密室で
窓がない　言葉もない　鏡もない
水道の蛇口もブランデーもないが
奥さんには絶対内緒の大股びらき
ポルノグラフィーがあって　来客には
2キロワットのアイロンをかけてみせる
へそも鼻も富士額もまったいらになって
本棚に挿入しやすくなる

このとおり
と根岸君は近くの花園橋に出掛けて
荒川にもアイロンをかけてみせる

3

やおら卓袱台にかけ上り　見上げる奥さんの顔を38文で蹴り上げ　いやがり柱にしがみつく奥さんの御御足をばらつかせ　NHK体操風に馬乗り崩れてくんずほぐれつする奥さんを　御小水に畳が散るまで舐め上げ　奥さんの泡吹く口元に蠅が止まるまで殴り倒し　ずるずると卓袱台にのせ　さあ奥さんいただきまあす　満点くすぐる奥さんのコマネチ風太股をひらいて奥さんの性器を箸先でさかごにほじり　食べごろに粘ってきたところで　ぼくの立ち魔羅に海苔を巻いて　ふりかけをふって　江戸むらさきを塗りたくり　食欲の増進は厚塗りお化粧魔羅を進める性欲の高さで決まるのであります

1　神田典子「新生ナルチシズム序説」より抽出
2　伊藤章雄「駅からみえる家」より抽出
3　ねじめ正一「ヤマサ醬油」より抽出

現在がつくりだした性の神話を象徴する詩の断片を寄せあつめた。言葉の舞台を仮設したり、架空の物語をつくることは、べつにかんがえられていない。言葉はじかに語りの地面をはしってゆく。このばあい語りの特徴とおもえるのは、つぎにやってくるどんな言葉にむかって、何を主題に走るのか、その直前の言葉が知っていないことだ。超現実も変形も飛躍もいっしょにある。その理由はただひとつにみえる。現在では存在しなくなった〈共同体〉の枠ぐみを介して、はじめて成立するはずの語りの詩を、それでも空無の〈共同体〉にむかって表白していることだ。それが走るべき標的も行方も、前後の脈絡もないこれらの詩語の命運をきめている。またそのことでこれらの作品は現在と深くつながっているようにおもえる。

こういう現在の語りの詩は、いったい何をしようとしているのか。願望の奥底をさぐってみれば、刻々に産みだされすぐにおおきな速度で消えてゆく現在の説話とか神話を、むかしの説経節や祭文みたいに語りたいのだ。だがすでに現在には構成的な説話などはありえない。とくに変貌する都市の生活のなかでは、そんなものは瞬時も存続できない。語りの詩語はただ解体する説話の破片を、迅速にたどってみせるほか仕方がない。意味の持続はそれほどできない。むしろ意味の切断や飛躍の切り口を、言葉にしてみせるほかない。それでもためらうことなく直前の未知と直後の未知のあいだを、言葉はつないでゆこうとして、思いもかけない陥し穴におちて悲鳴を上げてみせる。ねじめ正一の諸作品はこういう語りの現代詩のなかで、とび抜けた構成力と統覚をみせている。この詩人が語りの主題をつよく極端にせばめているためだ。思いつくままに列挙してみれば、

(1) じぶんの妻を暴力的に犯すイメージ
(2) 性交姿態の自由度への飽くない願望のイメージ
(3) 日常繰りかえされる生活のなかの〈道具〉性のイメージ
(4) 強力な性欲と性力についての説話を産みだすこと

うがっていえば、いまはどんな村落からも消えてしまったアジア的な〈共同体〉のなかの、ただひとり〈人間〉であることを許された首長のように、自由に女性を手元にひきよせ、自由に犯したいという、裏返された願望を喪失の暗喩によって語りあげているとみえる。もう現在では家族のなかの性の共同性もまた、たえず崩壊のせとぎわにさらされている。そういうところで、この詩人は強力な語りが本来もっている共同性への願望を語っている。

たとえばこの詩人が一連の語りの詩でやっている説話願望に、若い現代詩に必須なモチーフが含まれているかどうか、うまく測るのは難かしい。だが若い女流のラジカルな願望の詩が〈男の位置に代った〉視線で、男を犯したり、殺したりするイメージに主題があるのとおなじように、日常の生活の次元で身近に同棲している女性を、恣意的な自在な暴力で犯すというイメージも、またラジカルな根拠をもっているとみてよい。

こういった語りの現代詩がもつ全体的な喩の意味は、統御、構成化、物語化といった一切の制度が〈でき上ってしまうこと〉への言葉自体によるラジカルな拒絶の暗喩だとおもわれる。意味も、諷刺も、恋愛も、夫婦も、嫌悪も、詩一篇の構成も〈でき上ってしまうこと〉は困ることなのだ。〈でき上り〉そうになったら、その個所で破壊音を導入しなければならぬ。とにかく作られてはならぬ。こういう飽くことない渇望が言葉による襞あるいは皺を複雑につくりあげてゆく。それが語りの現代詩の特質なのだ。この言葉による襞あるいは皺をつくる作業を、語りの現代詩が、現在にたいしてもっている全体的な暗喩とみなすことができよう。これは系統をおなじくするつぎのような語り詩とくらべると、すぐ理解できそうにおもえる。

1

一番　大事なものは
自分なのよ
その次に　大事なものが
勉強で
三番目に　大事なものが
こいびとよ
だれも　みんな同じように
タバコはいけないわ
だれも　みんな同じように

ちくはいけないわ
男の子なら　だれでも
かまわないわ
友だちにみせるために
恋を　するから

2

キミ　かわいいね　でも
それだけだね
キミ　かわいいよ
お人形さんみたい
それだけさ
キミといっしょにいたら
ボクこんなに
つかれたよ
酒でも飲まなきゃ
キミとはいられない
シラフじゃとても

いっしょにいられない
キミ　かわいいね　でも
それだけだね
それだけさ
水のない川
エンジンのない車
弦の切れたギター
ヤニのないタバコ
キミ　かわいいね
テレビにでも出たら
キミ　かわいいよ
モデルにでもなれよ
キミ　かわいいよ
お人形さんみたい
それだけさ
ボクは　さよならするよ
男には

こまらないだろう

1・2　RCサクセション「三番目に大事なもの」「キミかわいいね」から抽出

この作品は語りとして、すぐれた諷刺になっている。諷刺とおもわせない形での微かな諷刺が、流れるような軽い言葉の曲線を描いている。

さてここでは言葉の襞や陰影や暗がりといったものは、綺麗にとり払われて透明になっている。この透明さにメロディとリズムが加わり、音声と楽器と所作ごとが累積されたときの魅力は、またべつの次元に属している。言葉が襞や皺を延ばしているところから、喪ってしまったものと、獲得されたものが何かが大切な気がする。このばあい言葉が透明になることで、語りの現代詩が本来もつはずの全体的な暗喩が解体されているような気がする。そしてこの全体的な暗喩の消失と一緒に、言葉の〈意味〉にたよった諷刺の姿が現われている。「一番大事なもの」が自分で、「三番目に大事なもの」が恋人であるような、明るく透明な世代の娘たちが、大切にされながら、諷刺される。また美形でかわいいだけの明るい娘たちが、大切にされながら諷刺されている。つき刺す批判や骨をえぐるような諷刺があるのでもないし、それを望んでいるのでもない。もし現在というものの空虚が、明るく透明な娘たちに象徴されているとすれば、それは大切に囲い込みながら諷刺されるべき存在だ。それが作者たちの現在にたいする認識と、無意識が語っている思想である。この認識と思想はこういう語りの詩のなかに、はっきりと露光されていて、そのために全体的な暗喩は喪われている。光が届かない襞や暗がりがなければ、暗喩もまた成立はできないわけだ。そんな仕組みがここにはみられる。

では、詩の言葉を産みだすことが、それ自体で全体的な暗喩だとすればどんなことなのか？　またそこでは〈暗喩されるもの〉と〈暗喩するもの〉とはどうなっているか？　これが現在、詩の審級にとって最後の問いにあたっている。いままでこだわってきたところに答えはふくまれているかどうか。というのは、若い現代詩の喩法の特質を、もっぱらポップ詩や歌謡詩と地続きなところで扱ってきたが、げんみつにいえば、それが若い現代詩のすべてへの緒口だかどうか、これだけではきめられないからだ。ただ誰でも出口と入口さえあれば、全体を暗喩できるような「言葉」を探しもとめているところでは、詩が現在はじめて獲得しはじめた外部への言葉の滲出力を特徴として信ずるほかにない。

まなざし青くひくく
江戸は改代町への
みどりをすぎる

はるの見附
個々のみどりよ
朝だから
深くは追わぬ
ただ
草は高くでゆれている
妹は
濠ばたの
きよらなしげみにはしりこみ
白いうちももをかくす
葉さきのかぜのひとゆれがすむと
こらえていたちいさなしぶきの
すっかりかわいさのました音が
さわぐ葉蔭をしばし
打つ

かけもどってくると

わたしのすがたがみえないのだ
なぜかもう
暗くなって
濠の波よせもきえ
女に向う肌の押しが
さやかに効いた草のみちだけは
うすくついている

夢をみればまた隠れあうこともできるが妹よ
江戸はさきごろおわったのだ
あれからのわたしは
遠く
ずいぶんと来た

いまわたしは、埼玉銀行新宿支店の白金《はっきん》のひかりをついてあるいている。ビルの破音。消えやすいその飛沫。口語の時代はさむい。葉蔭のあのぬくもりを尾けてひとたび、打ちいでてみようか見附に。

（荒川洋治「見附のみどりに」）

この詩人はたぶん若い現代詩の暗喩の意味をかえた最初の、最大の詩人である。

まずはじめに、暗喩は言葉の囲い込みの外側へ滲み出てしまったとわたしにはおもえる。わたしもひとびととおなじように、暗喩が言葉の外へ滲み出してしまったあとの光景に、不服をもたないことはない。ただあくまでも滲みだしたあとの光景であり、この詩人には責任はない。時代の光景が日常性いがいのものを非本質として卻けてしまった責任なのだ。この詩人以後わたしたちは、暗喩を言葉の技術の次元から解放するひとつの様式を獲得したことになる。言葉は詩の囲いを走りでてじかに、街にとびかっている会話や騒音や歌う声のなかにまぎれ込もうとする。そういう確かな素振りをみせるようになった。すると言葉は素朴なリアルな表出にかわってゆくとかんがえるのは現在にたいする錯誤である。そうかんがえるのはポピュリズム風の理念に先行されて、現在を喪失しているのだ。詩の言葉が詩の囲いを走りでて、街のなかにとびかう言葉に交わりはじめようとするとき、言葉は超現実的な様相を呈しはじめる。それが現在ということが、詩にあたえている全体的な暗喩の意味だとおもえる。

逆行する記憶にのって江戸の濠ばた見附道を歩いている。「妹」が繁みに走り込んで、しゃがんだままさわやかな音を草の葉にたてて放尿して、駆けもどってくる。「わたし」

はそこにみえないので「妹」は佇ちまよう。わたしは草が押したおされてつけられた路をとおって、エロスの情念に沿って立ち去っている。記憶からさめるとじぶんは現在、新宿の盛り場で、寂しく寒い現在の言葉と騒音がとびかう街中におかれている。易しい口語で詩を走り出ようとする言葉。そうすればするほど表出の様式が超現実に近づいてゆく。ひと通りの意味では、この詩はそんなふうに読める。

そこで詩の言葉が記憶の逆行によって現在を超えるその部分で、全体的な暗喩を構成しているとみなすことができる。そしてこの詩のばあいでは〈葉かげにしゃがんで放尿する妹〉、〈かけもどってくるとわたしの姿がない〉という場面のイメージが、暗喩の全体性の核に当っていることがわかる。〈葉かげで放尿する妹〉というイメージが、一般的に現在を暗喩するのではない。またこの詩人の個性にひき寄せられたために、このイメージが現在を暗喩することになるのでもない。詩の暗喩という概念が、詩という囲いを走り出で、外側へ滲出してしまう勢いの全体性のなかで、はじめてこの〈葉かげで放尿する妹〉というイメージが、現在という時代の暗喩になっているのだ。わたしにはかなり鮮やかな達成のようにおもえる。言葉の高度な喩法が、言葉の囲いを走り出てそのままの姿で、街路にとびかう騒音や歌声や風俗に混じろうとする姿勢を、この詩に象徴される作品がはじめてやってみせている。それからどうするのだなどと問うても意味をなさない。

何となくとうとうやりはじめたなという解放感をおぼえるだけだ。

こういう全体的な暗喩が、詩が現在を超えようとするときの徴候であることは、言葉が街路にありながら、暗喩が詩の言葉の囲いのなかに閉じこめられた状態を想定してみればよい。そのような同種の詩はあるのだ。すぐれた詩は数すくないとしても、いわば普遍的な徴候としては無数に潜在して、現在を形づくっている。

あぶな坂を越えたところに
あたしは住んでいる
坂を越えてくる人たちは
みんな　けがをしてくる
橋をこわした
おまえのせいと
口をそろえて
なじるけど
遠いふるさとで
傷ついた言いわけに
坂を落ちてくるのが
ここからは見える

（中島みゆき「あぶな坂」）

いうまでもなくこの詩では「遠いふるさと」というのが、全体的な暗喩にあたってい る。だがこの全体的という概念はこの一篇の詩の全体を覆うという意味をあまり出ない。もっともこの評価はメロディやリズムや音声の参加をカッコに入れてのことで、それらが参加して、言葉を詩の外へ、現代という時代の現在のなかへ連れ出しているのだ。言葉だけでは、たぶん言葉の囲いを出られない暗喩である。それが「遠いふるさと」という表現が、やや奇異で甘いと感じられる理由ともいえる。さきの〈葉かげで放尿する妹〉というイメージも、詩人にとって「遠いふるさと」である江戸時代になぞらえられたイメージである。だがこのイメージは、詩の言葉の囲いを超えて、**現在**というこの暗喩の全体性に参画している。

詩語論

じしんの詩的な体験から云ってみれば〈現在〉が現在にはいるにつれ、いつの間にかいままでの詩法にひっかかる現実がどこにも見あたらない。そういう思いにたどりついた。それでもじぶんの詩法に固執すると、どうも虚偽、自己欺瞞の意識がつきまとう。じぶんの詩法でひっ掻ける世界が、実際どこにもなくなったのに、無理にひっ掻く所作の姿勢をつくることに、空虚さをおぼえてくる。これはじぶんの詩そのものが、現実から浮かされてしまったことなのだ。わたしは卻いて詩を固有の内的な窪地の営為にきりかえるか、あらたな詩の姿勢を模索するほかない。これはかなりかた苦しい考え方である。わたしはわたしを抜け出すこともできるし、べつの通路に出現することもできるはずだ。おまけにこの詩的な行き詰りは、ぜんぶ現実のせいにするわけにいかない。わたし自身が詩的な理念とモチーフを持ちこたえられなくなったにすぎないのかもしれぬ。ほんとはここのところで詩的な営為は中止さるべきなのだ。詩的な体験、詩語の現在との背離ということは、それ自体大切なテーマでありうる。その折にどう振舞うかも重要なテーマになりうる。言葉が世界からやってきて、それをどう受けとめ、どう振舞うかには、いわば不可避の契機ともいうべきものが加担しているはずなのだ。個々の存在がどうなるのかとおなじように、言葉はいったいどうなるのか。それを定めるものが主体にかかわらない側面が、確実にあるとおもえる。じぶんの体験だけをいえば、こういうとき、姿勢をつくることの空虚さというモチーフは、しつっこく固執されたほうがいいのだ。いままでの姿勢を固執するのではなく、その姿勢の空虚さに固執するということだ。

この詩的な体験の空虚さはどこからくるのか？　じぶん自身からか、それとも世界からか？　それとも詩の言葉にやってくる世界を、じしんが誤解しているところからか？　もうひとつある。詩語自体が空しい振舞い方をするからか？　内省的には最後の二つの問いがひとまず不毛さの回避につながる。そうといえないまでも空虚や不毛に詩的に固執することへの根拠をしめしてくれるようにおもえる。

わたしたちが**言葉の世界**というとき、この世界という概念にはひとつの全体性といっしょに完備性、それだけで閉じた存在の概念が含まれている。言葉の世界などという世界はありうるのか。そのなかに領土もあれば国境や工場も商店を含む街路もあるというように存在しうるか。そしてその世界は、**事実の世界**とはまったく別個にあり、事実の世界との対応や類推やコピイを使わずに、独立した輪郭や意味概念を産出できるのか。それができれば事実の世界を喪った詩的な体験は、まったく別次元の言葉の世界へ転入することができるはずだ。またじしんの体験にそっていえば、ひとつの時期、このありえないかもしれないテーマは、わたしにとっては大まじめに存在するかという問いは、それだけでは無意味にちかい。

言葉の世界が完備された世界として存在するかという問いは、すぐに指定できそうにおもえる。ただ言葉が完璧な世界として存在できる必須な条件は、たえず遠ざかるように行使すること。言葉を、それが指示しそうな実在物や事実から、たえず遠ざかるように行使すること。またおなじことだが言葉の秩序が事実の世界の意味の流れをつくりそうになったら、たえずその流れに逆らいつづけることである。抵抗物を言葉でつくりあげて意味の流れを堰きとめ、それでも溢れでてくればその流れをまた言葉の抵抗物で堰きとめる。そんな過程をどこまでも繰返しつづけることだ。

何のためそんなことをしなくてはいけないのか？　詩的な体験が事実の世界をひっ掻けなくなったから、言葉の世界へ逃亡してきたのだ、そして逃亡してきた場所だから、できるだけ完璧な世界だということが望ましいだけだ。そういえばいちおうの答えにはなる。そしてこの答えにはひとつの現実的な条件が加担しているようにおもえる。

現在わたしたちが〈世界〉という言葉を発することで喚び起こされるイメージと、事実の世界をくまなく体験し歩いて認知した〈世界〉の姿とは、あたうかぎり同等なものに近づいてきている。その根底には言葉や映像の伝播の規模と速度が、ほとんど瞬時に世界の全体性をつなぐという日常的な体験が横たわっている。そこではもはや世界という言葉は、世界という事実と等価でありうるのではないか。わたしが詩的な体験の力で、事実の世界から言葉だけで閉じられた世界へ移っても、これだけの条件があれば同等なのだ。だがこれは、言葉の世界の完結性をたんに現在の時代的な構造に還元しただけの根拠だ。わたし自身のつまらぬ詩的な体験をたすけてはくれるかもしれぬが、一見するとたしからしくみえるだけだ。もっと悪いいい方をするとわたしの詩的な逃亡をたすけている消極的な理由づけにすぎないかもしれぬ。

わたしたちの周辺にも、本来的な意味で、言葉の世界以外に世界は存在するはずがないという識知を固執して、なかなか難かしい詩的な営為をつづけている詩人はいる。それらの詩人たちには、外在的な根拠づけははじめから意味をなさないだろう。言葉は世界からくるものだから言葉の世界いがいに世界はありえない。そういうよりも言葉となる世界によって人間は世界になる。

この世界は詩的な体験にやってくるかぎり、内在的でもなければ外在的でもない。また条件的ですらない。言葉が存在しうるときにだけ存在しうる人間とだけ共存する世界なのだ。わたしたちは以前にはこの世界の存在を、現在ほどに徹底的には認知できなかった。そこでは言葉は事実の世界から産みだされて事実の世界にかえるものとみなして大過なかった。いまでもそうにはちがいない。ただげんみつにいうと事実の世界に流れている〈意味〉に抗うときにだけ存在を垣間見せる世界があって、その世界はもしかすると言葉を不在という本質から統御しているかもしれない。そういう世界が、すっかり視えるようになってきたのだ。その世界はうれしそうな表情をつくる器官をもってないが、いったん捉えた詩人たちをた易く手ばなすとはおもえない。

しなやかな涸渇を
深く植える指の
秘に呼び招く地下茎を鳥々は砕いている。
いっしんな風が刷る
壁画の遠くから
はしごをのぼりつめてくる沼がある。
おまえは沼の、その緻密の斜光のように
被罪者。
耀かしい、罪の生誕と
乱雑な処刑に耐える森を読もうとも
苦く採り集めた、紙片の部屋は
襲われるのである。

母を脱ぐ。
わたくしのような虫たちの
出逢う。
ひらかれてここに、
壁から沼へ
わたくしの追っている
骨の道程、くもる
天啓の
斜傾、飢餓は
図のような間接項わたくしを
散らして、かわく。
（あるいはひとこと
わたくしの飢餓は渇けといえば渇くその
表記の、訓のこだわり）

（『償われた者の伝記のために　稲川方人詩集』より「しなやかな涸渇を」「母を脱ぐ」）

わたしたちは現在、こういった詩的な営為を、往古の呪詞や諺とおなじものみたいに読むことができる。往古では呪詞や諺をのべたり、また解読したりできるものが、言葉のとびかうこの世界を司るものだった。また言葉は神からでて人間にいたる直列した秩序をもっていたから、人びとは意味の流れをたどれなくとも、それをよく理解した。その理解の形式はいわば個を超えて溢れる部分での理解であった。言葉の秩序、そこにあたえられた詩的な組成がどうかを理解したというよりも、無意識を産みだしている言葉の部分が共有された。こういう詩にたいするわたしたちの理解の場所も、往古の人びとの場所とさして変らない。わたしたちは世界の分離が実現されるのを、こういう詩に読んでいる。

こういう詩は、通常の意味がつくられ流れてゆくのを、つぎつぎにさまたげるように言葉がおかれている。しかも繰りだされてくる言葉は、その〈語音〉〈象形性〉〈概念〉などについてとくべつに思いいれが刻みこまれている。はじめの詩章ではかすかに、部屋のなかにおかれた一枚の画布のイメージが浮かんでくるが、それはこの詩に望まれたモチーフにはかかわりない。むしろその画布のイメージから脱出しようとしてこの詩はつくられている。意味の流れを、言葉を抵抗物として布置してさまたげようと、つぎつぎに抵抗となる言葉を繰りだしてゆく作業は、事実の世界での行路難に似ている。行きくれるとか行き悩んでしか世界の通路がたしかめられないとおなじように、言葉の世界が言葉を抵抗物として繰りだすことによって、たしかめられようとしている。こういう詩的な営為は、抜け道のない、そしてどこまでいっても達成感や安息感のやってこない果てしない作業におもえてくる。詩は意味を結ぼうとする言葉の意図と、意味を結ぶまいとして繰りだされる意外な言葉との角逐であり、また和解にならない和解であり、またあるばあいには混融になっている。わたしたちは言葉が使われるにつれて、言葉の〈概念〉や〈音韻〉や文字の〈象形〉が、長短の波長や周波数の高低になって、すこし流れたり渋滞したりしながら、繰りひろげられるのを感受する。そのあいだに瞬時に垣間見られる世界の匂いが、詩によってもとめられているものなのだ。

ふつうの心づもりでは、この詩から意味をうけとることもなければ、価値に高められる情念を感受するのでもない。むしろ口ごもり、吃音を発しおわってしばらく流れては、意外な言葉に堰きとめられてまた澱むという苦しそうな渋滞感を全体性として印象づけられる。そして印象のあいだから意味づけられない長短強弱の波長や韻がかすかな音楽のようによりそってくるのを感ずる。それがたぶんこれらの詩を読んだことだとおもわれてくる。ようするにわたしたちは、ふつうの言葉の意味の流れから遠ざけられる作用こそが、詩の作用のはじまりだという場所に連れてゆかれる。詩人によって詩のなかに註記された註解（あるいはひとこと　わたくしの飢餓は渇けといえば渇くその　表記の、訓のこだわり）は自己省察に属していて大切な意味をもつようにおもえる。〈渇く〉と云えばほんとうに〈渇く〉ということが実現するという、言葉の世界と事実の世界との等価が宣明されるその場所に、〈訓のこだわり〉があることがいわれているからだ。

引用したのは長篇のふたつの任意の詩章にあたっている。起章も終末も定かでないし、また定かなことが必要でもない。いわばその中有の場面がこの詩の場面にあたっている。下放する流れではなく、堰きとめられる流れによって、概念の壁画が描かれているのだ。だが現在これだけ持続の難かしい呪詞の説話性を、虚空の村里に語りつづけている詩人はあまりみつけだすことができない。

7　硬い殻に護られて、ただ眠りゆくばかりの戦い。それはあのいじらしい石果にとってだけではない。高層ビルの避難階段を一列に螺旋を巻いて降りていく、果敢な蝸牛の軍団でさえ、ひたむきに、寝息を曳いて。

8　氷を荷造りする思いがつづいている。なにを書き送ろうとしても、宛て名まで溶ける。届いたとしたところで、そのひとが消えるだろう。

9　姦しい靴裏の星どものために、霜柱で薄化粧する道こそは妹。耕せば姿見ほどの扉を抜けて、自分の髪のひろがりに逆らい、一所懸命立ちあがってくる。地底をゆく獣が見あげるはずの、それは「狂ってる月」。

36
残暑お見舞。やどり木と戦って暮した夏休みも、遅刻すれすれに逝ってしまった。窓辺ではどうしても言葉の未来へ想像が過ぎるので、頬杖で、想像への嫉妬を叩いています。この街の感情も言語のパルスに過ぎません。早い朽ち葉を送りました。では、きみのキ印の燔祭まで。

（平出隆『胡桃の戦意のために』）

ここにある世界は、事実の世界の像を基層において、その表面から隔てられた言葉の世界が重ねあわされている。そしてふたつの世界のアマルガムが作りだされる。ここでは事実の世界の意味の流れを堰きとめる作業はいらなくなっている。なぜならその意味の流れを、まったくべつの完備された言葉だけからできた世界の軌道に移しかえて、そのままスムーズに流露させる方法がとられているからだ。いわば事実の世界の血液型を、完備された言葉の世界の静脈に輸血することで、あの抵抗物で堰きとめ、また言葉を抵抗物として繰りだすといった意味の切断を、ふたたびスムーズに脈流させている。

この作業にはどんな意味があるのか？　すくなくとも完備された言葉の世界の内部で、安息感も達成感もた易くえられない言語相互の蝸牛角上の格闘、その苦渋からは自他ともに解放されることになっている。それが言葉による言葉の抵抗をつくる効果を失わずに遂行される。だがそれまで遠ざけられていた事実の世界の意味を、相対物として招き寄せることにはなっている。引用の7では〈高層ビルの避難階段を這ってゆく蝸牛〉、8では〈小包の郵便物〉、9では〈靴の裏の円鋲〉、36では〈残暑見舞の封書〉。これが事実の世界から招きよせられた素子である。この素子はこの詩の成立のために、これ以上砕くことができない、既成の物体なのだ。そのためこれらの作品はこの詩人にとっても詩法の質を変容させた世界になっている。

つぎに事実の世界から借りてこられたこれらの素子が、あるひとつの世界〈言葉がそこから降りてくると信じられる世界〉から鳥瞰されたり俯瞰されたりする。するとその事実の素子はおもいもかけない意味や形象を与えられることになる。〈蝸牛〉はとじこもって眠るばかりの寝息をひきずって移動する軍団になり、〈小包の郵便物〉は宛名も溶け、受取人も溶け、荷造り自体も崩壊するかもしれない氷の小包、つまり事実の消去のイメージに変わり、靴の裏の鋲は地底の獣からみられた「月」になり、残暑見舞の封書は言葉の世界の完結性を暗示する風景に転化される。そして全体的に得られた効果というべきものがあるとすれば、世界視線のあたらしい獲得にあたっている。

こういう詩片からみられるものは、事実の世界の像は、それとまったく異次元に隔絶された言葉の世界の像によって重ねあわせることができるか、という命題の実現にあたっている。事実の世界のありふれた物象の動きに、まるで別の世界からやってきたような言葉の世界の像が被覆される。すると思いもかけないようなイメージの空間が、いわば戦略的に実現される。つまりは政治社会的な空間の占拠にひとしいのだが、それを横ざまに実現してしまっている。事実の世界の像に陣取っているのは、ひとつの制度的な旗幟なのだ。これと角逐するにはいつの間にか、それをまったく異質の世界の像で被覆してしまうより、戦いようがない。それはこれらの詩と詩人たちが、わたしたちに示唆した方法である。わたしたちはたぶん巧くやれないだろうが、たくさんのことをここから学ぶことはできそうにおもえる。

（新宿まで歩こうとして、道がわからなくなり、坂道の石段の下のところに食堂があったので、そこに入った。メニューをもってきた女の子が、睡気の「私」を衝立のかげで脱がし、じぶんもスカートを引きあげて横になった。その後、）

こうなってはこれ以上どんなに歩きつづけたところで新宿にたどりつけるわけはないし夜が明けるはずもない。だからといって後戻りすることは基本的に不可能でありこれは念頭にもうかばなかったから、さしあたって私としては出てきた料理を食いすすむしかなかった。それにしてもこんな料理を私は注文したのか。第一、さっき何か具体的に注文したりしただろうか。そんな疑問はおくびにも出せぬまま私は臭く濁った魚のスープを飲み、次にまた輪をかけて臭い名も知らぬ獣の臓物の玉葱煮へと食い入った。先程の女はまったく女給らしからぬ濃艶な化粧とドレスに着かえてきてしばらく私の傍に逆光を浴びて化物じみたかたちで座していたが、私の食事が進むにつれていよいよ黒々と羊羹のように闇に同化しながらその目と口とはいよいよらんらんと輝き出し、私の食事が終れば次は彼女の食事に私自身が供されるらしいことはいよいよ確実に思われたが、なぜか私は逆にあわてず恐れず、指についたソースをなめながら、徐々に巨大な影となって食堂を内側からおおっていくのだった。

（天沢退二郎「氷川様まで」）

この詩はなにをしようとしているのか。あるいはなにをしてしまったのか。ふたつの要因がふくまれているようにみえる。

(1)は言葉だけの世界で、ほとんど唯一の前提された主題である言葉による言葉への抵抗素の構築、意味の流れの堰とめ、そういう作業を詩的な営みにするのをやめたので、散文形をとるようになった。いいかえれば、言葉によって言葉だけの世界に意味が流れるのをじぶんに認めた。その根拠はこの詩人によってうまく示されていない。言葉の世界を閉じた完備空間とみなすかぎり、ふつう事実の世界で通用してしまう意味の流れは、できるだけ堰きとめられるべきだ。だがこの作業はいかにもしんどい安息のない不毛な思いにさいなまれる。こんな嫌悪があったせいか、あるいは瑣末におもえてきたのか。

またもしかするとあたらしい詩のモチーフがつけ加えられたためか。この詩人の作品からはよくわからない。いずれにしても散文形の意義はただひとつ、意味の流れの堰とめ作業を、言葉の内部で棄てるということだ。

⑵には、この散文形の本来的なモチーフは、この詩人にとってなにかということだ。ひと口に要約すれば、世界のむこう側から（あるいは世界の側から）やってくる言葉をどう捕捉するかが、この詩人の詩的モチーフに喰い込んできたことのようにみえる。世界のむこう側からというのは、来世からといっても前世からといっても、異空間からといってもおなじことだ。詩人が表現した言葉だったとしても、その言葉の本質は詩人の主体に属さない。そんな言葉によって繰りひろげられる光景はありうる。またそういう言葉が完備した世界をつくることはありうる。この詩人はその謎に憑かれはじめたのではないか。この詩でいえば、注文したかどうかも定かでないのにだされた「臭く濁った魚のスープ」や「輪をかけて臭い名も知らぬ獣の臓物の玉葱煮」は、その世界からやってきた言葉の謎の暗喩になっている。それは、有無をいわずに「飲み」または「食い入」るほかないことで、主体がかかわれない世界の方からやってきた言葉を象徴する。また「女給らしからぬ濃艶な化粧とドレスに着かえてきて」「私」の身体を食事に供しようと待ちかまえた「女」もまた、世界のあちらからやってきた言葉を暗喩する光景にあたっている。この詩人の散文詩形は、いつも世界のむこう側からやってくる言葉の出現（光

景の出現）に関心をもち、惹きつけられ、それに憑かれた表現につきあたっておわる。そんな出現に出あうまでは、どれほど冗長でも散文形は順序を踏まなくてはならない。失敗すれば他者を惹き込む力と必然がないまま、表出は強行される。わたしにはこの詩人の内心のモチーフほどに、詩は巧くいっているとはおもえないが、たぶん力量の不足によるのではない。現在というものに、本質的に言葉の情欲が欠けているせいではないかとおもえてならない。恐怖でもなく、意図の偏差でもなく、世界と言葉とを他者とするような表現は可能なのか。それがこの詩人の執拗にこだわっている営為の意味だとおもえる。

かつて半世紀まえにシュルレアリストたちもまた、世界のむこうからやってきたとしかおもえない言葉の出現を期待したのではないのか。たぶんそうなのだ。ただかれらはそれをじぶんの無意識からの産出とみなした。だがこの詩人はこういう光景の出現と、その表記を、無意識の解放とかんがえていない。あたかも既視体験のように他界とか異現実からやってくる言葉、しかもこの言葉は、無意識を人工的に造ろうとする意企なしには実現されない言葉だとみなしている。

ひときれのパンがあれば
一年は生きられる

わたしは血のように濃い水であった
のめ、わたしを
日ごとにひとすくいづつ

そしてうつぶせにうかんで
たぶんきみのかおは
水中でわらっている
わたしにあづけっぱなしの
数のたりぬ犯行を

朝になるまでにはあの樹がわたしだと
指さした手から葉がこぼれおち
そして二度と両足ではあるかない

ふたつ割りのぬけがらを
巣のようにのみこんで枝がわかれ
これもやがて鳥類の痕跡

（菅谷規矩雄『神聖家族〈詩片と寓話〉』XX）

六月　きみは死なない
耳の後ろや腋の下に生えてきた黴や浅緑の草を
むしり取って飢えをしのぎ　夜になると
幻野に捨てられる小猫や嬰児たちの肉片を
噛んだり吸ったり

ついに七月　きみの怒りは錆びたナイフの形をして
朽ち果てる　誰の胃袋にも　もはや
咆哮する鉄扉はなく　火薬につながる
どんな細い針金もない
刃渡り九寸ばかりの美学なんてむなしいさ

八月　二匹の蛇のごとく
ぬるぬるした岩場を這いずりながら
燃えない肌を寄せ合い　いっそう冷えてゆく

ことばたちを　赤い油の浮く波にうたせる
それをめがけて嘴の長い黒い鳥たちが
いっせいに急降下してくる

また八月　情死から遠く
腐爛へ至る刻　海中で女はゆっくり回転し
淫らな姿勢で魚卵を排泄した

そして秋　すべての窓を閉ざし
濁った部屋のなかでふるえている
病者たちは下半身から液化しはじめる
その異臭を放つ汁はやがて街路へ流れ出す

（北川透「腐爛へ至る」）

これらの詩は比喩的にいえば、いままで挙げた詩人たちと逆に、言葉をかたく閉じてつくった世界を基層において、事実の世界の像、その意味の流れをその表面に重ねようとしている。そんなことは本来的に可能か。もしかすると粘液状の世界に、鉄のタガをはめることとおなじなのではないか。だがそう問うても意味をなさない。これらの詩人たちにとって、それが世界のむこうから強いられた営為なのだ。これらの詩で事実の世界の意味の流れが、それと隔絶した異空間の言葉の世界にも貫流したらという願望は捨てられていない。それはたぶんこれらの詩人たちが体験した〈事実の世界〉という意味が、日常の規範を超えるものだったからだとおもえる。本来的には言葉として閉じられるべき世界を、あたかも事実の世界であるかのようにみなす体験を強いられたのだ。たぶん資質的にはこれらの詩人たちは完備された言葉の世界の内側にあって、意味の流れを切断し、堰きとめ、変形させたいという欲求を高度に抱いている。だがその上に重ねあわされる事実の世界の意味の流れが、外側からこの言葉の抵抗物、澱みを押し流そうとする。いわば岸辺の堤防のほうが流動して、たたえられた水の澱み、つくられた渋滞を流し出そうとしている。この指標の逆行性が、これらの詩に倫理のレプリカを与えている。わたしはやがてこれらの詩人たちが、豊饒な空虚ともいうべき現在の前面にでたときの詩的営為をかんがえて、つきない興味をそそられる。

これらの詩の世界は、平出隆のばあいとまったく逆を志向している。内在する言葉の世界を、事実の世界の意味の流れで外装しようとする試みが、なぜ発生できるのだろうか？それがこれらの詩の現在的な意味である。この意味を詩人の個性に帰したいのなら、これらの詩人たちは詩的な体験として、事実の世界に特異な執着をもっているのだといえばたりる。ではなぜ事実の世界はそれほど執着されなければならないのか？　このテーマはわたし自身にもあてはまる気がしている。たしかなことは詩的な執着の剰余分だけが、いわば倫理の鞍部を形づくって、言葉の世界をひき戻そうとしていることだ。どこに向かってひきもどそうとしているのか。それに巧く応えられないまま、現在に直面する具合になっている。わたしのかんがえではこれらの詩人たちが、規範としてひき受けている事実の世界には、その終末と起源の像がまるで**現在**みたいな貌をして浸透しているようにみえる。そしてこの過剰性の質を問うことが、現在から強いられた詩のテーマになっている。

地勢論

現在というものの姿は、等高線をいわば差異線として地勢図を拡げている時間の姿みたいなものだ。時間は天空に上昇することもできないし、地に潜下することもできない。ただ地表を波紋のように這ってゆく。ここでは時間は標高のようなものを同一性で囲うことでしか差異をつくれない。だが絶対的地勢ともいうべきものは、時間を排除して、いわば地形としてすでに自然から造られてしまっている。このすでに造られた絶対的な地勢と、現在がつくりつつある地勢図とのあいだの空隙が、いわば文学の言葉がつくれるはずの暗喩の空間なのだ。等高線で画定されてゆく地形は、わたしたちの絶対的地勢のうえでは基本的にはふたつしかない。(1)、眼のまえに海をひらいては、うしろに低い山並みがひかえた低地に、ほぼ真ん中を区切るように河が流れていて、ひとりでに海に注ぐようになっている。(2)、幾重にも重畳された低い山のうねりに四周を囲まれた盆地状の平地で、せまい谷あいを介して他の土地とつながっている。谷あいは渓谷になって水が流れているばあいもあれば、ただつづら折りになって谷の中腹を通っている杣路だけが、ほかの土地への通路であるばあいもある。

このふたつの地勢のちがいは図表にあらわされる。ふたつは海や河の流線の勢いで別の土地に連結しているか、あるいは細い点線を徒歩でたどることで、他の土地につながっているか。このふたつの差異として描けばよい。このふたつの基本的な差異を、文学の言葉がつくる暗喩としてうけとるとすれば、ひとつは類似した型の物語の世界が、つぎつぎに連結されて繰返される世界が想定され、もうひとつは枠組の不確かな物語の流れが、つぎつぎに漂ってゆく世界が想定されよう。そしてこのどちらのばあいも、思惟が重層されてある構築物がつくられる世界を想定することはできない。思惟が重層してひとつの世界に集中するためには、おなじ地勢にいくつかの異種の流れがつぎつぎに注ぎこんで、せめぎあい〈分離〉と〈集合〉を繰返す場面が想定できなければならない。だがこれはわたしたちの地勢図からとうていできそうにないものだ。わたしたちの絶対地勢に流れこんできた異種の流れは、たかだかふたつまたは三つをかんがえればよい。しかもこれはただ表層と基層のように誰にも〈剝離〉できるか、またはた易く〈融合〉してしまう差異でしかない。わたしたちの物語が、地勢図のどの中心をえらんでも、重層的構築よりも単層あるいは複層の地勢の拡大となってあらわれ、同一の要素の円環体や連結体となってゆくのはこの暗喩の空間の性質のためだとみなすことができる。いまみてみたいのは、伝統的な物語の特質ということではない。またその特質が地勢図のように拡がる類型ということでもない。この地勢図を暗喩としてみたばあい、この暗喩が何に対応できるか見積りたいだけだ。これが確定できれば、現在がつくりだした文学作品の地勢図をふたつまたは三つの要素に解きほぐす鍵が与えられるかもしれない。一般に〈歴史〉または〈時間〉とみなされているものが、言葉の地勢図の拡がりに〈変換〉してゆくとき〈変換〉の恒等式ともいうべきものが何を指すか見きわめたいのだ。この恒等式は、物語の世界の同一性がどこの範囲までに画定されるべきかを明示してくれるはずだ。

いま任意の古い物語の書き出しをいくつか並べてみる。

今は昔、竹取の翁と言ふもの有けり。野山にまじりて竹を取りつつ、万《よろづ》の事に使ひけり。

（『竹取物語』冒頭）

むかし、をとこ、うひかうぶりして、ならの京、かすがのさとに、しるよしして、かりにいにけり。そのさとに、いとなまめいたるをんなはらから、すみけり。

（『伊勢物語』冒頭）

今は昔、中納言なる人の、女あまた持給へる坐《おは》しき。大君、中の君には壻どりして、西の対、東の対に、花々として住ませ奉り給ふに、三四の君に、裳著せ奉り給はむとて、かしづきそし給ふ。

（『落窪物語』冒頭）

少年の春は惜しめども留まらぬものなりければ、弥生の二十日余りにもなりぬ。御前の木立なにとなく青み渡りて木暗きなかに、中島の藤は松にとのみ思はず咲きかかりて、山郭公待ち顔なるに、池の汀の八重山吹は、井手のわたりに異ならず見渡さるる、夕映のをかしさを、独り見給ふも飽かねば、

（『狭衣物語』冒頭）

こういう任意の物語の冒頭で「今は昔」とか「むかし、をとこ」とかいう定型的な発端の言葉を地勢の暗喩としてみれば、ほかのどんなことにもまして、ただひとつ、海を眼のまえにひらき、低い山並をうしろに背負って、川が海の方へ流れ貫いている村里か、まわりを重畳した山並にかこまれた盆地状の低地の村里の地勢を暗喩しているとみなされる。物語のはじめに「今は昔」とか「むかし、をとこ」とかいう言葉につきあたったとき、条里や街衢や村里の地勢がそのまま暗喩されて、作品の影絵をつくる。そのあと物語がどう展開され、どういう結末をむかえるかとはかかわりない。わたしたちは作品にはいると

き、これからひとつの地勢のなかにはいるのだ。この地勢の暗喩のすぐあとに、主人公の名告りがあげられ、説明が加えられる。するとある地勢のなかに物語の主人公となるべき人物が住んでいることを知らされる直観にみたされる。だがほんとはその逆である。この条里や街衢や村里の内部では、主人公である人物は、その性格、身分、職業、係累などが村人や市人にあまねく知りつくされている。そんな存在であることを暗喩されているのだ。あくまでも地勢に固執してみれば、これを聞き伝える別の条里や街衢や村里の人々もまた、まったく類似の主人公をじぶんたちの内部にもっていることさえも前提とされる。そしてその前提を暗黙のうちにふまえていることが暗喩になっている。

ここで『狭衣』の冒頭は、ひとつだけちがって、いきなり「少年の春は惜しめども留まらぬものなりければ」という言葉にはじまっている。これを地勢の暗喩として読めば、すでにこの『物語』の舞台になった条里や街衢や村里は、別の条里や街衢や村里から縦横に自在に人々が流入し、また流出していることを暗喩している。ふつうの意味でいえば『狭衣』はほかの『物語』よりも後代に書かれているために、語りの定型がすでに破られている。そう理解される。だが地勢図からいえばこの〈時間〉の距りの意味は地勢に加えられた〈時間〉の累層性に変換される。おなじ地勢のうえにおこった景観の変化と推移の暗喩が「少年の春は惜しめども」という冒頭の言葉の意味になる。

現在わたしたちは、これらの物語類とそれほど変らない地勢図をまえに、考古学的な地層のように、まったくの変貌を重ねつづけた景観に立って文学作品をみている。地勢の条里も街衢も村里もあるにはあるが、意識の囲いはすべてなくなっている。なくなっているという意識ですらなくなって、白けはてた空虚のなかにいる。そこで〈現在〉という意味をいちばん尖鋭な地勢の暗喩でとらえるとすれば、「今は昔」や「むかし、をとこ」に該当するような、どんな変換式もありえない。すでに意識の地勢の束は立方体状の截線に区画されて、無執着に自在に流入し流出するだけになっているからだ。意識の山並も海も河川も個性のある特異な貌だちなどもっていない。人工的な直線や曲線でえぐられたり、突出したりする領域に類別されているだけだ。こんな現在の地勢図の圏内では尖鋭的であろうとすればするほど、物語は構築性を解体するほかない。山峡の点線の道を徒歩で運ばれたり、村落の出口から海流にのって運ばれたりするまでは、たたえられ閉じられている地勢の内部だからこそ物語は醱酵し、口承の端にのぼり、やがて流布されてゆくのだ。だが現在、閉じられたたえられ、物語を溜めておくような意識の地勢はとくに大都市ではありえない。また物語を醱酵させ潤色するような個性の貌も、集合的な共同性の貌もどこにも見あたらない。それにもかかわらず異種の流入口からさまざまな言葉が入り込んでは角逐し、融合しきれなかったものは流出してゆくといった特質もはっきりと形をもっているわけではない。ここでは地勢図は拡大されるために連環したり、連結したりするという古代からの特徴は、いまも失われているわけではない。わたしたちがすぐれて現在的な物語とみなすものは、この矛盾した特性を、ふたつながらもっているものを指している。どんな閉じられた地勢も無効であるような流出の経路をとおって、おなじ稠密さでつぎつぎに言葉の空間が拡大してゆくが、どこにも堰きとめる起伏もなく、また流れ込んでたたえられる地溝もない。発端も終末もない地勢図がかりに作られ、やがて等高線は差異線としての機能をなくしてしまう図表が予感される。そのことにはつよい現在的な関心をそそられる。動機とか志向性とかいうものは、だんだんと無効になり、ついには書くことの無動機にゆきついてしまう。わたしたちは作品と非作品のあいだにおかれて、そこに投げ出されることが、現在の作品を感ずることになるのだ。

小島信夫の長篇『別れる理由』(Ⅰ・Ⅱ・Ⅲ)はこういう現在の物語の特性をふたつとも具えた完備《コンパクト》な作品になっている。しかも稠密という意味をふくめて完備《コンパクト》な作品というべきである。この膨大な作品から物語の流れを探り出そうとしても、ほとんど見当らないといっていい。物語だけたどろうとすれば、たった十数行のうちに要約できるものだ。

主人公前田永造は大学で英文学の教師を勤めるかたわら、ホン訳を仕事にしている。永造は二人の子供をのこしてはじめの妻陽子が死んだあと、京子という後添えの妻を迎える。この後添えの妻は、別れた夫伊丹久とのあいだにできた小学生の子供康彦を、夫のもとにのこして永造のもとへやってきた。この少年康彦は母親が永造と再婚したあと、情緒の安定をなくして、たびたび家出や失踪をくりかえす。そのたびに父親の伊丹久は、別れていまは永造と結婚した京子がそそのかして、京子にあうために家出や失踪を繰返すのではないかと疑惑をもっている。だが京子は康彦をひきとる気ははじめからもっていない。じぶんと永造のあいだは康彦をひきとって同居すれば、ひと筋縄ではいかなくなるとおもっているからだ。永造は逆に康彦が家出や失踪をするたびに、前夫からは康彦をそそのかしているのではないかと疑われ、また妻の京子が情緒が不安定に陥るのをおもい、康彦をひきとって、じぶんの先妻陽子とのあいだにできた二人の子供と一緒に育てたほうがいいとかんがえている。

膨大にふくらんだ三巻の作品『別れる理由』で物語としての謎は、この影のようにしか登場しないで、たびたび家出や失踪を繰返す後添えの妻京子が先夫のところにおいてきた康彦という少年の存在感におかれている。あとは永造の死んだ先妻陽子とそのあいだに生れた二人の子供、先妻が存命中から永造と肉体関係があり、現在もつづいている幼馴染の人妻会沢恵子、伊丹の後添えになっている百合子、京子の友人山上絹子、康彦の担任の女教師野上など、永造の家庭をめぐる人々の葛きあう関係が、永造の勤務先の大学の紛争とか、永造のアメリカ滞在の挿話などを背景にまじえて描きだされる。

この作品の特性は永造夫婦をめぐる家族を中心においた交際圏の微細構造を、地勢図のように熱心に描きこんでゆく姿勢のなかにある。厚い眼鏡をかけて顔を紙台のうえにくっつけるようにかがみ込みながら、ちびた筆をなめなめ等高線を描きこみ、関係線を自在に引きまわす人物の姿勢が、作品や作者にとって本質的な意味をもっている。こんな思考のめぐらしかたを夫婦や親や交際圏のひとびとに働らかす夫の人物像を想像すると、戦慄するほかないとおもえるような、緻密な意識の拡大の仕方が浮びあがってくる。

（妻京子が朝ベッドの中ですすり泣いていることがときどきある）

彼女のすすり泣きがしばらくつづいてから、彼はああ子供のことで泣いているのか、と気がついた。

「どうせ気になるのなら、この家へ連れてくるのがいいかもしれないよ」

と彼は京子の様子をさぐりながらいった。京子との間に水々しい感情をもち続けるのに、その子供が入りこんでくることが望ましいという計算が成立つようだ。その子供のことで、彼に気兼ねしながら、甲斐々々しく動きまわったり、彼にすまなさそうに相談をもちかけてくるに違いない。彼女に愛情をかけるのに、子供を通した方が、ずっとやり易いということもあるのだ、と思った。そのとき子供に憎しみを感じたとしても、それはそれでいい。憎しみを抑えて、まあ出来る限り子供のために骨折ってやるということは、それだけ京子に尽してやったことになって、生甲斐を感じることになろう。もし京子が気がつかなければ、心の中に秘めておくということは、それもまた楽しいことではないか。それを死ぬまで運んで行くというのも悪くはない。

「子供は連れてきません」

と京子はうつむいて考えこみながらいった。

「私はやっぱり自分が幸福になりたいんです」

とあとで京子はベッドの中でいった。「そのためには、子供は邪魔になるわ。子供がくれば、きっとうまく行かない。私が駄目になる。私の毎日が苦しい」

その言い方をきいて、彼は、前の妻の同じような思いをこめた真面目な言い方に似ていると思った。

（小島信夫『別れる理由』I）

主人公の永造の意識のまわし方の特徴は、ひとくちに稠密で抜けみちのない、そしてどこまでも等密度で拡がってゆく低地の地勢の描き込みにもおもえる。起承も転結もないし、起伏や増減もなくおなじ稠密さで拡大してゆく。つまり妻京子とのあいだだけでなく、登場してくる人物のすべてにたいして、永造の意識がまつわってゆく仕方は、やりきれないほど果てしなく、微細に稠密におなじ濃さでつづくだろうと想像させる。なぜそうなってゆくとおもえるのか。永造がそういう資質や性格をもっているから、すべての他者との関係を鳥もちのように粘着する地勢パターンにかえてしまうということなのか。作者はすくなくとも主人公永造の造形にあたってそうかんがえてはいない。永造のこころのなかでは、家族や近隣関係にもう物語は創りだせなくなっている。永造のこころのなかを吹き抜けて、かれの内面をばらばらにこわしているのは、現在という巨大なシステムのデーモンなのだ。永造の意識は、どこまでもつづく等密度の人間関係のパターンを紡ぎだせはするが、発端があり、生活の盛り上りがあり、そしてハピイあるいはアンハピイな結末があるといった物語を、家族のあいだでも交際圏のなかでもつくりあげられなくなっている。作者はもちろんそんなふうに、現在に吹き抜けられた永造を造形しているのだ。

いま逆に、主人公の永造と妻の京子、ふたりをめぐる人々のあいだに起承と転結のある物語が可能だとしたら、いったいどんな物語になるのだろうか？　たとえてみれば永造が、専門にしているとしばしば作品中で言及されているシェイクスピア劇でいえば『オセロウ』のなかのオセロウと妻デズデモウナのあいだに起る悲劇のようにか、『マクベス』のなかのマクベスとマクベス夫人のあいだの悲劇のようにか、物語は進行するはずだ。

オセロウの悲劇は、妻のデズデモウナが疑う余地もないほどじぶんを愛していることを知りながらも、美貌で社交的で、話し上手で歌も音楽も踊りも巧みな、魅力的なデズデモウナが、じぶん以外の男たちにとっても、じぶんが感じるとおなじように魅力のある女性にちがいないことを、潜在的な意識のどこかで承認できないことに根ざしている。ムーア人であることに劣等感をもったオセロウにとっては、妻の眼にじぶんが魅力的に映ったからこそ、妻はじぶんを選んだにちがいないと信ずるほかに、どんな男にも魅力があるはずの妻デズデモウナを信ずる根拠はない。そしてそこをイアゴウにつかれ、誠実な部下の美貌なキャッシオウと妻とのあいだの関係をざん言されて、妻を殺害してしまう。では妻デズデモウナの悲劇はなんなのか。無意識に〈女性的〉であることのほかにデズデモウナには悲劇の誘因はないはずである。夫の部下のキャッシオウは、かつて結婚を申込んできたムーア人オセロウの悪口をいって拒否的な態度をとったじぶんに、夫の肩をもち夫の弁護をしたほど夫にとって誠実な人間である。この部下がざん言で卻けられているのを復職させるために、どんなに強く夫に迫ってもいいと無邪気にかんがえて、そう振舞っている。この何気ないデズデモウナの振舞いのなかに無意識の〈女性的〉なものが表出される。それは女性がもっている内在的な選択性のない「普遍的な受容性」ともいうべきものだ。デズデモウナにイアゴウのつけ入るすきがあるとすればこの無意識に〈女性的〉なもの以外にはない。デズデモウナが悲劇を誘発するのもこの個所である。

マクベスとマクベス夫人の悲劇は、はるかに野太く単純なものにおもえる。コーダ領主になったマクベスのこころに、まだ野心がのこっているとすれば、ダンカン王にかわってスコットランド国王になれたらという、かすかな望みのようなものだ。マクベス夫人はダンカン王を謀殺してマクベスを国王の地位につけ、じぶんを王妃として権力と欲望を遂げようとする悪心を抱いて、夫をそそのかす役割を果している。この野望を遂げるためにじぶんのなかに、自然な憐みの情や女性としての優しさなどひとかけらもない残酷なこころをもてるようにと悪霊たちに願う。ダンカン王を謀殺したあとのマクベスは、不眠に悩まされ、亡霊にさいなまれて錯乱する。マクベス夫人も目的を遂げてみると、ただ不安におののきながらのよろこびがつきまとうだけで、なにひとつ望みをとげた達成感がともなわない。夫のマクベスの不安と錯乱をただまねき寄せただけだ。マクベスは自分の地位を維持するために、マクベス夫人を超えて、つぎつぎにじぶんを脅やかすダンカン王の一族や家臣を謀殺しようと思いたち、実行する。マクベスとマクベス夫人には、あとは死の悲劇がのこされるだけになる。

いったい永造と妻京子のあいだに、またフラッシュバックのように、作品の回想場面に登場する永造と死んだ先妻陽子とのあいだに、オセロウとオセロウ夫人、マクベスとマクベス夫人になぞらえられるどんな悲劇がありうるのだろうか? また悲劇がありうるとして、それはどこで防ぎ止められて、〈別れない理由〉になっているのだろうか?

妻の京子にマクベス夫人のような不安があるとすれば、子供の康彦を先夫の伊丹のところにのこして永造のところに再婚してきたことだ。康彦はそのために家出や失踪を繰り返して、たえずその影を京子と永造一家の生活に落しかける。そういう不安ばかりではない。康彦をのこしたまま永造の愛を獲ようとしているじぶんの不安が、同じ部屋で夫と一緒に寝るのでなければ居たたまれないほど不安定にしている。また一週間とひとりでいることができないし、路上で永造が行きずりの女に視線をあてることすら許しがたいと感じさせている。永造にマクベスのような不安があるとすれば、こういう不安定な情緒をもった後添えの京子と、京子が引きずっている係累の人々との関係を、たえず抱えこみながら日常生活を繰り返さなくてはならないことである。すこしでも均衡をとり損なえば、この新しい夫婦関係はいつでも崩壊する契機をかかえている。京子と先夫伊丹のあいだの子康彦は不気味な影を絶えず夫婦に投げかけ、また影のような存在として伊丹の家をとび出して家出や失踪を繰り返しては、いつ永造夫婦を瓦解させる爆発物になるかもしれない存在である。また永造と死んだ先妻陽子とのあいだの子である光子は、一人前に成長した娘の眼で、死んだ母親陽子とちがった振舞いをするときの京子を、亡母やじぶんや父親の在り方を脅やかす強迫のように感じている。京子がテキパキと家のなかを片附ければ、片附けなどゆっくり休息しながらやっていた死んだ母親の習慣をおもいおこして反撥する。もしかすると永造と京子のあいだの生活を、死んだ先妻の眼で監視している無意識の視線になっているかもしれない。息子の啓一もまたたえず家を出たいという欲求をもって永造夫婦を脅やかす存在でありうる。

主人公永造に、マクベスのように悲劇を産出する力があったら、またたく間にどこからでも夫婦の瓦解の物語がやってくるはずだ。だが永造には悲劇を産出する性向はない。あるいはその力もないといってよい。ただ家族のあいだに働く斥力や引力を、たんねんな地勢図の等高線のパターンに置きかえてしまう資質を発揮するだけだ。

京子の感じる腹立たしさにも色々あり、光子の感じるそれにも、ことによったら彼の感じるそれにも各種ある。そういうものの間をかきわけるようにして、これからもやって行かねばならない、と彼は思ったが、必ずしも楽しくないことはない、と感じているようだった。いや、こうして小さい憤りを彼の心の中に起させ、伊丹は彼女のために彼女は伊丹のために憤り、……そうして光子は光子で、父親の彼が今は見のがしておくが、いつかそのことで、お前も反省しなければならないときが来るかもしれない。来なければ、自分がそんなようなことについてたしなめてやらねばなるまい、とそう思ったりすること、そういうことが、そのまま生きる楽しみだ、と考えるコツみたいなものが、それがエゴイスティックなものであろうと、もともと臆病をもとにしてだが、おぼえかかっていた。それがくずれたら、早々に建て直さねばならない。……

（小島信夫『別れる理由』I）

永造はじぶんが、この複雑な家族のあいだの力学の場を悲劇だとおもったとたんに、じっさいに悲劇は起ってしまうとかんがえて耐えて、とりつくろうようにしているのではない。そう作者は永造を描いてはいない。悲劇を産み出すためにはどうしても必要な意識の地勢を永造は、はじめから失っているものとして、設定している。あるいはおよそ劇的な意識は解体するだけ解体してしまった存在として描かれている。永造は楽しみやもつれる糸にたいして中性であることが、楽しみであるような意識に、じぶんを作りかえてしまっている。

読者は永造の前身ともいうべき『抱擁家族』の三輪俊介が、妻の時子が、家庭に寄宿させていたジョージと肉体関係の過失に陥って、ほとんど夫婦として解体しかけたあげく、乳癌にかかって死亡したあと、不思議なこころの働かせ方をするのを想い起す。死んだ時子の提案で引越しして間もない新築の家に、時子が死んだあと、なぜか家がガラ空きで寂しいからという理由だけで、後輩にあたるホン訳者の「山岸さん」と息子良一の友だち「木崎」を同居させてしまう。そしてはじめから予期できるように息子良一が「山岸さん」と波長が合わなくなり、良一は家を出るハメになってゆく。「抱擁家族」という意味は作者に象徴的につかわれている。家政婦みちよの妹をオンリイにしている老外人ヘンリーが、後見だというだけの青年ジョージを、家族の一員のように抱えこみ、妻時子との過失に機会をあたえる結果になることも「抱擁家族」の特質にちがいない。だがそれよりも時子が死亡したあと無造作に「山岸さん」と「木崎」を同居させるという俊介の発想が「抱擁家族」というにふさわしいようにみえる。ほんらいならば妻に死なれて、いっそう収縮し純化しなければ存続が危ういはずの家族に、主人公俊介は逆に知人たち二人を同居させ、拡大した家族に保とうとする。この俊介の発想が地勢的なのだ。俊介の家族意識は解体して地形パターンになっている。亡妻の留守をひきうけて家族の物語を再生することよりも、薄荷の香りのように関係を稀釈してしまうのだ。

（みちよから妻のジョージとの関係を告げられたあと）

俊介は時子がもどってくるのを外に出て待っていた。時子が角をまがってうつむき気味にやってくると、俊介は自分から近づいて、「ちょっと家へ入れ」といった。一刻も早く家の中に入れてしまおうと思った。時子のあとについて家へ入った俊介は、時子の背中を押してソファの上へ倒して「お前、何をした」といった。

「何よう」といいながら時子が起きあがった。これから何をいい、何をしたらいいだろう。そういうことは、どの本にも書いてはなかったし、誰にも教わったことがない。

（小島信夫『抱擁家族』）

巧まない笑いを誘われるよりほかに、妻の密通を咎めようとして「どの本にも書いてはなかったし、誰にも教わったことがない」とかんがえる俊介の感懐を読む術が読者の方にはないとおもえる。『行人』や『門』や『こころ』や『道草』の漱石なら、ここのところで『オセロウ』の終末とおなじような死のカタストロフィを描いて、一篇の悲劇を完成したかも知れぬ。なぜならば『行人』の一郎は妻への疑惑だけから、いわば一個のマユを無限の糸にときほぐすような暗いこころの劇をおびき出してみせたくらいだからだ。

思わず誘い出されたところでいえば『抱擁家族』の俊介も『別れる理由』の永造も、ほんとは漱石の作品の主人公たちに、どんな作家の創った主人公たちよりよく似ている。しかし似ていながらもっとも遠く隔っているようにおもえる。わたしはこの作家の作品に慣れていないが、この漱石との「相似の隔絶」ともいうべき特質にふかい興味をおぼえる。わたしたちが現在の知的な環境とみなしているものの奈落の深さを、この作家は操っているようにみえてくる。

（妻の乳癌が死の影をただよわせるようになったあとのこと）

俊介は妻の身体の上へ、十分に両手で自分の身体を支えながら、圧迫しないように、身体を重ねた。

ヒゲが彼のそりあげた口のあたりに食いこんできた。それは下の方の部分もおなじで、自分の毛がおしつぶされた。突起しているところが、嘗《かつ》てないほど大きくふくらんでいた。そのふくらみに彼女は堪えかねていたと見える。こんなふうに彼に愛撫されることをひとえにのぞんでいる姿は見たことがない。訴えるようで、優しくて、ほとんど泣いていた。今までの彼女は彼に応じてくるか、何かの拍子に、押しつけがましく襲いかかってきた。それが違う。テレビも、ステンレスの調理台も、家も、果さなかったが作る予定だったプールも、西洋風のタブも、背中を丸くして机によりかかって原稿用紙のマス目を埋めてきたのも、サルビアも水蓮も、みんなこのことがあたえられるためのものではなかったか。

「こういうものとは、知らなかったわ」

と時子は、三文雑誌のどこかに書いてあるようなことを口走る。

（小島信夫『抱擁家族』）

（息子の啓一との口論を永造が説明する）

そこで胸ぐらをつかむと向うも胸ぐらをつかんだ。

『白っぱくれるな』

『何にも分りゃしない。こんなことでは、何もいうこともすることも、寝ることも出来やしない。靴をぬぐことも、便所へ入ることも、アクビすることも、リビング・ルームで横になることも出来やしない。母さんがいっていた。私の部屋を通って自分の書斎へ行かれるのが、寒けがすることがあるって、女中にいっていた。それがそうなんだ。新しいママが来たら、もういいじゃないか。やり直しをしたらいいじゃないか。それともあれかい、ぼくがその邪魔をするというのか』

ああいうことをいうんだからな。こっちのことが分っているつもりなんだからな」
京子は不安そうに永造の顔を見あげ、やっぱりこの家には来るべきでなかったのかもしれない、と根本的なことを考え直そうとしているように見えた。

（小島信夫『別れる理由』Ｉ）

この場合の、俊介は漱石の主人公たちとまったく似ていない。男、女のあいだの愛情の渇望の質では似ていながら、そのあらわれはまったく似ていないようにおもえる。漱石の主人公たちの渇望の倫理は、性そのものからやってこないのに、俊介の倫理は、すべて帰するところ性的な和解と調和そのものに集約される。またこの場合の、永造は漱石の主人公たちに酷似している。息子の啓一にとっては父親は、突然どんな理由があるかもわからずに、わけもなく瞋りだし、じぶんにつっかかってくる存在である。啓一の言葉をかりれば「二階へあがってきて、ベッドに寝ているぼくに向って急にわめき出」し、父親というものは子供をびっくりさせ、恐怖させるためにこの世にいるのかとおもわせるような存在である。息子の啓一にしてみれば、父親のネクタイをちょっと拝借して、青年にありがちのずぼらから返すのを忘れていたにすぎないのに、恐怖にかられるような勢いでわめきちらされる。永造の方からいわせればアメリカの友人から贈られた最上等のネクタイを択りに択って持ちだして、使ったまま自分の部屋にほったらかして戻そうともしない、一事が万事でいわば精神をじゅうりんされたとおなじことを意味しているから、我慢がならなくなったとき、瞋りをはじめてあらわにしただけだ。この喰いちがいにおいて永造は、漱石の主人公たちにほとんど等しいところまで近づいている。永造は被害妄想の一歩手前のところでふみとどまって、孤独なために息子に通じなくなっている心にもてあつかわれている。

『別れる理由』の主人公永造と京子とのかかわりから作られた家族と、それをめぐる交際圏のひとびとの地勢図は、康彦を伊丹のところからひき取って育てるのが夫婦にとってよいことなのかどうか、またそれがよいこととしても、伊丹と百合子の夫婦が、それを許容してくれるかどうかをめぐって、もうそれ以上拡大した連結線や等高線を引くことができない。この限界がいわば永造の家族がひきうけている現在の解体した物語の命運を暗喩する限界だといってよい。永造が京子と築こうとしている家庭を、じぶんからぶち壊すかもしれないし、どんな悲劇だって起こるかもしれない。そういう事態を容認しないかぎり作者は、これ以上どんな地形パターンをつくりあげることもできない。いわば現在という解体した均衡の時間のなかで、康彦という家出や失踪癖のある影のような少年の存在を媒介にして、永造と京子、伊丹と百合子という二組の夫婦は宙吊りになったまま、均衡を続けてゆくことになる。解決もないしまた崩壊もないという状態が、地勢の拡がりの限界なのだ。そして康彦を引きとるため、仲介をはたしてくれそうな康彦の学校の女教師野上と永造が、非現実的な長い性交渉をもちながら、さまざまな空想に移行する場面を最後に、地勢図は、いわば開かれた区画線や等高線のまま中断される。

『別れる理由』という作品は、もちろんここで終ってもいいはずである。登場人物である永造夫婦や、二人をめぐる交際圏のひとびとは、誰ひとり完了感を体験することはないし、何も解決されることもない。そのかわりにかくべつ凄まじい不幸なカタストロフィが訪れることもありえない。これが現在が作者にも作中の人物にも強いている地勢図だとすれば、誰も不服をいういわれはない。

だが作者はこれだけでは不満だったようにおもえる。何よりもいくぶんか、作者自身の影を含んだ主人公前田永造にたいして不満であった。そこで作者は主人公永造を、作者自身の願望、欲求、知的な戦略のところまで現実離脱させて、自在に操ってみようと試みた。これが『別れる理由』の第Ⅱ巻と第Ⅲ巻の意味であるとおもえる。作者が作品の主人公に抱く不満は、永造が作品のなかでやってきた行動を、空想の線に連結するときに行われる軌道の修正としてあらわれる。これからは地勢図のうえに描かれた等高線や区画線を、空想図のうえに投影させることが作品のモチーフに変っているといえよう。

永造は人妻である会沢恵子という幼馴染と、作品のなかで肉体関係をつづけてきた。この永造の体験は空想のなかで、女性の肉体を愛撫し、どこをどうあつかえば性的に快楽をあたえうるかを熟知したエキスパートのようにじぶんを昇華させることになる。この空想のなかでは永造は女性をあつかう〈通〉として再生する。もうためらいがちな永造ではなく、ここでは功利的に女性を鳥瞰してみせる狎れきった男なのだ。性的な快楽にたいして解放された永造という作者の空想は、漱石にはまったくなかった。だが願望の本質としては女性が積極的に無理やりに性的に犯されようとするとき、嫌悪するよりも潜在的には喜ばしいとおもうものかもしれないという認識は、この作者の主人公永造も漱石の主人公たちも、いちども現実にはたしかめたことのない境界であった。永造は空想のなかでは、その境界を超えたいとかんがえて恣意的なイメージを展開する。

永造は先妻陽子や、後添えの京子との家庭生活中もずっと間遠につづけていた会沢恵子との肉体関係から、夫のある女性との交渉について得た洞察を知的空想から披瀝する。夫のある女が、夫にかくれて男と肉体的な交渉をもつことは、男にとっては喜びであり誇らしくおもえることでもありうる。だがじぶんが妻に感じている後ろめたさから類推して、おなじことをじぶんの夫にたいして感じている女に、きびしいストイックな眼をむけてしまうことがある。そして女にたいしてもつそのストイックな眼差しは、同時にじぶんの胸をつき刺してゆくことになる。そんな密通の心理が永造にかこつけて語られるとき、作者は作品のなかを生きている永造ではなく、性についてのひとつの認識者に吊り上げられた自信あり気な永造に変貌されている。永造は、アキレスの馬に変貌したり、劇詩の女形に変貌したりして、自在な空想をいわば書誌的に語りはじめる。作中の永造の言葉をかりれば「人間だから馬になったふりが出来るし、ちょっとそうなってやってみせている」ことになる。作者によって描かれた自在な空想や書誌的な認識に変貌する主人公永造は、いったいなにを意味しているのだろうか。

わたしには作者が地勢を連結したり連環したりする可能性を根源的に喪っていることの暗喩のようにおもえる。作者はもうこの作品を進行させればさせるほど、物語をつくることもできなければ、等密度の区画線を拡げてゆくこともできない。登場人物もすでに人物として画像を結ぶことはない。そこではただ空想と認識の構図が乱反射のように繰りひろげられ、そのなかに登場人物は埋め込まれてしまうよりほかなくなっている。地勢図を描くことがもうできなくなった作者にとって、希望があるとすれば、作者、作中の主人公永造、そして主人公永造の空想と認識の自在な表出によって、そのなかに出現する書誌的な人物や対象物を、すべて混融してしまい、〈そんなことはありえないのにかつてどこかで体験したことがあるように思える光景〉のなかに、入れ込んでしまうことだけだ。わたしにはその個処がこの作品のクライマックスにおもわれてならない。その個処がこれ以上の解体がありえないことを暗喩し、永造を認識者としての作者の地平にまで吊り上げたことの根拠をしめしているからだ。

白い馬はしばらくしゃべったあとタバコをふかした。その合間にアキレスの馬は今のようなことをつぶやいていた。永造はもう大分前からタバコを止めており、それもアメ玉のようなものをしゃぶることもなくきっぱりと止めていたのであった。永造はタバコを吸っているのは眼の前の白い馬ではなくて、自分自身ではないかとうら悲しい気持になった。しまった、と思うときもう吸っているということがよくある。前にもあったような気がする。

「しまった、と思うことが重大なのだ」

と前田永造は自分にいいきかせた。

「そこに何か秘密がある」

とつぶやいた。

今は吸ってはいない。しかしいつか吸っているのは自分だということが起きる。吸っているのに、そうと気がつかず、一時間も吸いつづけていたということが起きる。そうしたらどうしよう。一時間ならいいが、何日も何日も吸いつづけていた。それなのに自分はタバコを止めていると思い、他人にもそう話してきた。他人もいっしょになって談笑したり、別れたり、そのあと仕事をしてきた。妻さえも子供さえも普通に応対していた。

（小島信夫『別れる理由』Ⅲ）

永造が連れてこられた白日夢のような既視体験の世界に、現在というものの有限だが、その向う側はない境界点の暗喩が感受される。「何日も何日も」タバコを吸いつづけているのに、じぶんでは気づかずに吸ってないと思いこむ、そしてまわりも思いこみを受け入れている。現在ではそんなことが起こりうる。そこではたしかにささいな出来事にたいして「しまった、と思うことが重大」なのだ。ここはその境界点にありながら、それを現在だとみる意識の、ある覚醒が暗喩されている。

画像論

ここでわたしたちが「画像」というとき、なによりも日常の生活時間に隅々まで侵入しているテレビのような「画像」を思い浮べている。たとえばわたしの家のまえの電柱に犬がつないであった。いま一台のテレビ・カメラが、電柱につながれたこの犬を画像としてブラウン管に映して放映した。わたしは窓の外に、このつながれた犬の振舞いを眺めながら、同時にテレビの画面に映った犬を見入っている。窓の外に眺めているつながれた犬と、テレビの画面にうつったおなじ犬の「画像」は、眼のまえですぐ交換することができる。そのための手続はいらない。ただ視線を変更すればよいとおもえる。ほんとはこのとき画像の空間と現実空間とを交換しているのだが、異質の空間を交換したと意識もせずにスムーズにできてしまう。そのうえ、テレビ・カメラはわたしたちの〈もうひとつの眼〉として高度に機能し、日常の生活時間のどこでも、また現実のどんな微細な隅々でも入りこんでゆく。わたしたちはただ身体についた〈眼〉と〈もうひとつの眼〉とで、同時におなじ対象をみている。だから、ただ視線の変更だけですむ気がする。

このばあいわたしは閑暇のなかにおかれている。だがどの日常の時間に置き換えてもおなじことがいえる。スーパーマーケットで、店内の商品とそれを物色している客とをとらえたモニター・テレビの画像をみながら、同時に陳列された商品と物色する客の実際の姿をみている店員を想定しても、大工場の製品組立てのオートメーション作業をうつしたテレビ・カメラの画像と工場の全体を、同時に管理している作業員を想定しても、テレビにうつった画像と、そのものの実像とがすぐに交換できる点は、まったくおなじことだ。このばあい画像とそのものの実像とが交換可能だということを、画像の世界と現実の世界は、現在のテレビの映像技術では交換可能だと一般化しても、ほとんど不都合は生じない。テレビ・カメラの〈眼〉はときに欲しないものもうつしだすが、わたしたちの〈眼〉はみようと欲するものだけをうつしだす。テレビ・カメラの〈眼〉は、いくら高度でも肯定機械の〈眼〉だが、人間の〈眼〉は否定的契機によってみている。これは本質的な差異だが機能だけをとりあげればわずかなちがいがあるだけだ。

なぜこんなことができるようになったのか。画像を映しだすテレビ技術が、高度に発達したからだというのは確からしい。このばあい発達というのは微細化とか緻密化を意味している。テレビ・カメラはその微細化と緻密化の機能が技術的に発達するにつれて、ますますじっさいの〈眼〉の機能に近づきつつあり、しかも居ながらにしてその人工の〈眼〉を行使できるようになっている。そしてそれだけだと思いこんでいるうちに、テレビ・カメラの微細化と緻密化の機能が、肉眼のもつ微細さと緻密さを、あるばあい超えることが、しばしば起こるようになってきた。すると現実のそのものと画像とが転倒するばあいが、ごくふつうに起こるようになってきた。つまりは画像のほうが、ほんとよりも、もっとほんとであり、ほんとの方が虚像みたいに比重が転倒される。そんなことにしばしば出あっている。

この事態はもう普遍的だといってよい。すくなくともテレビの現実の対象（事象）とその画像のあいだでは普遍的に起こっていることだ。テレビの画像が現場の情況を映しだしている。その画像がついにじっさいの現場よりももっと臨場感にあふれ、じっさいよりももっと生々しく視える。しばしばそんなことにぶつかっている。わたしたちはあるばあいにこわくなって、こういう転倒が日常の生活時間の全域を占めたばあいを想像する。そのときわたしたちは虚構のなかで虚構を現実として生活していることになり、この虚構を破砕するには現実を辞退するほかに術がないことになるだろう。もちろんあるばあいには愉快になる。そうなった場面を想像すれば、虚構をかまえ、幻想を重視してわたしたちがやろうとしさえすれば、それだけでもう基本において成就したことになるからだ。なぜこんなことが想定できるか、それなりの根拠はある。本質的にだけいえば、現在すでに高度な社会では、日常の生活時間の存在感は、かつて重要だとおもわれた生産や労働を中心にみるかぎり、すこしずつ軽くなりつつある。そのうちに中心が消え失せないまでも、白けた異邦人みたいな顔をして日常生活の世界を、時間から時間へ浮動することになるかもしれない。しかも時間の意識は因果を定められないような既視体験に似た実在感におかれることになる。そこまでは想定しておいたほうがいいのだ。

いまこれがいちばん尖鋭にあらわれた場面として、テレビのCMの世界をあげてみる。テレビのCMのいちばんはっきりしたモチーフは、はじめにあるひとつの販売すべき商品（物体であってもアイディアであっても、行動であってもよい）があるとするとこの商品の実体に、イメージをつけ加えてその価値（交換価値）を高め、ひいては意図している価格構成をいかにも妥当だとおもわせる画像にまでもってゆくことだ。だがこの最初のモチーフはたちまちにさまざまな波紋をよびこんで、現在という時代の本質を露わにする。そこでは大切なことが露呈される。もちろんたかが商品のCMだとかんがえて、大切だとみなさず、ささいな兆候が垣間見られるとおもってもいいはずだ。わたしはどちらかといえば大切だとかんがえたい方だが、いまのところ共感を要請するつもりはない。

はじめに販売したい製品を、きれいな画像や、その画像をめぐる言葉で装飾し、購買者の関心と感興をかきたて、できるかぎり多数の購買力を集中させるために、テレビCMは制作される。動機・目的・意図ははじめに確定され、確定されたかぎりではそれは動かしようがない。ここまでは企画主体、資本やシステムの掌のうちにおかれている。だがすぐにつぎつぎと波紋がひきおこされる。あの商品につけ加えられるイメージのための画像は、だんだん微細になり、緻密化してゆくうちに、とうとう画像のほうが、その商品の実体よりももっと実体らしくなっていく。購買者は画像によって附加された商品のイメージを、実体とみなすようになり、実体のほうをむしろ虚像とかんがえるまでになってゆく。そしてもしかすると画像を実体とみなすことから生じた虚構の使用価値が、真実化された効果を発揮するまでになるかもしれない。ここまでくれば、さらにべつの波紋を生みださずにはおかない。はじめに購買者の購買力を獲得しようというモチーフから、商品にイメージをつけ加えて美しい画像が産みだされた。だが購買者の購買力を誘うというはじめのモチーフはだんだんそっちのけになって、美しい画像を生みだすこと自体にモチーフは移ってゆく。そればかりではない。やがて美しい画像か醜い画像かということすらそっちのけになって、ただ画像と商品の実体とが転倒された世界を実現するのが、最後のモチーフとしてのこされるようになる。もちろんこれは、ありうるかもしれぬCMの経路の模型を想定しているだけだ。だがCMの極限の姿と効用をかんがえるかぎり、そんなところにどうしても到達する。そしてそれは同時にCMの終焉、つまりCMと呼ぼうが、いやCMではない実体そのものだと呼ぼうが、おなじだという場所を意味している。ここまでCMの画像がやってきたとき、たぶんCMは企画者である資本やシステムの象徴を尖鋭化することで、逆にその管理を離脱する契機をつかまえるのだ。このいい方が楽天的にすぎるとすれば、資本やシステムのありうべき未来の風姿を、ほかのどんな画像の世界よりも鮮やかに描きだしてみせるというべきかもしれない。その未来の風姿が明るい生の色彩をもつか暗い死の色彩をもつかは、さしあたってあまり重大ではない。ただ無意識のうちにＣＭがＣＭ効果の否定を実現してしまうかどうかだけが重大なのだ。

プロセスⅠ

	特徴	画像	文字	キイワード
1	寺島純子の容姿と声の魅力に依存している	寺島純子がサワデーをもって取扱っている画像		トイレにとってかかせないのがこのサワデーです　おとくなつめかえ用もあります　やっぱりサワデーですね　（寺島純子の声）
2	もっとも正常な意味のナレーションと画像の組合せ	一人の男が炎がとび出したガスレンジでフライパンの目玉焼を焦がすところ		ガスの種類がガス器具とあってないととても危険です　ガス器具をたしかめてお使いください　あってますか　東京ガス
3	もっとも正常なキイワードと画像の組合せ	カルピスのカップをもった画像		まつ毛のさきがあつくなる　あついおもいが溶けている　冬のカルピス

4
曲、ナレーションの声、画像のもっとも正常な組合せ。曲の部分の言葉の印象
テレビその他の電機製品が陳列された店内の風景
石丸　石丸 電気のことなら石丸電気 石丸電気は秋葉原（曲つき） ただいま全店ビッグバーゲン実施中（男声のナレーション） 石丸電気

ここにあげた例は、現在テレビの画像に映しだされたCMのうちいちばんトリックのない、ありふれたものだ。もちろんトリックがないという意味も、ありふれたという意味も、効果的でないということと、一応何のかかわりもない。現に「サワデー」のCMは、寺島純子（藤純子）の演じたヤクザ映画の鉄火女を記憶している年代には、とくに印象深く感ぜられるし、「東京ガス」のCMは、プロパンガス用と都市ガス用のガスレンジの相違に悩まされた経験のあるものには、とくに鮮明な画像の印象を迫られる。また「カルピス」のCMもすぐに熱湯にうめたカルピスの味覚を喚起されるし、「石丸電気」のCMでは、「石丸　石丸」というメロディが耳について離れない。ただわたしたちはこの種のCMでは、何のけれん味もないキイワードと、何のけれん味もない画像が組合わされて、意図している効果を直線的に指している場合をみている。もちろんいままでと逆のいい方をすれば、これらのCMが意図している効果を直線的に指しているからといって、その効果

を強力に獲得しているかどうかとは、一応かかわりないのだ。これよりももっと単純な場面を想定しようとすれば、ただ対象を説明しようとするナレーションの音声と、その字幕だけの画像の組合わせがかんがえられるだけだ。

現在実現されているテレビ技術と、映像産出の方法では、テレビ画面のつくり方は、要素的に数えあげただけでも、これらのCM画像の構成法をずっと上まわっている。意識的に単純化してみせたのでないとすれば、もっとたくさんの機能を使って画像をこしらえられるはずである。ありふれた説明法をこえるためには、ナレーションの機能と画像の機能とが内在的に結びつけられなくてはならないとおもえる。そしてじっさいに巧みにそれを実現している場合も、たくさん数えあげることができる。

プロセスⅡ

	特徴	画像	文字	キイワード
5	菅原文太の低い声でいうセリフの内容（酒がおひとの感情を誰もがおなじレベルでひとつにさせるという）	菅原文太がグラスジョッキをもっている	飲む時ただの人	エリートさんも　はみだしもんも　飲む時はただの人じゃけん（菅原文太の声）

6	7	8	9
萩本欽一の風姿とセリフの調子の魅力に依存する	画像が新派時代劇にでてくる古典調のある姿の女のスメン、色調になっている。女優の特性	キイワードと松本伊代の組合せの適性。宣伝対象にたいする適性もふくめて	沢田研二のナレーションの声。調子の良さにすべて依存している
萩本欽一がゴーゴーアニマル（滑車のついた小さな動物のオモチャ）を走らせる	太地喜和子が和服のあで姿でうどん椀をもって坐っている	松本伊代が椅子に坐っているだけ	テニスウェア姿の沢田研二が倚っかかってコーヒーカップをもって
津村順天堂			新鮮な牛乳だけから
ゴーゴーアニマル逃走中 いまバスクリンひと缶にゴーゴーアニマルがついている 道路であそばないでね （萩本欽一の声） バスクリン　ゴーゴーアニマル プレゼント	あったかくしてまってます 艶があって　腰があって はずむはごたえ うどんはうどん 日清ごぜんほんうどん	すこしだけ大人になったわたしを 誰も気が付かないのです 気分が白いなあ （松本伊代の声） 生理用ナプキン　大王製紙	恋も 喧嘩も コーヒーも } 二人でどうぞ

		いる。その前をネットをまたいでテニスウェア姿の女の子が横ぎる	できてます	ぼくのコーヒーはクリープ 純粋だから好きなんだ （沢田研二の声）
10	斎藤投手、遠藤投手の風貌。画像の単純さ	大洋の斎藤投手の投球のフォーム		プロには妥協はゆるされない プロがえらんだたしかな眼がね　（男声のナレーション） メガネスーパー（曲にのせて）
11	山本寛斎の色。そのこと	XA2カメラの正面からの画像		ついてます　山本寛斎の色 ついてます　山本寛斎のポーチ XA　XA2カメラ
12	長い吊り橋を渡っている人物の画像と渡哲也の名前の音とを掛けた効果	大和十津川の長い吊り橋の画像 渡哲也の画像		渡ります　渡ります こころは　渡ります （曲にのせて） 八二年暮　清酒大関　贈ります　（渡哲也の声）
13	大竹しのぶの風姿の魅力に依存する	大竹しのぶの冬仕度をした画像		iはくしょん！ （大竹しのぶの声） まあかわいいくしゃみ でもかぜにきをつけましょうね （老人の声） かぜにルル　ルルおはやめに

	14
	倍賞千恵子のもつ存在感と画像とセリフの結合
	倍賞千恵子が酔った雰囲気で夜の暗いひっそりした街すじを歩いている画像
iiはくしょん！　（大竹しのぶの声） しのぶちゃんのくしゃみ　（大竹しのぶの声） 大好き カゼは大嫌い カゼにルル　ルルおはやめに iiiはくしょん！ わあ　しのぶちゃんのくしゃみって音程がいいね　（小林亜星の声） カゼにルル　ルルおはやめに	人間て不思議です きらいな人にあいそ笑いしたり 好きな人に冷たくしたり 飲んでる時はとても自然に振舞えるのに（倍賞千恵子の声） 人間どうし　サントリーオールド

15	白人の女性の顔 シンプルな色調の衣裳	スポーツ車で海岸や砂漠、オリエント風の風景を背景にポカリスエットを飲んでいる女の画像		くりいろの光のなかで やさしい微笑みがゆれている ラブ　ラブ　そしてラブアゲイン きみとの出会いの午後 （まばたきひとつしているうちに　もうまぎれなく恋です） （男声曲にのせて） ポカリスエット 大塚製薬
16	山本寛斎の風貌、仕事の雰囲気の効果	山本寛斎が庭園に面した日本間の座敷にいる。能の舞い姿の畳重画像。山本寛斎がコーヒーカップをもっている画像		寛斎　粋をつかむ ちがいがわかる男の ゴールドブレンド （ナレーション）
17	ナレーション、文字の字幕、画像、バックミュージックの組合せの意図性	マヌカン風に厚く無表情なまでに化粧された二人の女性の正面像	時計は女の心理学 なぜ、時計も着替えないの	たとえば腕にアンチーク 女はかわる （男声のナレーション） セイコー・ソシエ セイコー・ブレスレット （男声のナレーション）

ここにあげた例が現在のテレビの画像効果をかんがえあわせて、商品のイメージ効果を高める意図をなくさずに産みだされたいちばん正統で、いちばん高度なものだ。文学でいえばさしずめ〈純文学〉といったところである。そしてその意味でとても古典的な情緒をみなぎらせている。いかにも〈純文学〉らしくしつらえた純文学がおおく低俗なのとおなじ意味で、低俗だといってもおなじことだ。こういうきめつけ方が俗っぽいとすれば、もっと別にいい代えることもできる。こういう画像とそれをめぐる言葉は、ひとびとが狙うであろうイメージの通りに狙われ、ひとびとが期待しているにちがいないイメージの通りに実現されている。それが正統的とか古典的とかいうことの意味である。萩本欽一の「バスクリン」のCMのように、軽さと笑いの庶民性をうちだしているばあいでも、正統的とか古典的とかいう意味はかわらない。まさに狙われている持ち味の通りに狙われている。それぞれが個性的な性格俳優のもつイメージにおおきく依存しているのも当然のこととおもえる。またそれぞれのキイワードは、ほかのどのCMのばあいよりも練られていて、その意味では高度なものだ。けれどその精練のされ方の方向性は、いわば古い感性と情緒をたたえることに注がれていて、すこしもラジカルではない。ただ意図の効用性と機能の結びつきを主体にいえば、一般に受けいれられる形として、いちばん高度なものだとおもえる。

「セイコー・ソシエ　セイコー・ブレスレット」のCMに典型的にあらわれているよう

に、ここではテレビ画像のもつ機能的な要素を最大限に使おうとする意図的な姿勢がみられる。この「セイコー」のCMはかならずしも成功しているとはおもえないが、機能的な要素はすべて発揮されている。テレビ画像を構成している機能的な要素は、⑴音声または、メロディをつけられた音声によるナレーション、⑵文字の映像表現、⑶画像、⑷バック・ミュージックであるとみられる。

この「セイコー」のCMでは、キイワードが男の音声のナレーションとして流れているときに、二人の女性が「セイコー・ソシエ」と「セイコー・ブレスレット」を腕にかざした正面画像として配置され、その画像のうえに「時計は女の心理学」という文字と「なぜ、時計も着替えないの」という文字とが、前後して画像と重ねあわせて映しだされる。そしてそれぞれの機能ごとに最大限の精練された表出が択ばれている。ただどの機能的な要素についても精練され方の方向は、もったいぶった古くさい感性が狙われていて、そのぶんだけ風俗的な情操に屈折してしまっている。

もちろんほんとはわたしたちは、この出費をかさねて作製されたCMの画像に批判的なのだ。ここにも現在が映し出されているのだが、内部にいるものの現在で、鳥瞰されている現在でもなければ、現象としてつき放された現在でもない。また劇化された現在でもない。ちがいがわかる程度の男たちが、願望となった現在なのだ。

プロセスⅢ

	特徴	画像	文字	キイワード
18	画像の瞬間的なドラマ性 大原麗子の演技性	リッツを盛りあわせた画像 大原麗子が芥子をたっぷりのせて背中合せの男にいたずらっぽく喰べさせる画像		わたしのたのしい時間 はい　リッツ このまま喰べても　何かのせてもおいしいの ちょっとのせすぎた （大原麗子の声） リッツ　オンザ リッツ「ナビスコ」
19	瞬間に成立するセリフによるドラマ性 毎年ふえてゆくと五木の「男」がいうとき三ツ矢の「女」は顔のシワとか白髪とかが「ふえてゆく」と受けとるドラマ性	五木ひろしと三ツ矢歌子が並んで贈物をもって正面に向け歩いてくる		三ツ矢さん 毎年ふえていきますねえ （五木ひろしの声） うん？ うれしいことですねえ （三ツ矢歌子の声） ふえてゆく　毎年親しいお宅が （五木ひろしの声） ねえ はあ ははは（笑い声） バラエティギフト味の素

20	21	22
瞬間のドラマ性 「男」は会社の係長、「女」は部下のブスなOLという設定で演じられるドラマ性　三枚目どうしの役者の組合せ	セリフの運びと画像のふかい緊密感 瞬間のドラマ性	実在の五代目小原庄助を登場させたこと。瞬間のドラマ性
堺正章の「男」と樹木希林の「女」とが一軒の家の格子戸の前で週刊「住宅情報」を片手に家を探している	父親と息子が湯ぶねにはいって二人とも正面をむいたままの会話 父親の投げた釣のオモリが他の別の湯ぶねに入っている男のまえにぽちんと投げ込まれるシーン	五代目小原庄助の実像と「男」（宮口精二）と「女」（友里千賀子）が手桶と手拭をもった画像
ほらここだよ 「住宅情報」にのっていた （堺正章の声） 係長さんおまかせします （樹木希林の声） もっと探してみようか （堺正章の声） 週刊「住宅情報」	おまえの就職がきまったら おとうさん釣竿がほしいんだ ぽちん（水音） 週刊「就職情報」	五代目小原庄助さんにバスボン 石鹸をお届けしたら 朝風呂をいただきました （女の声） 資生堂「バスボン」石鹸

23	画像とセリフの無駄のない遠隔での結合 瞬間のドラマ性	男が立ち去ってゆく後姿だけの画像 女が玄関へ出てきてサントリーをつめた箱だけがのこされているのを手に持って立てひざで思い入れている画像（倍賞千恵子）		有難う いつもほんとに有難う きみがいるからぼくはこうしているのです 言葉でうまくいえないので 男の気持です　（武田鉄矢の声） サントリーオールドです
24	瞬間のドラマを画像とセリフで構築している。機能としては音声（ナレーション）、文字、画像の組合せを発揮している	武田鉄矢がバーのカウンターに腰を掛けて飲みながら振向いて横顔をみせる カウンターの内側ではバーの中年のマスターが立働いている モンタージュで若い女が悲し気に「貴方はほんとうにいい人。でもどうしても愛せないの」といっている	さむい人みつけたら	貴方はほんとうにいい人　でも どうしても愛せないの （女の声） なんていうんですよ　女はね たいしたせりふじゃないのに （武田鉄矢の声） いい人ってつまんないですね （男の声） さむい人みつけたら あったかいホットウイスキー サントリーオールド

たぶんわたしたちはここにあげたCM画像まできて、現在というものの本性にはじめて

出あっている。それはまず画像によって瞬間的に成立するドラマ性あるいは物語性によって象徴される。もっとつきつめていえば、このドラマ性あるいは物語性によって瞬間的にうち消されるCM効果によって象徴されるといいかえてもよい。このうち消された否認されたCM効果が、ふたたびその否定性を媒介に当の商品のCM効果とより強固に結びつくかどうかは、またべつの問題になる。たとえばわたしたちは、リッツのクッキーの表面に、内証でわざとカラシをたっぷり塗って、背中あわせに後ろを向いた男にさしだす、おどけた表情の大原麗子の振舞いを、画像として眺めているとき、一瞬あとにそれを頬ばってとび上がって辛《から》がる男を想像して、リッツ「ナビスコ」というクッキー商品のことを忘れて、そのドラマあるいは物語のなかに入りこんでいる。そのときにCM画像のなかに出現したCMの否定性をみているのだ。CM効果を否定したドラマあるいは物語をみているのではなく、ドラマあるいは物語の成立する瞬間に成立しているCM効果の否定性をみているのだ。これがもっと高度な効果を発揮しているのは、武田鉄矢によって演じられる「サントリー」のCM画像である。バーのカウンターでサントリーのコップとボトルを傍に置いて、モンタージュされた女の画像と一緒に吐きだされる「貴方はほんとうにいい人でもどうしても愛せないの」という女声のセリフをうけて、武田鉄矢が「なんていうんですよ　女はね　たいしたせりふじゃないのに」と苦笑しながら述懐し、カウンターの向うでバーのマスター役の中年男が無表情にそれを受けて「いい人ってつまんないですね」というとき、一瞬のうちに男女のはぐれあってしまったドラマが成立して、つぎの瞬間には消えてしまう。けれど「サントリー」商品のCM効果はこの逆だ。男女がはぐれあってしまったドラマが、テレビのCM画像を介して成立したときCM効果は、一瞬否認されてしまい、その否認を頂点として、このCM画像は終ってゆくのだといっていい。わたしたちは、この瞬間的なドラマあるいは物語の成立するところで、CM画像主体によってCMが否認される契機のうちに、瞬間的に現在というものの姿を垣間見るのである。

なぜCM画像自体によってCMが否認される瞬間が成立つのか。そしてなぜそこに現在の姿が瞬間的に暗喩されることになるのか。もちろんありうべき個性的な解答はこういうことになる。これらのCM作者たちにはCMの枠組が内在的な世界の全体に変容しているために、作者の内在性はたえず枠組自体を超えようとする勢いをもつようになっている。ちょうど白熱した亡我の瞬間に、目的への志向が喪われるように、CM効果への狙いが喪われるのだ。だがまた、まったくちがう根拠からもいうべきだ。現在すでに商品の実体にイメージをつけ加えるという本来的な意味は危うくなっている。どこかでその意味は無化されつつあるのではないか。なぜ商品は生産されるのか。使用価値の欲求をみたすために。財貨をとりこむために。賃金を獲得して生活の窮乏から脱出するために。どんな理由をつけてもよかった。どんな理由をつけても根拠がないような限界は、遥か遠方の地平にあった。現在わたしたちの社会をふくめた先進的な社会では、おぼろ気ながら、その限界の地平線が見えがくれするようになった。その過程がどうであれ、その限界線の近傍では、商品の生産という行為を持続するためにだけ、商品は生産されるので、ほかのどんな理由があるからでもない。そういう極限の像を描くことができる。

はじめに商品の実体にイメージの画像をつけ加えるのは、販売の競争に耐え、それにうち克つためであった。だがその第一次的な競争にうち克って、第二次予選にのこってみると、イメージがつけ加えられた画像を、そのまま商品の実体とみなす購買者の群れにとりかこまれていた。そうなればつぎつぎに新しいイメージをつけ加え、拡大される新しい競争にむかってゆくほかはない。もっとべつのいい方をすれば、新しいイメージ附加の競争に赴くためにだけ、商品を生産しなくてはならない。必要なのは商品の生産ではなくイメージの附加競争なのだ。そして生産はそのためにだけなされるようになってゆく。このイメージの附加競争でテレビのCM画像はいちばん先鋒をつとめあげなくてはならない。そうだとすれば目的はイメージ附加の競争であり、イメージ附加を巧みにやって商品の販売競争にうち克つという当初の狙いは、すくなくとも第一次的な意味をもたなくなってゆく。五代目小原庄助さんにバスボン石鹼を送ったら、朝風呂をいただいたというCMの画像によって、バスボン石鹼の購買者が増加するかどうかは、資生堂のテレビ戦略にとってたいしたことではない。このCM画像によってバスボン石鹼（その製造販売者）が、イメージ附加競争に参加しているというイメージをあたえられるかどうかだけが、ほんとうの狙いになってゆく。その証しとして瞬間的なドラマあるいは物語がCM画像のうえで成立し、その成立の頂点でCM効果自体の否認が成立している。しかしここではまだ、その瞬間がすぎれば依然としてCM効果の有効性が期待されているのだといっていい。だがそのばあいでもCMにイメージを附加されて、商品が優れていると思い込む購買者をあてにするよりも、これだけのCM効果の否認のモチーフをもつCM画像を、提供するゆとりのある豊かな企業の製品を購入してみようという購買者をあてにすることになっている。

プロセスⅣ

	特徴	画像	文字	キイワード
25	庶民風のありふれたふだん着の風姿とセリフのやりとりがあたえる異化効果	左端に「父」真ん中に「娘」右端に「母親」の三人が並んで正面を向いている意図的に変哲なく配置した画像		かあさん 今夜は鍋ものにしましょうよ　(娘) またちゃんこ鍋?　(母) お願いしますよ　(父) ミツカンアジポン
26	中村敦夫の正面から麺を頬ばった画像のアップと「人類は麺類」という類似音の効果	中村敦夫が正面をむいて麺ドンブリをもってハシをつかって麺を口に運んでいるところ		中国でも麺　日本でも麺 人類は麺類　(中村敦夫の声) スープできわめた 日清の麺皇 新発売

27	セリフとセリフを喋る二人のタレントの性格的な存在感がもたらす異化効果	パッソールⅡの車体の傍に宇崎竜童が右側に立っており、吉田日出子が左側にしゃがんでいる		この秋パッソールⅡに乗るのが「国民の義務」だってきいたけど（宇崎竜童の声） うちじゃ「若者の自由」って言うんですけど（吉田日出子の声）
28	キイワードの画像と宣伝対象の脈絡のなさの異化効果	二人の異装のマヌカン風に化粧した女どうしがにやっと笑いながら抱きあうところ		女が笑うと 男はしあわせになるのです フルベール77
29	奇妙な中性的な明るさとエロスの人形代りのイメージ	掌にブルーの絵具を斜にひと筋ひいた画像 若い娘がお尻をつき出してみせる画像 ウォシュレットから洗滌水が噴射される画像		みなさま手が汚れたら洗いますわね 紙じゃとれません お尻だって洗ってほしい 「トートー」ウォシュレット

現在までのところここにあげた例で象徴されるのが、CM画像にとって最終の問題を提示している。いわばCM効果の解体というモチーフの過程で産みだされている画像だということができる。そしてこの解体の方向はおおざっぱに二つにわけることができる。ひとつは本来的には商品の主体に附加されるイメージは美麗さに向かうものでなければ価値増

殖に耐えないという常識に反して、わい雑性とずっこけを強調することによって異化効果をうみだしているものだ。そうまでいえないばあいも、解体にむかう感性の粗雑さのイメージを強調することにはなっている。「おやじ」「おかみさん」「娘」の三人が、むき出しの庶民的な雰囲気をただよわせて、芸もなく並んで正面をむき「かあさん今夜は鍋ものにしましょうよ」「またちゃんこ鍋?」「お願いしますよ」というセリフを交叉させたところで、ドラマが成立っているのでもなければ、いかにも美味そうな「ミツカンアジポン」のイメージがつけ加えられるのでもない。画像とキイワードによってひとつの市民的な感性の秩序が解体される象徴が感得されるのだ。中村敦夫が麵を、箸でさらって、大口にかき込んでいる真正面からのズーム・アップの画像もおなじだ。べつに醜悪さを強調しているのではないが、異化の画像を送りこもうとする意図は確実に伝えられる。それは、「人類は麵類」というわけのわからない類似音のキイワードをともなって、異化効果を増幅している。「ヤマハ・パッソールⅡ」のCMもおなじなのだ。「国民の義務」「若者の自由」という耳にさわるキイワードをヤマハ発動機のスクーターの画像と強引に結合させ、宇崎竜童と吉田日出子の性格的な強い存在感によって印象づけているとき、わたしたちは、小市民的な平穏さが攪乱される解体の表象を受けとっているのだ。

もうひとつの解体の方向は、現在の無表情な空虚、明るい空しさともいうべきイメージに、画像の全体を近づけることである。ここにあげた例でいえば「フルベール77」のCM

と「トートー」ウォシュレットのCMとがその象徴に当っている。「女が笑うと　男はしあわせになるのです」というキイワードは、異様な葉っぱの装飾を髪のうしろにつけ、厚ぼったい無表情な（無性的な）化粧をした、おなじ装いの二人の女が笑いながら抱き合う画像とは、もっともかけ離れている。この脈絡のないキイワードと画像が結合されて、ひとつの空虚な、意味を繰込むことを拒否した色彩と画面の効果が成立している。産出された画像の構築的な意味が、画像の効果自体によって解体されようとしているのだとおもえる。「トートー」ウォシュレットのCMでも事態はおなじなのだ。ほかのどんな宣伝の仕方も成り立ちそうもないこの商品のイメージを、真正面から機能的にとり扱おうとすれば、人形化、無表情化、性的なナルチシズムの表情にたよるほかない。排便後にお尻を洗う装置の操作のイメージを比喩によって喚起されながら、一種の感性的な空虚に到達する。あるいは遠い乳幼児のとき母によって拭われたお尻の記憶に退行したイメージを与えられるといってもよい。

これらの解体したCM画像は、テレビCMにとって最後にやってくるいちばん現在にふさわしいラジカリズムになっている。そしてテレビCMにとって最後の問題ということは、たぶん機能的には、すべてのコピイ芸術にとって最後の問題ということを意味している。機能としてテレビCMほど多重な要素をもつものは、ほかにそれほど考えにくいからだ。

　CM画像が解体を象徴してあらわれるということは、生産した商品の価値の解体を暗喩するイメージが、商品の実体につけ加えられたということと同義である。いいかえれば商品の価値の崩壊を暗喩するイメージをつけ加えることが、商品の価値を高めることだという二律背反のなかにCM画像が足をかけはじめたことを象徴している。わたしたちはここに象徴された未知にむかって、すこし胸を躍らせる。

語相論

画像と言葉とが補いあいながら、あるばあいに拮抗したり、矛盾したりして展開される物語性という課題に、いちばん意識的なのは、山岸涼子のコミックス画像の世界のようにみえる。そこではすくなくとも次のようないくつかの差異と同一性が、明晰に分離されている。

(1)語る声《ナレーション》あるいは語り手《ナレーター》の言葉。たとえばそれは作品のなかで二重線の囲みで表わされている。

(2)登場人物のかわす会話。たとえば作品では一重線の囲みで表わされている。また緊迫した叫び声や叱咤の声のばあい、こまかい波型や山型の一重線で表わされる。

(3)擬音や音声にならない意識の内語のばあいは、草書体の無囲み、あるいは崩した一重線の囲みで表わされる。

(4)画像と会話によって進行している物語のある場面が、雰囲気としてもつ情緒や情念の暗喩が必要なときは、ナレーションも会話もない、景物の画像だけの一コマが挿入され

(1)

村に行くの
いやだ

（少年融の後背像）

（杖をついた老婆の斜面像）

ふん
そいじゃ
腹すかして
ここにいろ

(2)

ゴク（草書体の字と囲み）

（少年融の正面半身像）

(3)

ぼくの家は
ヨミノ山の
奥にあり
ます

時どき
ふもとの村から
むかえの人が
来ることが
あります

（山岸凉子「籠の中の鳥」）

る。たとえば登場人物の一人が恐怖に叫び立てる場面のつぎに「騒ぎ立つ潮騒」だけの画像が挿入される。

もちろんこういう要素の大部分は、意図的でないのなら、ほとんどすべてのコミックス画像が採用している。ただ山岸凉子はそれをはっきりと意識して、分離している。そしてこれほど方法化されている画像の世界は、ほかにほとんどないといってよい。

山岸凉子の近年のすぐれた作品「籠の中の鳥」で、鳥族の飛べない少年融（作品の主人公「ぼく」）と、その祖母の薄気味の悪い老婆が籠の村へ出かけてゆく場面には、この四つの差異のうち三つが、続いた三コマのなかにあらわれる。

一重線で囲まれた「村に行くのいやだ」

「ふんそいじゃ腹すかしてここにいろ」というのは、少年融が駄々をこね、老婆がやりかえす会話のセリフである。円型に囲った「ゴク」というのは老婆に腹をすかしていろといわれて、少年が生つばを呑みこむ擬音である。そして(3)のコマの二重線の囲みのなかは、融が一人称の語り手の位相で語るナレーションの言葉である。これだけの区別は、もちろん普通のコミックス画像の世界でありふれたものだが、山岸涼子のような明晰な記号化はあまり行われていない。

きわめて暗示的に描かれているが、鳥族の老婆と少年は、村のだれかが死に、葬式があるごとに村に降りていって、通夜のお盛りものや、ご馳走ののこりを渡されて、明け方に山へ帰ってゆく。少年融は鳥族のくせ「飛べない」ために、死人を安置した居間に呼ばれるのは老婆だけである。少年はじぶんが「飛べない」ことはわかっているが、「飛ぶ」ということがどんなことなのかを知ってはいない。少年が村に行くのがいやなのは、暗くなってから山を降りても、夏など村の子供たちがまだ遊んでいて、少年と老婆を見つけると、トリが来たといって石を投げつけられるからだ。その冬は寒くて寝たまま布団から出られなかった祖母は、少年をじぶんの死の床に呼んで、じぶんが死んだら、そのときが最後のチャンスだから「飛んでみろ」と遺言して死ぬ。だが老婆の死に出あっても少年は「飛ぶ」ことができない。

ここで波型あるいは山型の囲みのなかの言葉は、少年融の音声にならない呼びかけを意

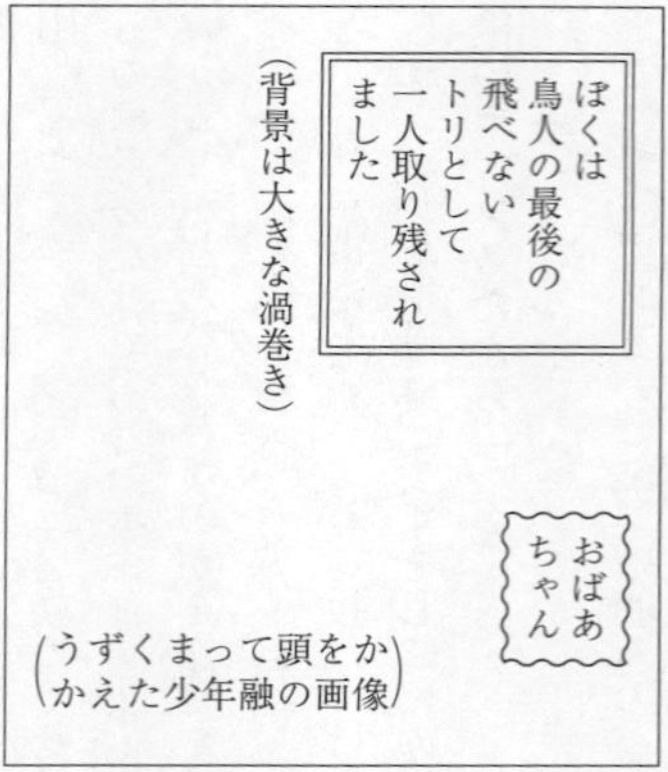
ぼくは鳥人の最後の飛べないトリとして一人取り残されました
(背景は大きな渦巻き)
おばあちゃん
(うずくまって頭をかかえた少年融の画像)

(山岸涼子「籠の中の鳥」)

味している。

老婆の死体のそばに日を過しているうち、衰弱して意識を失った少年融は、村人の家に援けられる。かつて鳥人伝説に関心をもって鳥族を調査するため山へきたことのある民俗学者の人見康雄に、少年はやがて引きとられてゆく。謎めいているが、少年はなぜかこの人見を「お父さん」だと思い込んでいる。人見にひきとられた少年融は、驚くような速さで、文字をおぼえ、勉強が進んでゆくが「飛ぶ」ことだけはどうしてもできない。街の普通の少年のように成長してゆく。

図表のように一年の推移を、短冊型の季節の点景だけで語ろうとする方法は、その徹底性でこの作者の特質だといってよい。ここで二重線で囲んだナレーションの言葉で『一年が過ぎた』と書いても、伝達性からみればすこしもおかしくないはずだ。それを短冊の景物描写でやろうとしたところには、作者の工夫がかくされている。別のところでも、春の季節だということを暗喩するのに桜の花の枝ぶりだけをいれ、おそい春へ移ったことを椿の枝と花だけで表わした個処がみえる。作者が固執している表現法だということができよう。少年融は「飛ばなく」ても、人見のところに置いてもらえるためには、勉強のできる子だとおもわれる以外にないとかんがえて、励む。だが少年にはべつの不安があらわれる。人見康雄の死んだ「奥さん」の従妹が、たびたび人見を訪れるようになる。この二人が結婚したらじぶんは人見の家を出てゆかなくてはならないのではないかと少年は思いはじめる。そして或る日じじつこの許婚の従妹の会話のなかに、どこかの「施設」か「知り合い」の家で育ててもらったらという願望が聞かれるようになる。

　家を出た少年融は街をさ迷ううちに、人見と行きあい、横断歩道を人見の方へ駈けわたろうとして、車にぶつかるところを、人見にかばわれて助けられるが、人見は、車にはねられて、道路にほうり出されて瀕死の状態におちいる。

　ここがこのすぐれた作品のクライマックスだが、少年融は人見の倒れた身体から、

（月がかかっている画像）

（モミジの枝の画像）

（クリスマス飾り画像）

（少年融のうずくまって顔をかくした画像）

（正月の鏡餅の画像）

すごいな
融
君はこの
一年で
三学年も
修学した
んだよ

（人見康雄が椅子にかけた正面の画像）

（山岸凉子「籠の中の鳥」）

(1)
飛んだね
(ホウタイをしてベッドに身体をおこした人見の画像)

ついに

(2)
え
(少年融の横顔の画像)

(3)
覚えていないの？
ぼくを追いかけて
ぼくをつかまえて
くれただろう
(ホウタイを頭にまいた人見の横顔の画像)

(4)
(背景にトリの羽が羽搏く少年融の横顔の画像)

(5)
しかも
君の一族の
誰もが
やれなかった
ことだ
(人見の斜面画像)

(6)
(引きもどす手の画像)
飛んできて
捕まえて
引きずり
戻すなんて

(7)
(少年融の横顔)

(8)
君の
おばあさん
だって
(人見の横むきの画像)

死返魂《しにかえしだま》をやる時は
亡くなった人の声を
聞き取るのが
精一杯だったんだよ

(9)
亡くなった人
(融が村の葬式の家でみた少女の画像)
死返魂《しにかえしだま》
(少年融の正面画像)

(10)
(羽の生えた少年融の倒像)
ああ！
そういうこと
だったのか
飛ぶという
ことは
(港の船の鳥瞰画像)

(山岸凉子「籠の中の鳥」)

人見の霊魂が抜けていくのがわかり、その身体を抜けて去ってゆく人見のあとを、どこまでも追ってゆくじぶんを感ずる。人見の霊は港の上を鳥瞰して飛んでゆくが、少年融はやっと人見に追いついて、衣服を摑まえると引き戻すことに成功する。

意識がさめた少年融は病院のベッドからよろめき出て、手術中の人見が当然即死すべきところを助かったことを知る。人見を見舞いに病院へ通ってゆく少年融に、回復間近かの人見がある日こういうところがある。

少年融は死んだ祖母が「飛ぶ」と呼んでいたことが、瀕死《ニア・デス》のさいに身体を離れて浮遊してゆくようにみえる霊魂を、生の側に呼び戻そうとする巫の技術だというのを、はじめて納得する。じぶんの「父」だとなぜか思い込んでいる人見が瀕死のさいに、はじめて少年は人見の霊魂を追いかけて、これを生の側にひきもどすことを体得したことになる。そして人見は少年融にもう「飛ぶ」必要はないし、これからはずっと一緒にいられると語り、少年融は人見の胸のなかで思いきり泣いて、じぶんがとうとう鳥族から解放されたのだと感ずる。

山岸涼子の「籠の中の鳥」が感銘ぶかい作品だというのは云うをまたないが、それよりもっと意味ぶかいのは、画像と組みあわせることが可能な言語の位相を、その同一性と差異の全体にわたってはっきりと抑えきっていることだとおもえる。たとえばこの作品は「ぼく」という主人公が語り手になり展開される物語だが、「ぼく」は同時に作品のなかで、主たる登場人物としても振舞うことになる。語り手としての「ぼく」と主人公としての「ぼく」はどうちがうのか。この言葉の本質的な差異は、一重線の囲いと二重線の囲いによって区別されている。「ぼく」の内語もまた別の区別をうける。さしあたってはわたしたちは、画像と組合される物語言語においては、それ以上の位相的な差異と同一性を区別しなくていいことがわかる。こうみてくると山岸凉子は、現在のコミックス画像の世界を流通する言語的な手段を、意識的にとりだした明晰な作者だということがわかる。ほとんど画像をともなう言語的な位相の基軸を単独で作品に実現している作家だといえる。わたしたちが画像をともなう言語をかんがえるばあい、山岸凉子の作品が実現したもののヴァリエーションをかんがえることにひとしい。その意味でいちばん明晰な方法意識をもった劇画作家である。

つげ義春の作品の世界を、山岸凉子が意識的に分離している画像の精緻な語相と、対照的な位置にあるものとみなしてみよう。そこでは語り手の言葉は、語相として画像空間から分離されず、むしろ画像の一部分として、画像とおなじ位相にはめこまれていることがわかる。登場人物のかわす会話の言葉は、これに反して、劇的な言語の位相におかれる。そして強引に作品の物語性を引っ張ってゆく。この語相の特徴にくわえて、つげ義春の画像は、ひとびとの常識的な皮膜をつき破るように、ラジカルに劇的事実をむき出しに正面から描ききっている。とくに画像は性的にラジカルな表現をとり、ポルノグラムの域に達

(1)

千葉県の千倉でひと泳ぎしようと、友人と二人で出かけ途中で道に迷ってしまった

（二人乗りをして夜の街道を走ってゆくバイクの画像）

(2)

あのオッサンにたずねてみよう

（バイクをとめた画像）

（バイクの傍で立ち小便している後姿の画像）

(3)

（行商人Kが正面から立ち小便している画像）

そのとき出会ったのが山梨の行商人Kさんだった

(4)

えっ、ここは丸山町ですか

（二人の画像）

千倉なら相当もどらないと

じゃ　さっきのふたまたでまちがったんだ

（二人の画像）

(5)

友人とぼくは田舎道でオートバイのライトめがけてとび込んでくる虫の痛さに千倉へ行く元気をなくしてしまった。

（二人と行商人Kのバイクが前後して走る画像）

しゃあない丸山町に泊まるか

（つげ義春「庶民御宿」）

している。たぶんここを中心にすえれば、つげ義春の世界はいい尽すことができよう。いま語り手の言葉が画像の位相にはめこまれていると述べたが、まったく逆にいってもおなじことだ。つげ義春の世界では、画像がナレーションの役割をはたし、物語や劇は言葉のセリフが推進しているといいかえてよいくらいだ。画像は大胆で直接的だがスタティックであるといえる。

語り手《ナレーター》の言葉は画像の平面に埋めこまれ、会話の言葉は画像との強い結びつきを示すよりも、勝手に言葉だけで独立して、コマからつぎのコマへ、劇的な展開をおしすすめてゆく。画像自体は動きがほとんどなく、そのかわりに画像の構図は、直接的でラジカル（とくに性的にラジカル）であり、しかもコマからコマへの流れの意味をほとんどもたないことがわかる。

こういった特徴を単独にとりだすと、つげ義春のコミックス画像の世界をすぐれたものにしている根拠は、なにもみあたらないとおもえてくる。方法的にはとてもプリミティヴな要素ばかりから出来あがっているといってもいい。それなのにこの作者の作品をすぐれたものにしているのはなにか。わたしは強力なポルノグラムの本質力と直接性、それから奇譚の語り手としての特異な抜群の資質だとおもう。むき出しのエロス的な点と、奇妙な物語的偏執とが、作者の性格悲劇に内在する必然をひとびとに感じさせる。そして人間存在が誰でも、不幸な宿命的な性格悲劇をどこかにもつことを読者に内想させる点で、本格的な悲劇を劇画の世界にしている。わたしたちは、つげ義春のコミックス画像の世界がどれだけひとびとのあいだに普遍性をもつかを、うまく測ることはできない。だがかれの表出は、人間の本質的な孤独を開示することで、画像世界のひとつの極をしめしている。

大友克洋のコミックス画像の世界は、見掛けのうえからはつげ義春の世界によく似ている。とくに初期作品ではそうおもえる。わたしには両者とも特異な感覚的な執着点をもった奇譚の世界、いわば筋書き、物語性の世界だけからきているとおもえる。鍼灸のつぼみたいな感覚的な執着点をテコにして、物語が常識を反転し、常識の合間をぐって展開されてゆく。どの作品をとってきても、表側を進行してきた物語性は、この特異な執着点にさしかかるとくるりと反転して、こんどは裏側を進行して、一種の奈落にたどりついておわる。

「星霜」みたいなしずかな作品でもこれはかわらない。アルバイトにいった女子高の図書室で、本の整理係りをしているひからびた初老の男「関根さん」が、女校長の昔の恋人であり、女校長が昔女流作家として評判になった小説「星霜」は、じつはこのひからびた初老の男が昔書いて、女校長にあずけたものを、この男が思想犯で検挙されていた留守に、先代の亡くなった校長にあたる男があらわれて、内証で女校長の名前で出版し、女校長に結婚を申込んで一緒に暮すようになったという過去をもっている。校長と「関根さん」とが示しあわせたように、抜きとってみている小説「星霜」の「六月九日」という日付けに、赤い丸印がついているのを見つけるところが、この作品の第一の執着点である。校長が「関根さん」と図書室でお茶を飲みながら「癌」で半年ももたないと告白するところが第二の執着点である。一見なだらかに推移するようにみえるが、この二つの点をテコにして、物語性は反転される。二人は小説「星霜」の赤い丸印の日付けの日に心中するのに同
意する。それまで女校長に心を開かなかった図書係りの「関根さん」は、じぶんが特高に検挙されているあいだに、先代校長が女校長に黙って関根さんの書いた「星霜」の原稿を女校長の名前で本にしてしまい、早急に結婚を申込んだ事情を知り、いまは女校長が「癌」にかかっていることをきいて、心を開いて、ずっと長い間ポケットに隠しもっていた心中用の薬を女校

(1)

あんたァ
やっぱり外へ
出ればよかった
わねェ

（シュミーズ姿の妻が食卓につっ伏して暑がっている画像）

部屋の中じゃ
暑過ぎるわ…
扇風機だけじゃ

ウーン
暑いヨ
ママ――
暑いヨ〜〜

（女の児が暑がって横になっている画像）

(2)

外へ出るっておまえ
せっかく借金に借金を
重ねてやっと建てた
家だぞ……家に
いるのが一番だ

（ランニングシャツ姿の夫が横になって暑がっている画像）

(3)

こんにちは
お天気奥さんの
時間です
今日は午前中に
…………

(街の屋根やビルの上に雲ひとつと青空の画像)

既に三十度を
越しており今年
最高の気温となって
おります　なお東京
地方に光化学スモッグ…

(大友克洋「スカッとスッキリ」)

長にわたし、小説の日付けの赤マルの日「六月九日」に心中することが暗示される。

この作者の初期作品の世界が、つげ義春とちがうところがあるとすれば、語り手《ナレーター》の言語と登場人物たちが喋る会話の言語の位相を、まったく区別していないし、また交換可能なものとみなしている点にあるようにおもわれる。

(1)のコマでは登場する「妻」と「娘」が暑がって発する会話の言葉は、一重線の囲いがつけられている。(2)のコマでこれに応える「夫」のセリフはまったくおなじ位相にあるのに、語り言語《ナレーション》の位置にあるかのように、画像に埋めこまれてしまっている。これは作者が登場人物たちの会話の語相も、語り手《ナレーター》の語相も、区別する必要を感じていないところからきている。(3)のコマを並べてみるともっとはっきりする。(3)はテレビかラジオの天気予報の番組が流れているのを暗示した場面である。放送されるこの言葉はナレーションの意味はもっているが、会話の意味はもっていない。それでも一重線の囲みで表わされている。

つげ義春の作品ではナレーションの言語と、登場人物の喋言る会話の言葉とは、はっきりと分離の意識はなくても、区別されていた。大友克洋の世界ではまったく区別されてないばかりか、無造作に交換できる同一性として扱われている。いわばナレーションも、登場人物のかわす会話も、擬音効果も、すべておなじ言語の位相で、ただひとつ物語の展開の流れに注ぎこまれている。そしてその代償として画像の構成が、ひとコマずつ独立に、めまぐるしいほどの「動勢」を、構図と人物の表現の両方から与えられている。

引用した「スカッとスッキリ」という作品では、部屋に縛られて監禁された「夫」と「妻」と「出前持ち」と「化粧品のセールスマン」のところへ、女の児が近所のガキ達をつれてきて、縛られた大人たちにむかって「へへーッ弱虫　弱虫　キンタマなめろ」「ウルサイ　ノーナシメ　ションベンナメロ」などと悪たれはじめる。また犯人にたいしては傍若無人に振舞って、家中を引っ掻きまわし、犯人を困惑させる。そこが作品の特異な執着点になっている。これをテコに物語は反転して、ガキたちが引っ掻きまわしている隙に、縄を解いた「出前持ち」が、犯人にとびかかって抑えつける。もともとあまりの暑さに、扇風機をかっぱらいたいとおもったほかに、犯行の動機などなかった。この作者におなじみの作者の影を負った犯人は、「出前持ち」にねじ伏せられたから、「せめて扇風機でスカッと　さわやかに」というセリフを吐いて、扇風機の方へにじり寄るところで、この作品はおわる。おわるといわずにおえさせるといってもおなじだ。つげ義春ほどエロス的ではないが、この作者には深い無意識の渇望があって、それをラジカルに解き放つことに作品のモチーフがおかれている。この作者のコミックスの世界にしばしば登場する、元はしかるべき存在であり、いまはさり気ない渡世をしている人物たちが、作品の世界の暗喩になっているようにみえる。そしてこの暗喩は即座に画像世界では反転することができている。すると現在しかるべき存在として通用しているもののなかに、狂暴な未知が潜在しているかも知れぬという暗喩が得られる。その反転の意味をいちばんよく象徴しているのが、ナレーションと登場人物の会話とがまったく区別されていないことだ。ふたつはおなじ平面でいつも交換、反転が可能になっている。画像にともなうその特異な言語の位相が大友克洋の特異な世界なのだ。

　つげ義春や大友克洋の世界を内挿してゆくと、すぐに岡田史子の世界を想起させられる。

　岡田史子のコミックス画像の世界は、つげ義春や大友克洋の世界といちばん近似しているようにみえる。なぜなら語り言語《ナレーション》の意識と、登場人物の会話の意識とが未分離のままに、連続した位相におかれているからである。岡田史子のすぐれた作品「いとしのアンジエリカ」からそういう個所を拾ってみる。

　次頁のコマ続きは、いちばん鮮やかに岡田史子のコミックス画像の手法の特徴を示している。(1)と(6)のコマの一重線のなかは、旅の主人公メローと宿の主人公アンジェリカの会

(1)

遠くへいきたかったんだよ

(旅のメローがしゃがんで向きあっているアンジェリカに語る画像)

(2)

夏の山と
デルタのある河口と
レンガ色の鉄橋のある
海で……
白い服の女の子
ぼくの愛したほそいゆび
その子が
……死んだ……

(山際の鉄橋の行方をみているメローの画像)

(3)

ジェーン・バーキン
なぜ死んだ?
何もいってくれなかったけど
知ってるんだ
だけど
そんなことどうでも
いいんだよ
だいじなことは
彼女ったら
死ぬまえに
ちゃんとぼくのこと
夢中にさせて
しまったことだよ

(メローと恋人ジェーンのイメージ画像)

(4)

(メローとアンジェリカの並んだ横むきの画像)

恋人が
死んでしまうこと
こそ
最高の愛の成就なんだってさ
だけど

(5)

(メローの頭部のうつむいた画像)

(6)

(アンジェリカの半身画像)

会い
たいたって
死んだんじゃんか

ぼくはジェーンの死体に
ふれたわけじゃなし
お葬式によばれたじゃなし
……実感が迫ってこないん
だなあ
もともと片想いで
いつも会ってたんじゃないから
会えなくなったことも
証拠にゃなんないよ

ぼくって
純情すぎるん
かしら
ジェーンに
会いたいね……

信じないよォ
死んだなんて！

（メローの顔をおおった画像とアンジェリカの横顔）

（岡田史子「いとしのアンジェリカ」）

話の言葉である。ただ岡田史子のすべての作品に共通しているように、会話自体がすでに様式化されていて、生々しくとびかっているお喋言りの言葉ではない。ここで特徴的なのは、(1)の会話から(2)のコマはナレーション的な独白に移るが、このナレーション的な独白は、つぎの(3)になるとナレーション的というところから、メローの独り言という性格を、次第に濃くもつようになってゆき、(4)になるとさらに独り言の性格は大きくなっている。そして(5)のコマにいたって「ぼくって純情すぎるんかしら　ジェーンに　会いたいね……」という音声にならないが、会話の言葉の位相に入りこんでいる。そして(6)のコマではまったく会話の一重線に囲まれた喋言り言葉に移行している。このナレーションと会話の言語的な位相のあいだを、熔融するように、未分離のままにしだいに移行する言語の構造に、岡田史子のコミックス画像の特徴はよく暗喩されている。

この「いとしのアンジェリカ」という作品は、引用したコマ続きのすぐあとで、メローの純情さに苛立ったアンジェリカが、「いいものをみせてやるわ」といって、メローを地下室へ通ずる扉にみちびき、階段を降りてゆくと、そこには恋人ジェーン・バーキンの白骨死体が横たわっている。メローはアンジェリカにきみは誰で、ここはどこだと問う。アンジェリカはここは「死の世界」の入口で、じぶんの家だと答える。メローはアンジェリカを好きだと告白すると、アンジェリカは、わたしとキスしよう、わたしをあげようといって、メローを地下室のほうへ無理に導き、メローを死の地下室へ堕してしまう。ナレーション言語と、アンジェリカの会話との位相的な中間でつぎのようなセリフが挿入される。「さわやかな　眠りと永遠の安らぎを　あなたにおくる　ホテル・アンジェリカ　チャーミングな　少女が　あなたを　なぐさめます　バストイレ冷蔵庫つき　冷房だけ完備旅のおわりに　かならず　おたちよりください」。このセリフと丘のむこうにみえるアンジェリカの住む館の画像が、この作品の終末になっている。この作品の世界は、男たちのイメージのままに作られる女性という画像を、残酷に反転してみせるところに本質があるようにみえる。「トッコ・さみしい心」のように一見すると逆にみえる世界でもおなじだとおもえる。残酷さによる「女性」的という主張に、作者のモチーフがつらぬかれている。

つげ義春からはじまって岡田史子や大友克洋のコミックス画像に象徴されるような、画像の様式化と言語の位相を平準化する方法は、ラジカルな自己主張をいちばん強力に集約できる方法みたいにおもえる。だがいつも新しい様式的な補給を必要としている。そうでないと画像が言語の〈意味〉の重さにおしつぶされてしまいそうだからだ。

画像にともなう言語的な位相は、いつも多層化の試みにさらされている。それはさまざまなモチーフを秘めているが、いちばん大切なモチーフは、画像にともなう言語の〈意味〉の重さを分断して軽くし、またその言語的陰影を微分化しようとするところにあるようにおもわれる。

萩尾望都のコミックス画像の世界は、もっとも見事に画像につけられた言語を微分化している。別のいい方をすれば、画像にたいして半音階ともいうべき語相を、はっきりと定着させた。そういう語相がありうることを創り出してみせた。

この(1)のコマで囲いのないセリフは、女装して女とまちがえられたままの主人公メッシュが、声にならない独白として発した言葉である。また波型または山型の囲いは、レインコートをくれたイレーネが「若向きだから」といいながら、メッシュにコートを出してくれた過去の想起にあたっている。(2)のコマでは、階段のうえでカティがいう会話のセリフは、おおくのコミックスのばあいとおなじに、一重線の囲みで表わされている。だが波型または山型の囲いのなかは、主人公メッシュが頭の中で〈いまじぶんは女装しているが、

(1)

——これほど
露骨に
まちがえられたのは
はじめてだ

……

(女装した主人公メッシュの半身
画像)

(コートを
もったイレ
ーネ)

若向き
だから…

イレーネから
もらった
この
レインコートの
せいかな

しかし
男だと
訂正したら——

(2)

何！　男！
コートを脱がせて
何してた！

な　な
何も

ウソ
つけ

(女装をしたメッシュが階
段上をふりかえる画像)

…………

時どき訪ねて
くれないか
ジュヌヴィエーヴ
パリに
来たばかりで
友達がいなくて

(階段上のカティがメッシ
ュを見下ろしている画像)

(萩尾望都『革命』「メッシュ③」)

(3)

べつの男を
愛してるんだ
彼女

（主人公メッシュがテーブルに腕組みしてミロンと向きあう画像）

(4)

サンジェルマンへは
どう行くの？
心をこちらに
向けるには？

（街並を背景にメッシュが歩いているところの画像）

一夜があけたら
どうする？
明日の夜の
約束は？

（萩尾望都『革命』「メッシュ③」）

ほんとは男だとカティに告白すれば、きっとこういうことになる〉と想像している場面とセリフを表わしている。こうみてくると、作者はおなじ画面で、半音階だけ位相のずれた言葉を記号化してみせたことがわかる。画像につけたこういう言語の位相の微分化、多層化は、この作者のコミックス画像の世界に、微妙な匂いや光りの反射をあたえている。そして場面によっては、この微分化や多層化は、もっと極微構造になっている。

これをうまく言葉であらわすのは難かしいかもしれぬが、コミックス画像の世界が、どこまで言語の位相を極微化しているかを測るには、この作者を扱ってみるのがいちばんふさわしいとおもえる。

(3)のコマの一重線の囲みは、音声を出して喋言っている主人公メッシュのセリフの言葉である。だが(4)のコマの一重線（やや波型あるいは山型のニュアンスで表現されている）は、囲いなしに表わされた主人公メッシュの独白のセリフ（(1)参照）と、音声を出して喋言った主人公メッシュの会話のセリフの**中間**にあって、メッシュの独り言、あるいは語り手の促しの言葉として表出されている。いわば半音階的な言語の位相を占めている。もちろんこの微妙な半音階だけずれた言葉の位相を、読者は確実に感受しているはずだ。ただそんなことを意識しないだけである。

こういう個所は山岸凉子の世界だったらはっきりと語り手あるいは語り言語《ナレーション》（二重線の囲み）の言葉と、登場人物の会話（一重線の囲み）とに分離されて、二種類で表出されるにちがいない。だが萩尾望都のばあいには、すくなくとも三種類以上の微分された言葉の位相であらわされる。たぶんこの作者には、刻々に変化してくる登場人物たちの感覚的な陰影を捉えたいという極度な欲求があって、平面画像のなかにさえも多様な言語のシートを、何枚も重ねて埋め込んでいる。そんな表現様式を創りだしている。

こういう感覚の微分化は、作品の出来栄えと直接にかかわるわけではない。しかし作者たちがじぶんの画像の世界を完備するために、現在とっている手法の水準と、その必然性をみるには、どうしてもそこに着目するほかないのだ。

画像にたいする言語の位相を、萩尾望都とはちがったモチーフからおなじように微分構造化しているのは、たとえば高野文子のコミックス画像の世界である。

高野文子の作品の特異さは、反転し逆行しはじめる時間意識の場面に集約されている。そしてこの時間意識の逆行は、しばしば視線の反転となってあらわれる。いままでこちらから視られていた世界が、こんどは向う側から視られることになり、世界は新しい意味に反転される。たとえば「はい―背すじを伸してワタシノバンデス」では、女主人公の娘が銭湯に入って、同性の女たちが裸で身体を洗っている雰囲気に嫌悪をかんじ、息がつまるおもいをしていると、洗い場の鏡のまえで、隣に衰えてしなびた身体の女が坐って洗いはじめる。そして女主人公は何となく息が楽になるおもいにとらわれる。女主人公の娘はここから逆行する時間意識あるいは、他界の視線にはいり、一種の既視体験の世界で隣の老いのみえる女が、じぶんの母親であると感じはじめる。どこか近所であった女かもしれないのに、嬰児のころ湯を使われるとき、つっぱった足が触れた皮膚、その帝王切開の傷あとなど、すべてが母のものみたいに思いこまれてくる。そして奇妙な既視感の世界に漂いはじめる。そのとき後背から裸の背中を知らない赤ん坊から叩かれて、「おかあちゃん」と呼びかけられる。はっとして我にかえり、女主人公は元の時間性にひき戻される。すると他所の幼女から裸の背中を、その母親と間違えられたことに気付く。隣に坐って洗っていた老女は「こちらのお嬢さんとよっぽど似てなすったのかしらねえ」と声をのこして立ち去ってゆく。その裸の衰えた後ろ姿は、女主人公の娘にやがて「アナタノバンデスヨ」

(1)
女たちの白いまっすぐな背中とは違う……
（女主人公の顔と裸体や足の線のモンタージュ）

(2)
（女主人公の顔を拭いている画像）
アナタ
ワタシノ
カアサンデショウ……
（隣に坐った老女の頭部）

(3)
（おなじ、動勢はちがう）
ソンナコトモ
アリマシタッケネエ
ムカシ……
（おなじ、動勢はちがう）

(4)
（女主人公の横顔）
ムカシ……なのですか？

(5)
ムカシナノデスカ？
おかあちゃん
（女主人公の横むきの背中に小さな手）

（高野文子「はい―背すじを伸してワタシノバンデス」）

と言っているようにおもえてくる。

この作品はまぎれもなくすぐれた作品だが、様式的な言語はすくなくとも三種類以上の位相をとっている。

このひと続きのコマで四つの言葉の位相の差異をとりだすことができる。(1)のコマで一重線に囲まれているのは、この作品では女主人公の声にならない独白を表わしている。(2)と(3)と(5)で片カナで横書きされているのは、女主人公が逆行する時間意識のなかで、白日夢みたいな状態で、洗い場の鏡の前で隣に坐った老女と交わしあっている（と女主人公が信じている）セリフを意味している。いちばん問題になり、ある意味で高野文子の作品の独自性を暗喩しているのは、(4)のコマの一重線の囲みの言語の位相である。たぶんこの一重線の囲いは(1)のコマの一重線の囲いとは、まったくちがった位相を意味している。(4)の一重線の囲いは、横書きの片カナのセリフ、いいかえれば逆行する時間意識のなかで、隣の老女を前世の母親の幻のように感じて交している問答をベースにした〈逆行時間意識のなかの女主人公〉がやっている独白の言葉なのだ。(5)のコマの円型（原画では草書体）の囲みの言葉だけが登場人物の赤ん坊が風呂場の洗い場で、じっさいに発している会話の言葉である。すると高野文子の作品のこのわずかなコマの続きのなかで、四種類のちがった言語の位相をみていることになる。

高野文子のばあい、萩尾望都みたいに感覚的に受けとったものを微分化するため、言葉の位相を多様にしているとはおもえない。そういう意味では感覚を微分化する必然はないといってよい。高野文子の作品では超感性的な世界、民俗学のいう他界を、作品世界として感性的に包括したいために、また観念の問題としていえば、無意識や幻覚としてしか体験されない世界をも、感性的な世界みたいに作品に実現したいために、どうしても言葉の位相を多重化する必然が生れた。そしてわたしたちが、現在のコミックス画像の世界を、それにともなう言語の位相からみようとすれば、萩尾望都や高野文子に象徴される作品の言語に、その精緻な達成をみることになる。

単行本あとがき

この本は、雑誌「海燕」昭和五十七年三月号から昭和五十八年二月号まで、一年間にわたって連載された「マス・イメージ論」に、加筆改稿して作られた。カルチャーとサブカルチャーの領域のさまざまな制作品を、それぞれの個性ある作者の想像力の表出としてより、「現在」という巨きな作者のマス・イメージが産みだしたものとみたら、「現在」という作者ははたして何者なのか、その産みだした制作品は何を語っているのか。これが論じてみたかったことがらと、論ずるさいの着眼であった。でも思わずのめり込んでしまうと、しばしば一制作品は一作者の所産にほかならないという視線にからめとられた。それを感じるたびに、何だべつにいままでやってきた批評とかわりないではないかという、内心の落胆をおおいかくせなかった。

こういう問題は、本質的にだけいえばつぎのようになる。制作品という言葉を全体的な概念として使おうとすれば、個々の制作品は、個々の作者と矛盾する表出とみなされる。また逆に、制作品という言葉を、個々の作者のそれぞれの制作品の集まりとかんがえれば、制作品は個々の作者の内面の表出そのものなのだ。そこでこの論稿では、カルチャーまたはサブカルチャーの制作品を、全体的な概念としてかんがえ、そのために個々の制作者とは矛盾するものとして、取扱おうと試みた。するとたしかに制作品は、個々の制作者と矛盾する表出の側面を露出してくる。だがこれの作者を「現在」という全体的な輪郭にまで形成することはたいへん難かしいことであった。なぜかというと「現在」もまた「現在」に矛盾する自己表出（自己差異）を内蔵しているからである。この内蔵されたものの内部では、個々の制作者も、それをとりあげている論者も、いわば渦中の人であるほかない。そして渦中の人はいつも解明しているよりも、行動している存在であり、その分だけは解明から、いわば絶対的に遠ざけられている。わたしはしばしば、じぶんの思考のあまりの射程のなさに、あきれるほかなかった。把みかけたとおもうと、眼のまえには膨大な覆いがかけられ、焦点は拡散していってしまう。そういうことの繰りかえしであった。

ただ最小限はっきりしていたことは、生のままの現実をみよ、そこには把みとるべき「現在」が煮えかえっているという考えにだけは、動かされなかったことだ。生のままの「現在」の現実を、じかに言葉で取扱えば、はじめから「現在」の解明を放棄するにひとしい。そのことだけは自明であった。そこで制作品を介して「現在」にいたるという迂回路だけは、前提として固執しつづけた。ただまるで申し合わせたかのように、一群の文学者たちが「現実」の「生々しさ」と錯覚して動きだす主題（反核運動）にこの稿は出くわしてしまった。これを錯誤の一形態として取り上げずにやりすごすことは、主題の側からみれば「現在」を取扱う意味に違反することになる。そこで文学者たちのその動きは、この論稿のなかで決定的なからかい対象になっている個所がある。わたしはできるだけ、そのからかいが一時的なところからではなく、永続的な意味をもつような場所からのからかいであるように心がけた。だがそうなっているかどうかわからない。ただ一群の文学者たちのうわずった、気狂じみた、地球の滅亡を憂えうるという最大限の嘘と喧噪に、できるだけむきにならず「現在」の現象のひとつとしてからかいの対象にしたかった。つまり真剣にからかったのだ。わたしは、そのため大事な知己たちを失ったが、そのかわり少数のひとびとがいなかったら「現在」から流れ去ったであろうものを、棹のさきにひっかけることに寄与できたとおもう。

かつて戦時下における文学だとか、大政翼賛下における文学だとかいうものを存在させたように、一群の文学者たちは現在「核情況下における文学」などというものを存在させてしまった。そんなものが存在するかのように振舞い、そんなものが存在するかのように画策した一群の文学者たちは、そのことでまったく「現在」から退場していったのである。この本はただ文学の情況下にあるだけだと、わたしも単独で宣明しておきたい。わたしが「現在」にあるかぎり、ふたたびかれらと出会うことはないであろう。この本はほんとは深刻で難かしく、暗い本だが、明るい軽い本として、読まれなければ本としては、その分だけ未熟で駄目なのだとおもう。別のいい方ですれば、取扱われている主題が、それにふさわしい文体や様式を、まだ発見してないことを意味しているからだ。

この本を作るのに福武書店寺田博氏、根本昌夫氏のお世話をかけた。

一九八四年六月十一日

吉本隆明

〝必敗の戦い〟に挑んだ偉大なファイター

解説

鹿島　茂

『マス・イメージ論』を理解する第一の決め手は、それがいつ書き始められ、いつ書き終えられ、いつ刊行されたかという日付である。

すなわち、吉本隆明は福武書店発行の文芸雑誌『海燕』に一九八二年三月号から『マス・イメージ論』の連載を開始し、翌年の一九八三年二月号で連載を終えると、これに加筆修正して、同名の単行本を一九八四年七月に福武書店から刊行している。

とりあえずこれらの日付をしっかりと記憶してから、次に吉本隆明が亡くなった日付を確認してみよう。二〇一二年三月十六日。

つまり、吉本は五十七歳のときに『マス・イメージ論』に着手し、それから三十年後に享年八十七で没しているのである。その間、世紀は二十世紀から二十一世紀へと変わったが、じつは、世紀の変わり目を挟んでのこの三十年というのは、過去の世紀の経験則に照

吉本隆明氏（1989年）

らす限り、他の三十年とは比較にならないほど大きな意味を持つ決定的な過渡期なのである。

たとえば、一七八五年頃から一八一五年までの三十年。これは、ルソー『告白』、ラクロ『危険な関係』（ともに一七八二年）、ボーマルシェ『フィガロの結婚』（一七八四年）といったフランス革命を予感する作品によって開始された変化が、ワーテルローでのナポレオンの敗北（一八一五年）という「事実上の一八世紀の終わり」で完全に終了した三十年であるといえる。

同じく、一八八五年頃から一九一五年までの三十年は、ユイスマンス『さかしま』、ヴェルレーヌ『呪われた詩人たち』（ともに一八八四年）といった世紀末デカダンスの先駆けで始まった変容が一九一四年の第一次大戦開戦で完結した三十年である。

さて、これらの例で私が何を言いたいかといえば、それは、百年間単位で生活する習慣が身についた西洋文明にあっては、どうやら、変化は、世紀の変わり目に近づく十五年ほど前から始まるのだが、世紀の変わり目でそれが完了することはなく、さらに十五年ほど次の世紀にずれこんでから、ようやく時代は完全に変わるという習性を持つということなのである。

そして、この場合、「予兆」としての文学作品はおおむね、その世紀の八〇年代の前半から出現し始めるのを常としている。つまり、どの世紀においても、ある種の文学作品は、八〇年から八四年の数年間に集中して現れる傾向を示すということである。

このようなコンテクストで、『マス・イメージ論』を改めて眺めてみると、その発表と刊行の日付のもつ意味というのがわかってくるのではあるまいか？

そう、ちょうど三十年前に連載が終了した『マス・イメージ論』を二〇一三年の時点で振り返ってみるとき、詩人・吉本隆明がそれまでとはまったく違う新しい「時代」の到来を予感して、変化の兆候を示す個々の作者の制作品を「それぞれの個性ある作者の想像力の表出としてより、『現在』という巨きな作者のマス・イメージが産みだしたものとみたら、『現在』という作者ははたして何者なのか」という疑問を抱いたことの理由が初めて理解されるのではないか？

逆にいえば、それは、三十年前の発表当時、この『マス・イメージ論』が正しく理解されることの少ない本であった事実を見事に説明している。吉本隆明の敵対者はもとより、熱心な読者でもその意図を計りかねたのである。あるいは、理解しようとつとめてもなかなか理解に達することが出来なかった。

とりわけ、従来の吉本ファンを戸惑わせたのが、吉本が、この作品を境にして、漫画、テレビ・コマーシャル、ロックやニュー・ミュージック、椎名誠のスーパーエッセイといったサブカルチャーを大きくとりあげ始め、そうしたものの中にこそむしろ「現代」が露出する頻度が高いと断定するに至ったことである。

これによって、『言語にとって美とはなにか』や『共同幻想論』の吉本隆明を盲目的に信奉してきた読者の多くが彼のもとから「離れた」といっていい。

だが、それは吉本があえて、すなわち、確固たる決意のもとに行ったことであったのだ。そのことは、福武文庫版の解説を書いた浦達也が吉本に対して行ったインタビュー(吉本隆明対談集『さまざまな刺戟』収録)を読むとよくわかる。

「そういう[純文学]の世界の批評をある程度やってきますと、いつでも何かを考えながら作品を作っているなと感じる作家は、いつでも何人かはいますが、大体はそうじゃなくて、純文学の枠を自分でこしらえて、その中にいれば安堵できるという構造がどこかにある。それがどうもおかしいんじゃないかということが一つあったんです。

もう一つは、(中略)そういうもの[エンターテイメント]の中に、とてもとても従来のイメージではとらえられないようなものが出てきている。その兼ね合いのところがどうしてもよくわからないというモチーフがありまして、それをつきとめてみたかったんです。

そのばあい、自分を解体しなければいけない。自分を解体するなんてことは難しいんですが、自分の文芸批評の方法とか文体を同時に解体しながら、しかも解体する過程をちゃんとふくんでいく。そして、現在の純文学とそうでない知識の産物とか、そういうものを全部同じ平面で同じ言葉で論じていかないと、今の問題が出てこないんじゃないかという

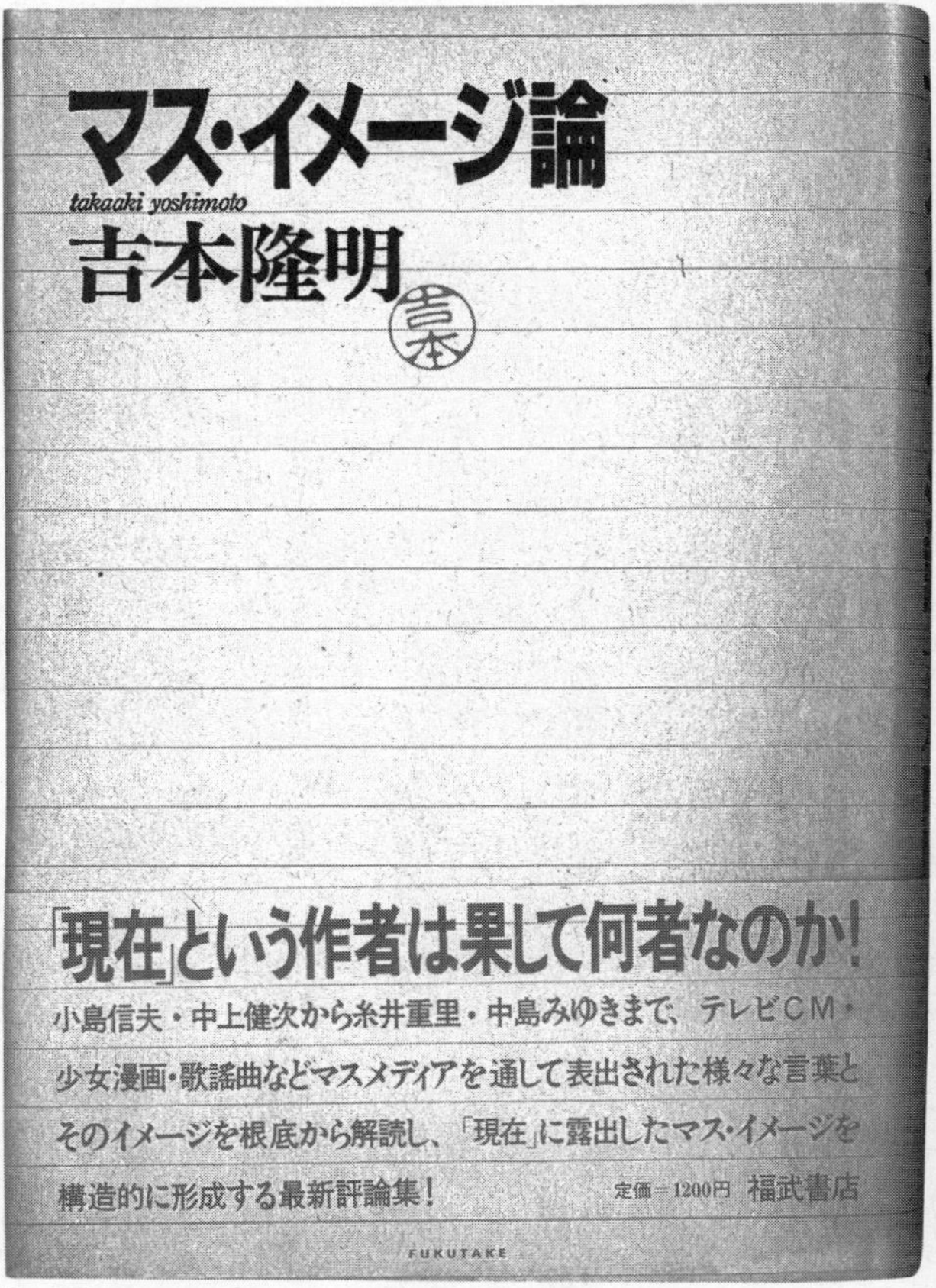
マス・イメージ論
takaaki yoshimoto
吉本隆明
「現在」という作者は果して何者なのか！
小島信夫・中上健次から糸井重里・中島みゆきまで、テレビCM・少女漫画・歌謡曲などマスメディアを通して表出された様々な言葉とそのイメージを根底から解読し、「現在」に露出したマス・イメージを構造的に形成する最新評論集！
定価＝1200円　福武書店
FUKUTAKE

『マス・イメージ論』カバー（昭59・7　福武書店）

モチーフがありました」

なるほど、これで、従来の（つまり新左翼的な）吉本主義者が『マス・イメージ論』に付いていけなくなった理由がわかった。

吉本は「新しい時代」の「作者」を捉えるために、たんにマス・カルチャーも扱うだけではなく、「自分の文芸批評の方法とか文体を同時に解体」する一方で、その「解体する過程」を新しい方法へと繰り込んでいこうとしたのである。それだからこそ『マス・イメージ論』は非常にわかりにくくなったのである。

だが、わかりにくい理由はじつはもっと根源的なところにあったようである。

それは、吉本が採用した方法にあったと思われる。

「カルチャーまたはサブカルチャーの制作品を、全体的な概念としてかんがえ、そのために個々の制作者とは矛盾するものとして、取扱おうと試みた。するとたしかに制作品は、個々の制作者と矛盾する表出の側面を露出してくる」

これは、『共同幻想論』で吉本が指摘した、個人幻想と共同幻想の関係性、すなわち個人幻想はそれがどんなに共同幻想と相似形のものであったとしても、共同幻想へと上昇してゆく過程で、共同幻想とは逆立したものとなるほかはないという構造と対応している。つまり、個々の制作者の制作をそのまま集めてみても、そこからは「現代」という真の作者（共同幻想）が見えてくることはないのである。

なぜなのか？

「なぜかというと『現在』もまた『現在』に矛盾する自己表出（自己差異）を内蔵しているからである。この内蔵されたものの内部では、個々の制作者も、それをとりあげている論者も、いわば渦中の人であるほかない。そして渦中の人はいつも解明しているよりも、行動している存在であり、その分だけは解明から、いわば絶対的に遠ざけられている」

その結果、試みは困難を極めたと吉本は述懐しているのである。

「わたしはしばしば、じぶんの思考のあまりの射程のなさに、あきれるほかなかった。把みかけたとおもうと、眼のまえには膨大な覆いがかけられ、焦点は拡散していってしまう。そういうことの繰りかえしであった」

ふたたび、なにゆえに、吉本はこれほどまでの困難を強いられながら、あえて試みに挑戦したのかと問うてみよう。

それは、個々の制作者の制作（個人幻想）と「現代」という制作者の制作（共同幻想）の関係が「構造的」にそうなっているからというしかない。

そのことを最もわかりやすく述べたのが、吉本がまったく評価することがなかったヴァルター・ベンヤミンである。ベンヤミンは吉本が一九八〇年代を対象として行おうとした「時代」の共同幻想抽出を十九世紀という時代について試みた『パサージュ論』の中で、こんなことを述べているのだ。

「一九世紀とは、個人的意識が反省的な態度を取りつつ、そういうものとしてますます保持されるのに対して、集団的意識の方はますます深い眠りに落ちてゆくような時代[Zeitraum]（ないしは、時代が見る夢［Zeit-traum］）である」

ベンヤミンが「個人的意識」と呼んでいるものが吉本の「個々の制作者の制作（個人幻想）」に相当し、ベンヤミンの「集団的意識」が吉本の「『現代』という制作者の制作（共同幻想）」に当ると考えれば、吉本が直面した困難さの由来がこの一文によってよく説明されることになる。

すなわち、吉本が、サンプルとして選び取った「個々の制作者の制作（個人幻想）」を媒介として、それを超えたところで、それと矛盾しながら露出してくる「『現代』という制作者の制作（共同幻想）」を描きだそうとしても、「個々の制作者」も、またそれを分析する吉本その人も、主観的には覚醒していると意識しているにもかかわらず、彼らを広く包み込む集団の意識（共同幻想）としては、全体的に深い眠りに入っていてそこで夢を見ている状態にあるから、夢を見ている集団の内部としての個人はその夢の外側には永遠に出ることができないのであり、それゆえ、集団の意識が見る夢を捉えることは原理的に不可能なのである。

この個人意識の覚醒と集団意識の夢の「空間的」な関係についてベンヤミンは別のところで、次のように述べている。

「いうまでもなく、個人にとって外的であるようなかなり多くのものが、集団にとっては内的なものである。個人の内面には臓器感覚、つまり病気だとか健康だという感じがあるように、集団の内面には建築やモード、いやそれどころか、空模様さえも含まれている」

これを先に引用した吉本の言葉ともう一度比較すると、われわれは驚くほどの照合をえることになる。

「なぜかというと『現在』もまた『現在』に矛盾する自己表出（自己差異）を内蔵しているからである。この内蔵されたものの内部では、個々の制作者も、それをとりあげている論者も、いわば渦中の人であるほかない。そして渦中の人はいつも解明しているよりも、行動している存在であり、その分だけは解明から、いわば絶対的に遠ざけられている」

このように、吉本の『マス・イメージ論』とベンヤミンの『パサージュ論』は、その壮大な試みの比喩的構造と空間的構造において著しい相似関係を成しているが、よく似ているのはこれだけではない。対象に接近する具体的な方法もまた相似的なのである。まずベンヤミンの言葉に耳を傾けてみよう。

「この仕事の方法は文学的モンタージュである。私のほうから語ることはなにもない。ただ見せるだけだ。価値のあるものを抜き取ることはいっさいしないし、気のきいた表現を手にいれて自分のものにすることもしない。だが、ボロ、くず――それらの目録を作るのではなく、ただ唯一可能なやり方でそれらに正当な位置を与えたいのだ。つまり、そのやり方とはそれらを用いることなのだ」

いっぽう、吉本が『マス・イメージ論』で採用した方法もまた一種の「文学的モンタージュ」であった。

「ただ最小限はっきりしていたことは、生のままの現実をみよ、そこには把みとるべき『現在』が煮えかえっているという考えにだけは、動かされなかったことだ。生のままの『現在』の現実を、じかに言葉で取扱えば、はじめから『現在』の解明を放棄するにひとしい。そのことだけは自明であった。そこで制作品を介して『現在』にいたるという迂回路だけは、前提として固執しつづけた」

また、集団の意識＝「現在」を露出させるために選んだ対象がカルチャーとサブカルチャーの境目であるような領野であったことも両者とも共通していた。すなわち、ベンヤミンなら建築、モード、広告であり、吉本ならニュー・ミュージック、スーパーエッセイ、広告、漫画、ポップ文学、それにモードなどであった。

しかしながら、ある一点において、両者は大きく異なっていた。

それは、ベンヤミンが、第一次大戦の終了によって終わろうとした十九世紀という時代を対象にしていたのに対して、吉本はこれから始まろうとする時代すなわち二十一世紀を相手にしていたという違いである。ベンヤミンは、たとえてみれば、夢としての十九世紀に目覚めとして立ち会えばよかったのだが、吉本は夢としての二十一世紀に入眠時の半醒状態で立ち会おうとしていたのである。両者を比較すれば、吉本の方がはるかに困難な試みに挑んでいることは明らかである。それは、ある意味、必敗を運命づけられている。論では、この必敗の試みをあえて引き受ける過程で、吉本はどのような搦め手で「現代」という共同幻想＝集団の意識に接近してゆこうとしているのか？

晦渋を極める『マス・イメージ論』の中で、最も「現代」に肉薄したと思われる論考が「喩法論」である。なぜなら、この「喩法論」は、『マス・イメージ論』で吉本が用いたさまざまな「……論」を内側から解き明かす「方法の方法」となっているからである。

少し長いが、重要なのでその冒頭を引用してみよう。

「現在ということを俎にのせると、言葉がどうしても透らないで、はねかえされてしまう領域があらわになってくる。それ以上無理に言葉をひっぱると、きっとそこで折れまがってしまう。もちろん渦中にあれば、その全体を把握できないのは当りまえなことだ。未知の部分をいつもひきずっていることが、現在という意味なのだから。そういいたいのだが、すこしちがっている。むしろ到達する場所のイメージが、あらかじめ頭を打たれている実感にちかいとおもえる。そこではすべての現在のこと柄はたてに垂直に停滞を受けとめながら、横に超えてゆくほかない。これをイメージの様式としてうまくたどれなければ、現在を透徹した言葉で覆いつくすことはできない。仕方なしにその領域は暗喩によっ

ら、全体的にひとつの暗喩をうけとることになる。そうしなければこれらの詩を読んだことにならない。あるいはべつのいい方をしてもいい。このむきだしの自己主張の羅列のようにみえる言葉を、全体的な暗喩としてうけとる視角の範囲に、現在というものの謎がかくされている」

つまり、ものすごく大ざっぱな言葉でくくってしまうと、『マス・イメージ論』において吉本が引用した個々の作品の断片は、そのことごとくが「全体的な暗喩」として、『現在』という共同幻想のありようを示唆しているということになるのである。いいかえると、「現代」という共同幻想は、そうした「全体的な暗喩」のモザイクの総体としてかろうじてその姿を垣間見せるにすぎない。吉本が試みたのは、そうした「全体的な暗喩」を「介して」、それを「迂回路」として用いることで、「現代」にアクセスを試みることである。

となると、ここで再び大きな意味を持つことになるのが、先に引用したベンヤミンのモンタージュについての言葉である。

「この仕事の方法は文学的モンタージュである。私のほうから語ることはなにもない。ただ見せるだけだ。価値のあるものを抜き取ることはいっさいしないし、気のきいた表現を手にいれて自分のものにすることもしない。だが、ボロ、くず——それらの目録を作るのではなく、ただ唯一可能なやり方でそれらに正当な位置を与えたいのだ。つまり、そのやり方とはそれらを用いることなのだ」

いいかえると、もしここに、吉本と同じくらいの膂力《りょりょく》に恵まれた若者がいたとして、その若者が、吉本が「全体的な暗喩」として取り上げた個々の作品を、ベンヤミンが『パサージュ論』で試みたような方法でもう一度「用いる」としたら、そのときには「現代」という作者は今度こそ、その本当の姿を現すかもしれないのである。

繰り返しになるが、『マス・イメージ論』は、一九八五年から二〇一五年に至る決定的過渡期の三十年という「時代」に先行するかたちで、換言すれば、「目覚めとして」ではなく、「入眠時の半醒状態」の中で試みられた戦いであったのであり、それゆえに必敗を運命づけられていた。

よって、客観的に見れば、『海燕』に十二回連載された論考は、姿の見えない世界チャンピオンとの壮絶な十二ラウンドのファイティングであり、最終的にはギリギリのところで「判定負け」となるほかはない戦いであった。しかしそれにしても、いや、それにしても、一九八〇年代初頭に、この必敗の戦いに、それまでのすべてを捨てて踏み切ろうとした吉本隆明はやはり偉大なる思想的ファイターであったというほかはないのである。

なぜならば、二十一世紀もすでに十三年を経過し、いよいよ、世紀をまたぐ三十年という決定的な過渡期が終わろうとしている今日においてさえ、「現代」という共同幻想の実態は依然として見えてきてはいないからである。

だが、諦めるのはまだ早い。なぜなら、ベンヤミンが『パサージュ論』で述べているように、世紀をまたぐ三十年という過渡期が終わろうとしているいまこそは「目覚め」の瞬間かも知れず、「現代」を捉えるなら、この瞬間しかないと思えるからである。「プルーストがその生涯の物語を目覚めのシーンから始めたのと同様に、あらゆる歴史記述は目覚めによって始められねばならない。歴史記述は本来、この目覚め以外のものを扱ってはならないのだ。こうしてこのパサージュ論は一九世紀からの目覚めを扱うのである」

というわけで、われわれはベンヤミンにならって、吉本隆明が「現代」の入眠時に『マス・イメージ論』というかたちで記述しようとした試みを、今度は、「目覚め」によって再開しなければならないのである。

刊行から、ほぼ三十年を経た『マス・イメージ論』が、若い世代によって「現代」からの目覚めの契機として読まれることを切に願ってやまない。

年譜

吉本隆明

一九二四年（大正一三年）
一一月二五日、父・順太郎、母・エミの三男として東京市京橋区月島（現・中央区月島）に出生。一家は熊本県天草で造船業の事業に失敗してこの年の春上京、隆明は母の胎内にあった（のち弟、妹が生まれ兄弟は六人）。一九二八年ころまでに同区新佃島西町（現・佃二丁目）に転居。
一九三一年（昭和六年）　七歳
四月、佃島尋常小学校に入学。家業の造船所を月島に再建、また、貸しボート屋も経営。
一九三四年（昭和九年）　一〇歳
この年の春から、深川区（現・江東区）門前仲町にある今氏乙治の私塾に通い、一九四一年春まで続く。後年この七年にわたる私塾体験は、生涯の「黄金時代」であったと回想。
一九三七年（昭和一二年）　一三歳
四月、東京府立化学工業学校に入学。
一九四〇年（昭和一五年）　一六歳
「このころ幼稚な詩作をはじめた」（自筆年譜）。『昆虫記』に「恐ろしい感動」を覚え、同じ私塾に通う女生徒への恋愛感情を経験。
一九四一年（昭和一六年）　一七歳
同期生と校内誌「和楽路《わらじ》」を発行、随想、詩、小説を書き、発表し始める。一一月ごろ一家は葛飾区上千葉（現・お花茶屋二丁目）へ転居。一二月、太平洋戦争勃発。府立化学工業学校を繰上げ卒業。

一九四二年（昭和一七年）一八歳
四月、米沢高等工業学校（現・山形大学工学部）応用化学科に入学。学寮に入る。
一九四三年（昭和一八年）一九歳
「この土地では書物が間接の師」として、宮沢賢治、高村光太郎、小林秀雄、横光利一、太宰治、保田與重郎らの作品に親しむ。特に賢治に傾倒、「雨ニモマケズ」の詩を紙に墨書し自室天井に貼って眺めていた。一一月、花巻に賢治ゆかりの人たちや詩碑を訪ねる。初の詩稿集「呼子と北風」に入る詩篇を作る。
一九四四年（昭和一九年）二〇歳
五月、初の詩集『草莽』を自家版発行。九月、米沢工業専門学校（四月に校名改称）を繰上げ卒業。一〇月、東京工業大学電気化学科に入学。入学後すぐに勤労動員でミヨシ化学興業（現・ミヨシ油脂）の研究室に赴く（翌年三月まで）。その間に山形で徴兵検査。
一九四五年（昭和二〇年）二一歳
五月ごろ勤労動員で魚津市の日本カーバイト工場に行く。八月、「終戦の詔勅」放送を工場の広場で聞く。帰京後、大学で遠山啓助教授の自主講座を聴講し衝撃受ける。この年、書き継いできた「宮沢賢治論」五〇〇枚になる。
一九四六年（昭和二一年）二二歳
七月、詩稿集「詩稿Ⅳ」など多数の詩を書く。一一月、詩誌「時禱」を荒井文雄と創刊。翌年にかけ、少年期からの精神の軌跡を手記ふうに描いた「エリアンの手記と詩」を書く。
一九四七年（昭和二二年）二三歳
七月、同期生と文芸誌「季節」を創刊、「歎異鈔に就いて」や詩を発表。太宰治の戯曲「春の枯葉」を学内で上演するため許可をもらいに三鷹に太宰を訪問。九月、東京工大を繰上げ卒業。戦後の混乱期で職がなく、町の石鹼工場や鍍金《めつき》工場などを転々とする。
一九四八年（昭和二三年）二四歳

一月、姉・政枝死去。三月、「姉の死など」を外部雑誌に初めて寄稿。大阪の詩誌「詩文化」に詩や論考を発表し始める。詩稿集「詩稿X」の一〇四篇を詩作。

一九四九年（昭和二四年）二五歳

一月、諏訪優らと詩誌「聖家族」を創刊。三月、東京工大の特別研究生の試験を受け、無機化学研究室に入る。このころ、聖書をはじめ古典経済学の主著や『資本論』などを精力的に読む。初期代表詩「夕の死者」「エリアンの詩」などを書く。

一九五〇年（昭和二五年）二六歳

三〜四月にかけて、思想的原型が凝縮された断簡四五篇の独語集「覚書I」「箴言I」、翌々年までに「箴言II」を書く。詩は「精神の内閉的な危機」から一行も書けなかったが、八月以降、「日時計篇I」の詩作に没頭。

一九五一年（昭和二六年）二七歳

三月、東京工大の特別研究生一期二年の課程を修了。四月、東洋インキ製造に入社。葛飾区青戸工場研究室に勤務。この年、前年に続き「日時計篇II」の詩を書く（I IIの計五〇〇篇弱で、一日一篇以上の詩作となる）。

一九五二年（昭和二七年）二八歳

八月、詩と批評における転機点となる第二詩集『固有時との対話』を自家版発行。この年、「火の秋の物語」「ちひさな群への挨拶」など多数の詩を書く。

一九五三年（昭和二八年）二九歳

三月、青戸工場労組組合長と同社五労組連合会会長に同時就任。九月、第三詩集『転位のための十篇』を自家版発行。年末、組合長と会長を辞任。

一九五四年（昭和二九年）三〇歳

一月、年明け早々に配置転換、その後東京工大への派遣研究員を命じられる。二月、荒地詩人賞受賞。年鑑誌「荒地詩集」に同人参加。六月、奥野健男らと「現代評論」創刊同人。創刊号に「反逆の倫理—マチウ書試論」発表。一二月、文京区千駄木に家族から離れ独り住まいとなる（以降、一九六七年までに都内六回転居）。

一九五五年（昭和三〇年）　三一歳

六月、本社への再配属を断り退職、科学技術者の道を「自ら永久に閉ざす」。この年、「高村光太郎ノート」や「前世代の詩人たち」の論考で文学者の戦争責任追及の口火をきる。

一九五六年（昭和三一年）　三二歳

失職状態が続き、鮎川信夫の翻訳の下仕事などで食いつなぐ。この年の初めごろ、既婚の黒沢和子と出逢い、三角関係で「進退きわまる」。七月、黒沢と同居（翌年五月入籍）。八月、特許事務所に就職（隔日勤務）。九月、第一評論集『文学者の戦争責任』（共著）刊。

一九五七年（昭和三二年）　三三歳

五～八月号の「短歌研究」誌上で岡井隆と応酬。七月、知識人の戦争責任に論及する『高村光太郎』刊。一二月、長女・多子《さわこ》誕生。この年の論考に「鮎川信夫論」「戦後文学は何処へ行ったか」「日本近代詩の源流」など。

一九五八年（昭和三三年）　三四歳

一月、『吉本隆明詩集』刊（書肆ユリイカ）。一一月、「現代批評」を井上光晴、奥野健男らと創刊、「転向論」を発表。この年の論考に「芸術的抵抗と挫折」「『四季』派の本質」「芥川龍之介の死」など。

一九五九年（昭和三四年）　三五歳

一月、花田清輝の吉本批判を契機に「花田・吉本論争」始まる。二月、評論集『芸術的抵抗と挫折』刊。六月、詩論集『抒情の論理』刊。「戦後詩史」起稿。八月、この夏から西伊豆の土肥温泉に一家で二週間前後滞在。一一月、「社会主義リアリズム論批判」などで、独自の芸術表現論構築へと歩み出す。

一九六〇年（昭和三五年）　三六歳

一月、「戦後世代の政治思想」を発表し衝撃をもって迎えられる。安保改定阻止闘争が全国規模で激化する中、全学連主流派、ブントを支持、六月行動委員会に加わり行動を共にする。五月、評論集『異端と正系』刊。六月一五日、国会構内の抗議集会で演説。翌日未明に建造物侵入現行犯で逮捕される（一八日、釈放）。第一回近代文学賞受賞。一〇月、共著『民主主義の神話』に、前衛神話や党派性を批判する「擬制の終焉」発表。

一九六一年（昭和三六年）三七歳

二月、嶋中事件が起き、「慷慨談—深沢を孤立させておいて何の〝言論の自由〟ぞや」を発表。九月、自立思想・文学創造運動の場として、谷川雁、村上一郎とともに雑誌「試行」を創刊、「言語にとって美とはなにか」起稿。この年、「現代学生論」「何をマルクス主義文学というか」「混迷のなかの指標」、講演に「戦闘の思想的土台をめぐって」など。

一九六二年（昭和三七年）三八歳

一月、「丸山真男論」起稿。サド裁判弁護側証人として東京地裁に出廷する。六月、評論集『擬制の終焉』刊。この年の論考に「日本のナショナリズムについて」「戦後文学の転換」「近代精神の詩的展開」など。

一九六三年（昭和三八年）三九歳

一月、書肆ユリイカの校訂版『吉本隆明詩集』刊（思潮社）。三月、タイプ印刷の『丸山真男論』刊。九月以降、「『政治と文学』なんてものはない」などで「政治と文学」論争批判を展開する。この年、「反安保闘争の悪煽動について」「無方法の方法」「非行としての戦争」「模写と鏡」などを発表。

一九六四年（昭和三九年）四〇歳

五月、「日本読書新聞」の右翼団体への対応をめぐり、谷川雁ら一三名連名で抗議声明発表。六月、「試行」が吉本単独編集となる。試行出版部を創設、『初期ノート』刊。七月、二女・真秀子《まほこ》誕生。一二月、評論集『模写と鏡』刊。同書に詩「佃渡しで」収載。この年の論考に「戦後思想の価値転換とは何か」「日本のナショナリズム」「マルクス紀行」「カール・マルクス」などがある。

一九六五年（昭和四〇年）四一歳

五月、『言語にとって美とはなにかⅠ』刊（Ⅱは一〇月刊）。一〇月、「試行」第一五号から「心的現象論」を起稿し、「個体の幻想性についての一般理論の創造を試みる」（自筆年譜）。この年の論考に「自立の思想的拠点」「6・15事件　思想的弁護論」「戦後思想の荒廃」「鮎川信夫論―交渉史について」など。

一九六六年（昭和四一年）四二歳

二月、『高村光太郎』などの編集者・岩淵五郎が飛行機事故で遭難死し、「現存するもっとも優れた大衆が死んだ」と悼む。一〇月、評論集『自立の思想的拠点』刊。一一月、「共同幻想論」起稿。一二月、『カール・マルクス』刊。この年、江藤淳との対談「文学と思想」など。

一九六七年（昭和四二年）四三歳

九月、初期詩稿や「宮沢賢治論」などノート九冊が発見される（のち『初期ノート増補版』に収録）。一〇月以降、共同幻想論はじめ自立思想、詩論などをテーマに一三大学ほかで講演。この年の論考に「島尾敏雄の原像」「沈黙の有意味性について」、インタビュー「表現論から幻想論へ」（のち『共同幻想論』の序）、対談に鶴見俊輔との「どこに思想の根拠をおくか」などがある。

一九六八年（昭和四三年）四四歳

四月、父・順太郎死去。八月、初の講演集『情況への発言』刊。一〇月、『吉本隆明全著作集』全一五巻の刊行開始。同月以降、六大学で共同体論や新約聖書などの講演を行なう。一二月、『共同幻想論』刊。個人幻想から共同幻想まで全幻想領域を原理的に論究。

一九六九年（昭和四四年）四五歳

三月、大学紛争などに言及する「情況」起稿。八月、「心的現象論」の総論終了（「試行」次号から各論起稿）。一〇月、一九五六年から隔日で勤務してきた特許事務所を退職し文筆に専念。

一九七〇年（昭和四五年）　四六歳

一一月、六〇年代末の思想潮流に論及した『情況』刊。三島由紀夫自死。この年の講演に「敗北の構造—共同幻想の世界から」「南島論—家族・親族・国家の論理」、江藤淳との対談「文学と思想の原点」など。

一九七一年（昭和四六年）　四七歳

五～六月に講演が集中。演題は政治と文学の問題、共同幻想論、南島論など多岐にわたる。七月、母・エミ死去。八月、『源実朝』刊。九月、総論部分の『心的現象論序説』刊。一二月、「聞書・親鸞」の連載開始。この年の講演に「南島の継承祭儀について」、対談に小川国夫との「家・隣人・故郷」など。

一九七二年（昭和四七年）　四八歳

一月、「書物の解体学」の連載開始。二月、連合赤軍事件おこる。五月、対談集『どこに思想の根拠をおくか』刊。一二月、講演集『敗北の構造』刊。この年も多数の講演があり、「谷川雁論—政治的知識人の典型」「家族・親族・共同体・国家」「連合赤軍事件をめぐって」「初期歌謡の問題」などがある。

一九七三年（昭和四八年）　四九歳

五月、天然水が発売され、日本が未知の資本主義段階に突入した象徴の一つと捉え、各論考で言及。この年、鮎川信夫との連続対談「存在への遡行」「情況への遡行」、講演に「古代歌謡論」、また長詩「ある抒情」発表。

一九七四年（昭和四九年）　五〇歳

五月以降、「〈農夫ミラーが云った〉」、「〈五月の空に〉」など詩作を本格的に再開。一〇月、「初期歌謡論」起稿。この年、大岡昇平との対談「詩は行動する」のほか、清岡卓行、小川国夫、大庭みな子らと多数の対談がある。

一九七五年（昭和五〇年）　五一歳

三月、「試行」同人だった村上一郎自刃。四月、『書物の解体学』に続き、六月、対談集『思想の根源から』、九月、埴谷雄高との対談集『意識 革命 宇宙』刊。この年の主な対談に橋川文三との「太宰治とその時代」、鶴見俊輔との「思想の流儀と原則」、森山公夫との「精神分裂病とはなにか」など。

一九七六年（昭和五一年）　五二歳

一月、鼎談集『思索的渇望の世界』刊。五月、「西行」起稿。「野性時代」に長期にわたる「連作詩篇」を発表。「『死霊』について」を三大学で連続講演。七月以降、『思想の流儀と原則』『討議近代詩史』『知の岸辺へ』の対談・鼎談・講演集刊行。また「もっとも愛着の深い書」に挙げる『最後の親鸞』刊。この年の論考に「ある親鸞」「親鸞伝説」ほか。

一九七七年（昭和五二年）　五三歳

四月、「歳時記」の連載開始。五月、長篇論考「芥川龍之介における虚と実」を発表。六月、『初期歌謡論』刊。この年の論考に「竹内好の死」「法の初源・言葉の初源」、講演に「喩としての聖書」など。

一九七八年（昭和五三年）　五四歳

四月、『吉本隆明全著作集（続）』全一五巻の刊行開始（のち三巻の刊行で中断）。九月、以後の宗教論の出発点となる『論註と喩』、次いで『戦後詩史論』刊。一〇月、病後の恢復期に、愛好する詩人、作家たちを随想ふうに書いた『吉本隆明歳時記』刊。この年の対談にフーコーとの「世界認識の方法」、樺山紘一との「歴史・国家・人間」など。

一九七九年（昭和五四年）　五五歳

一〇月、鮎川信夫との対談集『文学の戦後』刊。一二月、五人の作家の内実で演じられた悲劇を究明する『悲劇の解読』刊。この年の論考に「横光利一論」「『記』『紀』歌謡と『おもろ』歌謡」、佐藤泰正との対談「漱石的主題」、講演に「シモーヌ・ヴェーユについて」「〈アジア的〉ということ」など。

一九八〇年（昭和五五年）五六歳

三月、文京区本駒込に家を購入、終の住処となる。五月、「試行」で「アジア的ということ」の連載開始。六月、『世界認識の方法』刊。この年の対談に、高橋順一との「〈マルクス〉―読みかえの方法」、大西巨人との「〝大小説〟の条件」など。

一九八一年（昭和五六年）五七歳

一月、七〇年代後半の講演録『言葉という思想』刊。五月、「源氏物語論」起稿。七月、鮎川信夫との対談集『詩の読解』『思想と幻想』刊。一二月、大江健三郎らとの講演録『現代のドストエフスキー』刊。この年、寺山修司との「死生の理念と短歌」など多くの対談のほか、「僧としての良寛」「物語の現象論」など講演も多い。

一九八二年（昭和五七年）五八歳

一月、共著『鮎川信夫論吉本隆明論』刊。三月、「マス・イメージ論」起稿。四月、「反核」運動が過熱し、それに対し「停滞論」ほかの論考で根底的な批判を展開する。『思想読本　親鸞』を責任編集。五月、インタビュー「『死』体験の意味」の連載開始。一〇月、『源氏物語論』刊。一二月、「反核」運動の批判論文集『「反核」異論』刊。この年の対談に、江藤淳との「現代文学の倫理」など。

一九八三年（昭和五八年）五九歳

三月、二年以上にわたる「大衆文化現考」を共同通信が配信。五月以降、三対談集『素人の時代』『教育　学校　思想』『相対幻論』刊。この年、「共同幻想とジェンダー」や親鸞、賢治、漱石についての講演が相次ぐ。

一九八四年（昭和五九年）六〇歳

四月、「柳田国男論」を起稿。六月、フーコーが死去し、「ミシェル・フーコーの死」を発表、「現存する世界最大の思想家の死」と書く。七月、現在版『共同幻想論』を論じようとする『マス・イメージ論』刊。八月、大岡昇平・埴谷雄高の対談集『二つの同時代史』中の大岡の発言部分に事実無根があるとして訂正申入れを行なう。この年の対談に、梅原猛との「ロゴスの深海―親鸞の世界」、古井由吉との「現在における差異」など。

一九八五年（昭和六〇年）　六一歳

三月、埴谷雄高の「吉本隆明への手紙」に応えて「政治なんてものはない」を書き、「埴谷・吉本論争」始まる。六月、『死の位相学』刊。七月、「ハイ・イメージ論」の長期連載開始。八月、対談「全否定の原理と倫理」で鮎川信夫と「ロス疑惑」などをめぐって応酬し事実上の訣別となる。九月、評論集『重層的な非決定へ』刊。一〇月、「言葉からの触手」の長期連載開始。

一九八六年（昭和六一年）　六二歳

九月、『吉本隆明全集撰』全七巻別巻一の刊行開始（のち第二巻と別巻は刊行中断）。一二月、「連作詩篇」六六篇を長篇詩に再構成した『記号の森の伝説歌』刊。この年、佐藤泰正との対談集『漱石的主題』など対談・鼎談集の刊行が一〇書に及ぶ。論考に「『アンチ・オイディプス』論」「権力について」のほか、都市論や精神病理など多岐にわたる。

一九八七年（昭和六二年）　六三歳

九月、東京・品川の倉庫で講演と討論のイベント「いま、吉本隆明25時」を三上治、中上健次とともに開催（翌年、記録集刊）。テレビ時評「視線と解体」の連載開始。一二月、一二四対談を収録した『吉本隆明全対談集』全一二巻の刊行開始。「試行」六七号の「情況への発言」で前年秋から相次いで死去した鮎川信夫、島尾敏雄、磯田光一らを追悼。

一九八八年（昭和六三年）　六四歳

五月、弘前大学での太宰治シンポジウムに出席。一〇月、その記録集『吉本隆明〔太宰治〕を語る』刊。一二月、那覇市でのシンポジウム「琉球弧の喚起力と『南島論』の可能性」に出席（翌年、記録集刊）。この年の対談に小川国夫との「新共同訳『聖書』を読む」、江藤淳との「文学と非文学の倫理」など。
一九八九年（昭和六四年・平成元年）　六五歳
一月、昭和天皇死去。四月、『ハイ・イメージ論I』刊。六～九月に、断片集『言葉からの触手』、書下ろしの『宮沢賢治』、都市論集『像としての都市』刊。一一月、ベルリンの壁崩壊。この年、昭和天皇論、宮沢賢治論、南島論などの対談、講演がある。
一九九〇年（平成二年）　六六歳
七月、日米構造協議が締結し、アメリカからの「第二の敗戦」として情勢論で論及。日本近代文学館主催「夏の文学教室」で漱石の作品論を講演。九月以降、『天皇制の基層』『柳田国男論集成』『島尾敏雄』など八書刊行。
一九九一年（平成三年）　六七歳
一月、湾岸戦争始まる。四月、「わたしにとって中東問題とは」で、湾岸戦争に対し本格的にいち早く論及。五月、バブル景気破綻。「ハイ・イメージ論」の連載開始。一二月、ソ連邦消滅。この年、中沢新一との対談「超近代という時代」ほか、多数の講演がある。
一九九二年（平成四年）　六八歳
二月、仏教論、政治思想論としての『良寛』『甦えるヴェイユ』、日本情勢論の『見えだした社会の限界』、次いで三月、世界情勢論の『大情況論』刊。八月、「三木成夫について」で、三木の著書との出会いは「ここ数年のわたしにひとつの事件」と記す。九月、「ドゥマゴ文学賞」の単独選考委員になる。一〇月、メタローグ主宰「創作学校」で言語論を連続講義。この年の論考に「おもろさうしとユーカラ」、インタビューに「ポスト消費社会へ突入した日本」、講演「わが月島」など。

一九九三年（平成五年）　六九歳

三月、『追悼私記』刊。四月、情勢論の「社会風景論」連載開始。九月、東京・八重洲ブックセンターで「思想詩人吉本隆明&吉本隆明写真展」開催。この年の講演に「三木成夫さんについて」「シモーヌ・ヴェイユの現在」などがある。

一九九四年（平成六年）　七〇歳

一月、梅原猛、中沢新一との連続鼎談「日本人は思想したか」。自伝的エッセイを集成した『背景の記憶』刊。三月、「吉本隆明と時代を読む」のシリーズ講演始まる。一一月、「試行」の「情況への発言」を集成した『情況へ』刊。一二月、「食べものの話」の連載開始。講演集『愛する作家たち』刊。

一九九五年（平成七年）　七一歳

一月、阪神・淡路大震災。二月、谷川雁死去。追悼文「詩人的だった方法」を書く。J・ボードリヤールが来日し、記念講演および対談を行なう。三月、地下鉄サリン事件起こる。七月、講演集『親鸞復興』刊。八月、五年余にわたる「吉本隆明　戦後五十年を語る」の連載が「週刊読書人」で始まる。九月、インタビュー「オウムが問いかけるもの」を産経新聞で四回掲載。その後同紙は読者の批判的な投書を掲載したため、論考等でマスコミ、市民主義者などを根底的に批判。一一月、「わたしの主要な仕事の一里塚」と記す評論集『母型論』刊。この年は講演、論考等で、大震災とオウム事件がもたらした思想的課題に多数言及。ほかに講演「廣松渉の国家論・唯物史観」などがある。

一九九六年（平成八年）　七二歳

三月、インタビュー集『学校・宗教・家族の病理』が、自由価格本への試みとして話題となる。八月、西伊豆の土肥海水浴場で遊泳中に溺れる。一〇月、水難事故後、初めての執筆となる「溺体始末記」を発表。
一九九七年（平成九年）七三歳
二月、親子対談集『吉本隆明×吉本ばなな』刊。埴谷雄高死去。四月、「埴谷雄高さんの死に際会して」を書く。六月、『僕ならこう考える』『大震災・オウム後　思想の原像』刊。一二月、「試行」七四号で終刊。
一九九八年（平成一〇年）七四歳
一月、「試行」終刊にあたり直接購読者に書下ろしの『アフリカ的段階について』を贈呈。同書で「アフリカ的」概念を提起し史観を拡張しようとする。九月、『父の像』刊。
一二月、ウェブサイト「ほぼ日刊イトイ新聞」が「吉本談話コーナー」開設。この年、講演「日本アンソロジーについて」など。
一九九九年（平成一一年）七五歳
三月、講義録の『詩人・評論家・作家のための言語論』刊。五月、自らの少年期を語る『少年』刊。七月、江藤淳自死。追悼文、談話などを発表。一〇月、インタビュー「古典を読む」シリーズ開始。この年の主な対談に山折哲雄との「親鸞、そして死」、インタビューに「贈与の新しい形」など。
二〇〇〇年（平成一二年）七六歳
三月、『吉本隆明資料集』の刊行開始。四月、「吉本隆明が読む近代日本の名作」と「吉本隆明TVを読む」を毎日・朝日両新聞で連載開始。一〇月、三好春樹との対談集『〈老い〉の現在進行形』刊。一二月、「週刊読書人」の連載インタビュー『吉本隆明が語る戦後55年』全一二巻別巻一の刊行開始。
二〇〇一年（平成一三年）七七歳
三月、『幸福論』、四月、『日本近代文学の名作』刊。六月、人生相談スタイルの談話集『悪人正機』、講演集『心とは何か　心的現象論入門』刊。九月、吉本の資料発掘者で詩人の川上春雄死去。アメリカで同時多発攻撃事件発生。『今に生きる親鸞』刊。CD、ビデオによる『吉本隆明全講演ライブ集』の刊行始まる。この年の論考に「詩学叙説」「同時多発テロと戦争」など。

二〇〇二年（平成一四年）　七八歳

二月、「情況への発言」と「〈アジア的〉」についての論考・講演を『ドキュメント吉本隆明1』に発表。四月、談話構成の「吉本隆明が読む現代日本の詩歌」を毎日新聞で連載開始。この年、『老いの流儀』『超「戦争論」』『夏目漱石を読む』『ひきこもれ』ほか刊行。対談に加藤典洋との「存在倫理について」、インタビューに「私の文学—批評は現在をつらぬけるか」などがある。

二〇〇三年（平成一五年）　七九歳

四月、『現代日本の詩歌』刊。七月、単行本未収録の詩篇も収めた『吉本隆明全詩集』刊。九月、『夏目漱石を読む』で小林秀雄賞、『吉本隆明全詩集』で藤村記念歴程賞を受賞。一二月、森山公夫との対談集『異形の心的現象』刊。この年の論考に、中沢新一著『チベットのモーツァルト』の解説、檀一雄著『太宰と安吾』の解説、「折口信夫のこと」など。

二〇〇四年（平成一六年）　八〇歳

二月、初旬から体調不良で入院。初期癌が発見され摘出手術。三月半ばまでの入院生活となる。七月、夏目漱石の英国留学と「満韓」の二つの旅を読み解く『漱石の巨きな旅』刊。一〇月、インタビュー「吉本隆明 自作を語る」の連載開始。

二〇〇五年（平成一七年）　八一歳

二月、インタビュー「江藤淳よ、どうしてもっと文学に生きなかったのか」。三月、書下ろしの『中学生のための社会科』刊。六月、芹沢俊介との対談集『幼年論』刊。

二〇〇六年（平成一八年）　八二歳

一月、評論集『詩学叙説』刊。五月、インタビュー集『老いの超え方』刊。一〇月、東京工業大学世界文明センターの特任教授に迎えられる。一二月、「iichiko 文化学賞」を受賞。この年、笠原芳光との対談「宗教を問い直す」、全共闘運動についての談話「教育改革運動だった」、インタビュー記事の「吉本隆明、大病からの復活」などがある。

二〇〇七年（平成一九年）八三歳

一月、エッセイ「おいしく愉しく食べてこそ」の連載始まる。一〇年前から書きとめてきたという解題書『思想のアンソロジー』刊。二月、『真贋』刊。六月、『吉本隆明 自著を語る』刊。この年のインタビューに「『心的現象論』を書いた思想的契機」「秋山清と〈戦後〉という場所」、糸井重里との対談「僕たちの親鸞体験」、野村喜和夫らとの鼎談「日本語の詩とはなにか」、講演「日本浄土系の思想と意味」などがある。

二〇〇八年（平成二〇年）八四歳

七月、『心的現象論本論』刊。「これまでの仕事をひとつにつなぐ話をしてみたい」として、七月と一〇月、「芸術言語論」についての講演を行なう。一一月、『「芸術言語論」への覚書』刊。この年の談話に「『蟹工船』と新貧困社会」、インタビューに「肯定と疎外」、中沢新一との対談「『最後の親鸞』からはじまりの宗教へ」などがある。また、五〇講演収録のCDセット『吉本隆明 五十度の講演』ほかが発売される。

二〇〇九年（平成二一年）八五歳

一月、NHK教育テレビが前年七月の講演を放映。六月、『吉本隆明 全マンガ論』刊。現代詩手帖創刊50年祭「これからの詩どうなる」で講演。九月、第一九回「宮沢賢治賞」を花巻市で受賞。同時に受賞記念講演を行なう。この年は、インタビューに「文学の芸術性」「吉本隆明さん、今、死をどう考えていますか?」「天皇制・共産党・戦後民主主義」、談話「追悼・内村剛介さん」「身近な良寛」ほかがある。

二〇一〇年（平成二二年）　八六歳

二月、「BRUTUS」が「ほぼ日と作った、吉本隆明特集」を掲載。それを機に大型書店が共同で大規模なブックフェア企画を立て「最大の吉本隆明フェア」を開催。五月、「試行」創刊当初からの寄稿者で文芸評論家・梶木剛が死去。九月には第一評論集『文学者の戦争責任』の共著者・武井昭夫が死去。一〇月、中学生への「講義録」構成による『ひとり15歳の寺小屋』刊。この年も談話、インタビュー中心に精力的に文学論、情勢論に言及。談話に「マタイ伝を読んだ頃」「宮沢賢治の生き方を心に刻む」「やっぱり詩が一番」、「竹内好生誕百年」にちなむ「日本の中国認識高めた思想家」、対談に中沢新一との「〈アジア的なもの〉と民主党政権の現在」、よしもとばななとの親子対談「書くことと生きることは同じじゃないか」、インタビューに「資本主義の新たな段階と政権交代以後の日本の選択」「詩と境界　中也詩、賢治詩をめぐって」などがある。

二〇一一年（平成二三年）　八七歳

三月一一日、東日本大震災、次いで福島原発事故が発生。史上空前の大災害につき、五月以降、文明史、人類史の視点から談話およびインタビューに応えて基本的な認識を示す。談話では「精神の傷の治癒が最も重要だ」、インタビューに「科学技術に退歩はない」「これから人類は危ない橋をとぼとぼ渡っていくことになる」「科学に後戻りはない」「吉本隆明が解剖する『〈脱原発〉という思想』」など。その間の六月に、寵愛していた猫が急逝し喪失感にさいなまれる。一〇月、江藤淳との全対談集成『文学と非文学の倫理』刊。この年の他の談話に、政治情勢論「理念がないからダメになる」、インタビューに「吉本隆明が語る『逆説の親鸞』」「風の変わり目　世界認識としての宮沢賢治」「資本主義の新たな経済現象と価値論の射程」などがある。

二〇一二年（平成二四年）

一月、福島原発事故による被害拡大で「反原発」「脱原発」が声高に叫ばれるなか、週刊誌が「『反原発』で猿になる！」のタイトルで吉本の発言を掲載。これはいわば「吉本隆明の遺言」となったが、前年からの一連の「科学技術と原発」に対する発言に対し、吉本と懇意の文学者はじめ知識人などがこぞって猛反発していく。そんな中、二二日、風邪と誤嚥性肺炎の疑いで緊急入院。高熱が間欠的に続き、容体も悪化。三月に入っても予断を許さない状況が続き、一六日未明、肺炎ほかにより逝去。八七歳と三ヵ月余であった。一八日、葬儀。会葬者によると身内のみの「質素な葬儀であった」という。死去当日は石川九楊との対談集『書　文字　アジア』の発売日であった。「吉本隆明さん死去」の報は、衝撃をもって迎えられた。テレビ、新聞等のメディアが「市井に生きた知の巨人」「戦後思想に多大な影響」「大衆に寄り添った巨星」「沖縄問題　心寄せた論客」などと報じ、追悼記事が編まれた。さらに「吉本隆明追悼特集」が文芸誌や総合誌、書評紙、同人誌で続く。「吉本隆明死去」に続き、一〇月九日には和子夫人が老衰で逝去（享年八五）。

四月以降も遺作の上梓が相次いだ。中村稔らとの七名によるインタビュー集『震災後のことば』、茂木健一郎との対談集『「すべてを引き受ける」という思想』、宮沢賢治について三十数年にわたる全講演を収録した『宮沢賢治の世界』、多様な課題に言及する談話集『第二の敗戦期　これからの日本をどうよむか』、インタビュー集『吉本隆明が最後に遺した三十万字』（上下巻）、そして文庫の刊行が続く。
敗戦体験を出発点に、「はるかな手のとどかぬ先頭のあたりを、血煙をたてて」（島尾敏雄）突っ走り、世界思想としての未踏の領域をひとり切り拓いてきた吉本隆明。その発言は、単著・共著などの著書が三五〇を超え、全集やシリーズ、小冊子、さらに音声・映像までを加えると優に七〇〇点以上となる。それら膨大な著作物を遺して、吉本ははるかな地平に疾走していった。

本年譜作成にあたっては、故・川上春雄氏はじめ、石関善治郎・斎藤清一・宿沢あぐり・松岡祥男・藤井東・齋藤愼爾各氏の資料も参照、ご協力をいただいた。

（高橋忠義編）

著書目録

吉本隆明

【単行本】

固有時との対話　昭27・8　私家版
転位のための十篇　昭28・9　私家版
文学者の戦争責任＊　昭31・9　淡路書房
高村光太郎　昭32・7　飯塚書店
吉本隆明詩集　昭33・1　書肆ユリイカ
高村光太郎　昭33・10　五月書房
芸術的抵抗と挫折　昭34・2　未来社
抒情の論理　昭34・6　未来社
異端と正系　昭35・5　現代思潮社
民主主義の神話＊　昭35・10　現代思潮社
擬制の終焉　昭37・6　現代思潮社
吉本隆明詩集　昭38・1　思潮社
丸山真男論　昭38・3　一橋新聞部
丸山真男論 増補改稿版　昭38・4　一橋新聞部
サド裁判（上）＊　昭38・9　現代思潮社
初期ノート　昭39・6　試行出版部
模写と鏡　昭39・12　春秋社
言語にとって美とはなにか（Ⅰ、Ⅱ）　昭40・5、10　勁草書房
高村光太郎 決定版　昭41・2　春秋社
自立の思想的拠点　昭41・10　徳間書店
カール・マルクス　昭41・12　試行出版部
文学と思想＊　昭42・7　河出書房新社
吉本隆明詩集　昭43・4　思潮社（現代詩文庫）
情況への発言☆　昭43・8　徳間書店
模写と鏡 増補版　昭43・11　春秋社
共同幻想論　昭43・12　河出書房新社

高村光太郎 増補決定版　昭45・8　春秋社
初期ノート 増補版　昭45・8　試行出版部
情況　昭45・11　河出書房新社
転位と終末＊　昭46・1　明治大学出版研究会
源実朝　昭46・8　筑摩書房
心的現象論序説　昭46・9　北洋社
どこに思想の根拠をおくか＊　昭47・5　筑摩書房
敗北の構造☆　昭47・12　弓立社
和歌の本質と展開＊　昭48・4　桜楓社
詩的乾坤　昭49・9　国文社
文学・石仏・人性＊　昭49・11　記録社
書物の解体学　昭50・4　中央公論社
思想の根源から＊　昭50・6　青土社
意識 革命 宇宙＊　昭50・9　河出書房新社
吉本隆明新詩集　昭50・11　試行出版部
思索的渇望の世界＊　昭51・1　中央公論社
思想の流儀と原則＊　昭51・7　勁草書房
討議近代詩史＊　昭51・8　思潮社
知の岸辺へ☆　昭51・9　弓立社
呪縛からの解放＊　昭51・10　こぶし書房
最後の親鸞　昭51・10　春秋社
初期歌謡論　昭52・6　河出書房新社
論註と喩　昭53・9　言叢社
戦後詩史論　昭53・9　大和書房
吉本隆明歳時記　昭53・10　日本エディタースクール出版部
ダーウィンを超えて＊　昭53・12　朝日出版社
対談 文学の戦後＊　昭54・10　講談社
悲劇の解読　昭54・12　筑摩書房
初源への言葉　昭54・12　青土社
親鸞は生きている＊☆　昭55・4　現代評論社
世界認識の方法　昭55・6　中央公論社
言葉という思想☆　昭56・1　弓立社
心的現象論序説 新装版　昭56・5　講談社
詩の読解＊　昭56・7　思潮社
思想と幻想＊　昭56・7　思潮社

最後の親鸞 増補	昭56・7	春秋社
吉本隆明新詩集 第二版	昭56・11	試行出版部
現代のドストエフスキー＊☆	昭56・12	新潮社
鮎川信夫論吉本隆明論＊	昭57・1	思潮社
空虚としての主題	昭57・4	福武書店
源氏物語論	昭57・10	大和書房
「反核」異論	昭57・12	深夜叢書社
素人の時代＊	昭58・5	角川書店
教育　学校　思想＊	昭58・7	日本エディタースクール出版部
相対幻論＊	昭58・10	冬樹社
戦後詩史論 増補	昭58・10	大和書房
〈信〉の構造 吉本隆明全仏教論集成	昭58・12	春秋社
最後の親鸞 新装増補	昭59・4	春秋社
マス・イメージ論	昭59・7	福武書店
親鸞　不知火よりのことづて＊☆	昭59・10	日本エディタースクール出版部
大衆としての現在	昭59・11	北宋社
戦後詩史論 増補	昭59・11	大和書房（大和選書）
隠遁の構造☆	昭60・1	修羅出版部
対幻想＊	昭60・1	春秋社
現在における差異＊	昭60・1	福武書店
死の位相学	昭60・6	潮出版社
重層的な非決定へ	昭60・9	大和書房
難かしい話題＊	昭60・10	青土社
吉本隆明ヴァリアント＊	昭60・11	北宋社
全否定の原理と倫理＊	昭60・11	思潮社
音楽機械論＊	昭61・1	トレヴィル
遊びと精神医学＊	昭61・1	創元社
恋愛幻論＊	昭61・2	角川書店
さまざまな刺戟＊	昭61・5	青土社
思想の流儀と原則	昭61・6	勁草書房

増補新装版＊
不断革命の時代＊　昭61・7　河出書房新社
対話 日本の原像＊　昭61・8　中央公論社
白熱化した言葉☆　昭61・10　思潮社
〈知〉のパトグラフィー＊　昭61・10　海鳴社
対話 都市とエロス＊　昭61・11　深夜叢書社
漱石的主題＊　昭61・12　春秋社
記号の森の伝説歌　昭61・12　角川書店
夏を越した映画　昭62・6　潮出版社
よろこばしい邂逅＊　昭62・10　青土社
超西欧的まで☆　昭62・11　弓立社
いま、吉本隆明25時＊☆　昭63・2　弓立社
人間と死＊　昭63・6　春秋社
吉本隆明〔太宰治〕を語る＊☆　昭63・10　大和書房
〈信〉の構造(2)　昭63・12　春秋社
吉本隆明全キリスト教論集成
〈信〉の構造(3)　平1・1　春秋社
吉本隆明全天皇制・宗教論集成
書物の現在＊☆　平1・2　書肆風の薔薇
〈信〉の構造(1)　平1・2　春秋社
吉本隆明全仏教論集成
ハイ・イメージ論(Ⅰ)　平1・4　福武書店
言葉からの触手　平1・6　河出書房新社
琉球弧の喚起力と南島論＊☆　平1・7　河出書房新社
宮沢賢治　平1・7　筑摩書房
像としての都市　平1・9　弓立社
ハイ・イメージ論(Ⅱ)　平2・4　福武書店
定本 言語にとって美とはなにか(Ⅰ、Ⅱ)　平2・8、9　角川書店(角川選書)
解体される場所＊　平2・9　集英社
天皇制の基層＊　平2・9　作品社
未来の親鸞☆　平2・10　春秋社
吉本隆明「五つの対　平2・10　新潮社

講談社文芸文庫

吉田 満	[ワイド版]戦艦大和ノ最期	鶴見俊輔—解/古山高麗雄—案
吉本隆明	西行論	月村敏行—解/佐藤泰正—案
吉本隆明	マチウ書試論|転向論	月村敏行—解/梶木 剛—案
吉本隆明	吉本隆明初期詩集	著者—解/川上春雄—案
吉本隆明	マス・イメージ論	鹿島 茂—解/高橋忠義—年
吉本隆明	写生の物語	田中和生—解/高橋忠義—年
吉本隆明	追悼私記 完全版	高橋源一郎—解
吉本隆明	憂国の文学者たちに 60年安保・全共闘論集	鹿島 茂—解/高橋忠義—年
吉屋信子	自伝的女流文壇史	与那覇恵子—解/武藤康史—年
吉行淳之介	暗室	川村二郎—解/青山 毅—案
吉行淳之介	星と月は天の穴	川村二郎—解/荻久保泰幸—案
吉行淳之介	やわらかい話 吉行淳之介対談集 丸谷才一編	久米 勲—年
吉行淳之介	やわらかい話2 吉行淳之介対談集 丸谷才一編	久米 勲—年
吉行淳之介	街角の煙草屋までの旅 吉行淳之介エッセイ選	久米 勲—解/久米 勲—年
吉行淳之介	[ワイド版]私の文学放浪	長部日出雄—解/久米 勲—年
吉行淳之介	わが文学生活	徳島高義—解/久米 勲—年
渡辺一夫	ヒューマニズム考 人間であること	野崎 歓—解/布袋敏博—年

▶解=解説 案=作家案内 人=人と作品 年=年譜を示す。 2022年1月現在